公元787年，唐封疆大吏马总集诸子精华，编著成《意林》一书6卷，流传至今
意林： 始于公元787年，距今1200余年

意林®轻文库

轻小说 青春最美，梦想出发
中国式优质轻小说第一品牌

意林轻文库

恋之水晶系列 027

脱线萌星易容记 II

沐沐紫 著

MU
MUZI WORKS

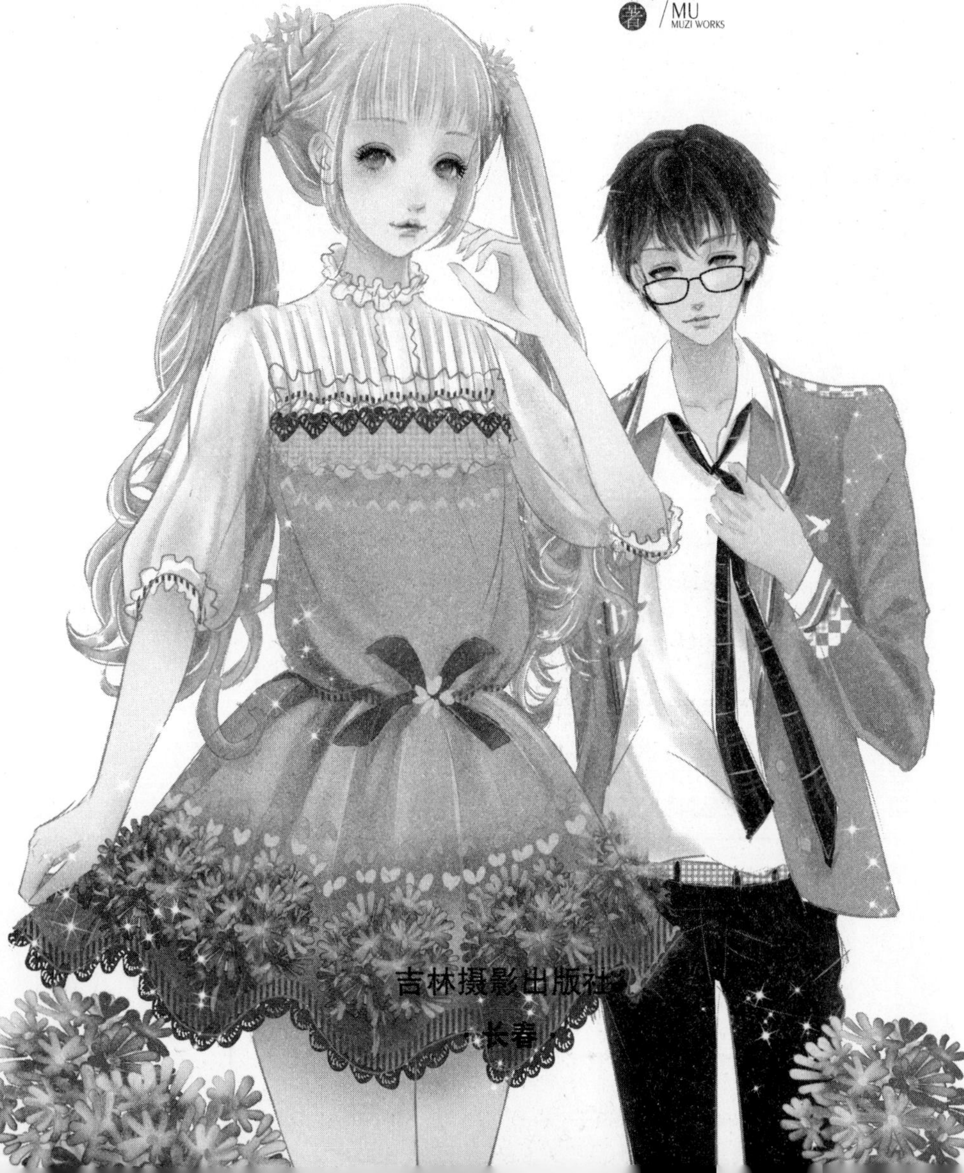

吉林摄影出版社
·长春·

图书在版编目（CIP）数据

脱线萌星易容记. Ⅱ / 沐沐紫著. -- 长春：吉林摄影出版社，2017.4
（意林·轻文库. 恋之水晶系列）
ISBN 978-7-5498-3048-0

Ⅰ.①脱… Ⅱ.①沐… Ⅲ.①长篇小说-中国-当代Ⅳ.①I247.5

中国版本图书馆CIP数据核字(2017)第051234号

脱线萌星易容记 Ⅱ
Tuo Xian Meng Xing Yirong Ji Ⅱ

著　　者	沐沐紫
出 版 人	孙洪军
总 策 划	安　雅　张　星
责任编辑	施　岚　胡晓路
图书统筹	三木卷卷
特约编辑	雷凌云
绘　　图	E.Pcat
书籍装帧	胡静梅
美术编辑	王　春
开　　本	700mm×1000mm　1/16
字　　数	260千字
印　　张	13.5
版　　次	2017年4月第1版
印　　次	2017年4月第1次印刷

出　　版	吉林摄影出版社
发　　行	吉林摄影出版社
地　　址	长春市泰来街1825号
	邮编：130062
电　　话	总编办：0431-86012616
	发行科：0431-86012602
网　　址	www.jlsycbs.net
经　　销	全国各地新华书店
印　　刷	河北鹏润印刷有限公司

书　　号	ISBN 978-7-5498-3048-0	定价：25.00元

版权所有　　侵权必究

如发现印装质量问题，请与印务部联系，联系电话：010-51908584

Contents 目录

第一章	功夫少女·背井离乡	001
第二章	试镜大会·狭路相逢	019
第三章	演员集训·妙趣横生	041
第四章	樱草学院·天降鸟人	063
第五章	鬼面大会·神秘奖励	081
第六章	角色扮演·卧底现身	101

Tuo Xian Meng Xing Yirong Ji

Contents
目录

第七章	学院危机·同舟共济	117
第八章	一线生机·扭转乾坤	137
第九章	记者专访·阴谋诡计	149
第十章	拓展训练·聚沙成塔	169
第十一章	魔鬼校长·片场风波	181
第十二章	签约仪式·真假主任	197

第一章

功夫少女·背井离乡

夏至午后的街，行人寥寥，暖风夹着蝉鸣，天气热得令人昏沉。

南浔镇北郊却锣鼓喧天、人声鼎沸，临时搭建的擂台周围挤满了看客。带有"必胜武馆"字样的金色旗帜树立在擂台四角，被风撩起飘扬在空中。毒辣的日头早将看客晒得大汗淋漓，几个不耐烦的已经开始嚷嚷，希望比赛尽快开始。一阵强而有力的鼓声适时响起，像密集的雨点，在耳边溅开，快速淹没了嘈杂和喧嚣。

身着红色武道馆道服的絮暖站在台上显得格外耀眼，干净利落的马尾高高束起，光洁饱满的额上绑着有必胜字样的红色头带，双手紧握鼓槌，快速击打着鼓面，极具穿透力的鼓声直冲云霄。巨大的鼓衬得她的身姿特别娇小，若不是亲眼看到，真的难以想象这样震撼的鼓声竟是出自一个小女孩之手。絮暖扬起一抹笑，明亮如火的双眸扫过台下看客，毫无惧色，手中的鼓槌被抛起，在空中快速旋转后准确无误地落入她的手心，动作一气呵成，得心应手。此刻，她无疑成了全场的焦点。

擂台旁的树荫下，少年倚着树干，目光越过重重人影紧紧地锁在絮暖身上，生怕错过她的任何一个表情。他神情专注，像一个虔诚的信徒，被身侧的人连唤了好几声，才终于回过神来。

那个人与他耳语几句，少年点头，继而挥手示意对方退下。他悄然起身把双手插进裤袋里，将视线落回擂台，眸中浸满笑意。

必胜武馆要举办这场擂台赛的消息是三天前放出的。

那日，武馆的弟子们如往常般顶着烈日练习基本功，双手提着水桶金鸡独立的姿势已经维持半个小时了，小伙们的脸被晒得通红，额头不断有豆大的汗珠渗出。有人体力耗尽，阵阵的眩晕感袭来，身体失去平衡，脚不自觉地落到地上。站在队伍最前方、身穿黑色教练服的絮胜十分敏锐地捕捉到弟子的变化，冷厉的目光扫过去，吓得小伙脸色苍白，迅速提腿，举高双手，不敢怠慢，姿势更是标准得无可挑剔，絮胜见状才满意地点了点头。

"严师出高徒"被絮胜奉为真理，他也将这句话贯彻到底，严厉成了他的代名词，所有人都惧怕他，即便心中愤懑，也不敢在他面前发作，只能在背后抱怨。比如此刻，他才离开一小会儿，那些臭小子便伺机偷懒，全部挤到树荫下抱怨起来，难听的字眼从他们嘴里一个个蹦出来，竟比夏日的蝉鸣更加刺耳。

正值高一的暑假，絮暖打完工回家，絮胜正坐着叹气，声音一声高过一声。都说慧眼识英雄，他怎么就眼瞎挑了这么些不成器的家伙为徒，好吃懒做这个词简直被他们诠释得淋漓尽致。絮胜自幼习武，得过不少大奖，后又做过几年武行，然而复杂的娱乐圈并不适合耿直的他，最后他还是决定回家乡开武馆谋生。必胜武馆是这南浔镇上唯一一家武馆，规模虽小，却有些名气，不少人慕名而来，却都是些不知进取的"歪瓜裂枣"，在他看来难成大器。

絮暖见这情形不对，递了杯水过去试探道："爸，是不是那些兔崽子又惹了什么事？"絮胜没说话，半晌重重放下茶杯，挺身而起："小暖，看来收亲传徒弟这件事不能再拖了！"他口气强硬，絮暖的脸色也沉了下来，其实他俩没少为这事儿争吵过。

絮暖的母亲去世早，絮暖从小由絮胜一手带大。在絮胜的观念里，女孩子应该学些提升气质修养的东西，拉个琴跳个舞，才能闪闪惹人爱，但是絮暖似乎早已偏离了他设定的轨迹，而且偏得彻底。絮暖小的时候身体底子差，又跟着絮胜东奔西走，小病缠身。絮胜没办法，只好让她练武强身健体，这么一练就是许多年，练成了一个强悍的女汉子。她五岁就能扛着大砖头满街蹦跶，与人一言不合就扔砖；七岁逃课玩泥巴，最后糊了老师一脸泥；十二岁勇闯男厕，吓得那男生最后报了警。如今絮暖十七岁了，正值活力四射的青春期，还不知道会干出什么惊天动地的大事来呢，他愁啊！好好的一个女娃怎么就被他养成一个铁血硬汉了呢？

絮暖却觉得絮胜的担忧都是多余的，会武功的女孩子坚强独立，有什么不好呢？絮胜却不以为然，认为女孩子整日打打闹闹终不是什么长久之计，便以自己身体大不如前为借口，总想收个靠谱的亲传徒弟当接班人，将来也可以帮助絮暖一起经营武馆。絮暖无奈叹气，大人总是这样，自以为是地安排好一切，认为这都是为了孩子好，却不懂得他们到底想要什么。她虽是女孩子，却不比男儿差，最起码她是必胜武馆里的最强者，至今还未败过。在武术上她有足够的信心，凭她一个人也能撑起整个武馆。但她不愿再与父亲争吵了，也明白他的苦心，看来必须想个法子好好证明自己，好让絮胜彻底断了这个念头。

"如果您老硬要收亲传徒弟也行，但我有一个条件，这个人必须比我强，我要举办一场'比武招徒'的擂台赛，最后能赢过我的人才有资格当您的徒弟！"

古有"比武招亲"，今有"比武招徒"？

絮胜茫然，猜不透絮暖到底在打什么主意，细细一想又觉得这不失为一个收徒弟的好办法。管它是"比武招亲"还是"比武招徒"呢，擂台赛能保证徒弟的质量，还能让絮暖心服口服，而且……思及此他突然捂嘴偷笑起来，指不定还能让他捡个好女婿回来，怎么看都是一举三得的好事，不吃亏啊！

絮暖耐心地等待絮胜的回应，见他笑得奸诈，心中一凛，絮胜回过神，清了清嗓，

爽快利落地答:"成交!"

絮暖终于松了一口气,笑了起来,她这招叫以退为进,变被动为主动,哼!想当她爸的亲传徒弟,必须得过她这一关才行!

视线回到四方擂台上,此时鼓声终了。絮胜上台发言,讲解比赛的规则和注意事项。

"所谓擂台赛,便是两方相战,掉下擂台则败,胜方留在台上迎接下一轮的挑战,最后留在台上的人需要打败我的女儿絮暖,才能成为我絮胜的亲传徒弟,届时我也一定会竭尽全力把我毕生所学传授给他。此次比赛点到为止,安全第一,比赛第二。"规则一出,众人哗然,絮暖武艺了得可是南浔镇尽人皆知的事情,方才跃跃欲试的人们听到要打败絮暖这个附加条件时,面露难色,纷纷犹豫起来。此时絮暖坐在擂台之上,昂首挺胸,腰杆挺得笔直,红色的头带被风吹起,衬得娇小的她更加明艳动人。

台下喧哗不断,絮胜举起双手示意大家安静,又说:"对于参赛者的要求,只有两点,男性!未婚!"

"絮胜,你这哪是在招徒弟啊,根本就是在招女婿!"

调侃声一出,便有人附和:"是啊,这根本就是比武招亲!"

絮胜不以为意,反正他是馆主,就是这么任性!

但一边的絮暖无法淡定了,男性!未婚!什么!怎么和之前说好的不一样啊!她惊讶地起身,见絮胜一脸奸计得逞的样子,心里不安起来,由不得她多想,耳边传来一阵清脆的锣声,擂台赛正式打响。

两道身影几乎同一时间跃上舞台,一胖一瘦,对比鲜明,相互行抱拳礼后,胖子先发起凌厉的攻势,几套混合的腿法耍下来已经把瘦子逼到擂台边缘,瘦子擅长拳法,以柔克刚巧妙闪躲,很快便把优势夺了回来,两个人打得难分难解,不分上下。絮暖把注意力聚焦在两个人身上,认真地分析着他们的武力指数。古人云,"书中自有黄金屋",一点儿也没错,这些年她读了不少武术方面的书籍,加上本身就有武术功底,如今也能从那两个人身上看出些门道。瘦子的拳法虽然厉害,但底盘不稳,满是破绽,相信很快便会被胖子击败。果不其然,数招之后,胖子跳起,使出一招后侧旋风踢腿就把对方打下了擂台。

"哈哈,失敬!"胖子笑容满面,"还有谁愿意上台挑战?"

台下一片沉寂,忽然有人大声呼喝:"我来!"

这局絮暖不像之前那么专注了,那个人和胖子相比实力悬殊,让她提不起兴趣。她望着天空发了会儿呆,视线收回时无意间瞥见了一个人,因为他太另类,絮暖无法不关注他。

擂台旁本就不密集的树荫下,架着一把巨大的遮阳伞,伞下的少年双腿交叠坐在椅子上。他身旁站着两个小弟,一个恭恭敬敬地拿着风扇,另一个正弯腰把冰镇果汁递给他。少年接过果汁,咬住吸管,感觉远方有一双眼睛盯着自己,抬头便看见正瞪大眼睛看他的絮暖。他唇角勾起,优雅地朝她挥手,絮暖却立刻嫌弃地别过头,她果然没有看错,那个人真的是高富帅!

高富帅啊高富帅!听这恶俗的名字,就让人无法生出好感。虽然这名字恶俗了点儿,但那家伙也确实做到了"高"和"富",一米七八的个子,比她足足高了一个半头,南浔镇上暴发户的儿子,挥金如土。至于帅嘛,五官齐全,勉强凑合吧。她对那家伙的评价之所以会如此之差,全是因为他们是死对头,在最近的一次对决里,絮暖因为高富帅欺凌弱小,二话不说就撂倒了他身边的小弟,最后高富帅吓得落荒而逃。自那次后,约莫是想帮小弟报仇,他如鬼魅一般在她身边阴魂不散,处处跟她针锋相对,找她麻烦。高富帅的出现让絮暖心神不宁起来,只要这家伙出现,准没好事啊!

絮暖眼皮直跳,令她意外的是,当那胖子再次获胜,等待下一位挑战者的时候,高富帅突然站起身来,嘹亮的声音冲破嘈杂落入她的耳朵:"让本少爷来会会你吧!"

絮暖怀疑自己幻听了,弱不禁风的高富帅竟然要上擂台打比赛!这简直是她今年听过最好笑的笑话了。高富帅却目光坚定,一点儿都不像在开玩笑,双手插在裤袋里,扭着屁股,慢悠悠地朝擂台走去。

南浔镇的小霸王,名声在外,拥挤的人群自觉地为他让出一条路来。

絮暖冷哼一声,心中嘲讽他,当自己是模特吗?耍什么酷!走什么猫步!出门别忘吃药好吗?!

高富帅耍酷不到一分钟便原形毕露了,这次的擂台设置得比较高,对有武功底子的人来说轻轻一跃就上去了,但是对普通人来说却有些难度。高富帅试着跳了一次,估计是吃多了,笨重的双脚还没碰着台子就落到地上。他抹了把汗,又来了一次,这次更惨,他脚下一滑,"砰"的一声,就摔了个四脚朝天。高富帅的心理素质极好,快速起身,脸皮厚得跟板砖似的,若无其事地拍了拍身上的灰尘。人群里终于有人忍不住笑出声,他一个犀利的眼神扫过去,那个人瞬时噤声,脸涨得通红。絮暖才不管这么多,放肆地大笑起来,于是更多的人跟着捂嘴偷笑。

高富帅愠怒,最后叫了两个手下硬是把他抬上擂台,上个擂台都如此艰难,这场比赛还能愉快地进行吗?

第一章 功夫少女·背井离乡

众人屏住呼吸，翘首以待。

絮暖不明白高富帅为何要来蹚这浑水，像他这样手无缚鸡之力的大少爷，就该在树荫底下好好耍酷，为何非要跑到台上丢人现眼？此时她的脑海里已经想象出高富帅被别人打飞的情景，完全停不下来。但现实正好相反，高富帅面对身前两百斤的大胖子竟毫不畏惧，还挑衅地朝他勾手指。而大胖子的猛攻却对他毫无杀伤力，他竟能奇迹般地全部避开，似乎早已洞悉了对方出拳的路数。

观及此，絮暖一惊，目光死死地盯着高富帅的一举一动，此刻那两个人贴得极近，高富帅嘴唇翕动，不知说了什么。

絮暖听不真切，但那胖子却听得清楚，"一百一拳！"高富帅眉眼含笑，对方点头表示成交，于是乎下一秒发生了几乎让现场所有人惊呆的事情，胖子变成了一个不会还手的沙包，被高富帅连打了数拳，鼻梁已经高高肿起，高富帅似乎并不打算收手。

"一千，自己飞出去吧！"

胖子"嗖"地一下，跟发射的导弹似的飞出了场，高富帅就这样赢了比赛！一切发生得太快，众人反应不及，只有他那两个小弟挥舞着双手叫嚷着："少爷好帅！"并且带动所有人鼓掌。高富帅满脸得意地去看絮暖的反应，对方却连眼都没抬。高富帅也不在意，收回视线，笑容邪邪的，心情大好。

之后几个上台挑战他的人竟然也跟那胖子一样，全部被他打败。无人再敢向他宣战，高富帅竟这样成了最后留在台上的人，成功闯过今日擂台赛的第一道难关，只要再打败絮暖，他便是今日的王者。

最终对决前，有一段短暂的休息时间。絮暖决定下台活动活动筋骨，为最后的决战做准备。越过人群，大家都在谈论高富帅的胜利，其实明眼人都能看出来这其中的猫腻，却碍于他的身份不敢揭穿。

擂台的附近有一条小河，溪流潺潺，两岸繁花似锦。絮暖站在河边展开双臂深吸一口气，果然离开拥挤的人群，连空气都清爽了不少。一阵隐约的交谈声从河边的树丛后传来，她走过去，透过稀疏的树叶看见两个人，一个是被高富帅打得鼻青眼肿的胖子，还有一个则是高富帅身边的一个小弟，此时胖子手中正拿着一沓百元大钞，眼睛笑得眯成一条缝，另一个人不知和他交代些什么，胖子听后乖巧地点头。

哼哼，人赃并获，被她抓个正着！絮暖果断冲出去，气势十足地吼道："我就知道高富帅那浑蛋尽干这些见不得人的事！"两个人被吓了一跳，见到她拔腿就跑，絮暖却站在原地，并没有去追的意思。

"怎么不追？不准备去告发我吗？"高富帅的声音由远及近从后方传来，絮暖转身发现他正神情嚣张地看着她。她不甘示弱地提高嗓音："反正告不告发都一样，你终究会败给我！"高富帅掏掏被震痛的耳朵，喃喃道："谁输谁赢还不一定呢。"絮暖不愿与他多说一句话，头也不回地走了，与他擦肩而过时，好看的发尾扬起，轻轻划过高富帅的脸颊，他眯眼想要伸手去抓那抹红影，最后手却僵在半空，目送着红影消失，脸上残留的却是自嘲的笑。

絮暖回到擂台，絮胜立刻迎上去，开口就说："小暖啊，高富帅那小子这次又要来捣乱啊！你准备怎么办啊？"

哼，来她的地盘搞事情，真是吃了熊心豹子胆，还不知道鹿死谁手呢！

"能怎么办！必须打得他爬也爬不起来！"絮暖咬牙切齿地说。

"怕只怕这事没这么简单！"絮胜忧心忡忡，早知事情会演变至此，他就不该听絮暖的话举办这场擂台赛。高家不是省事的主，他不是胆小怕事，只是怕絮暖会被牵连，絮胜悔恨地拍着脑袋，他真是糊涂啊！

絮暖却没思虑这么多，她摩拳擦掌，迫不及待想看到高富帅出糗的样子。

或许年少时的无畏就是这样，总是带着几分莽撞，不计后果却也勇敢热烈。

絮暖和高富帅的对决采取三局两胜制，锣鼓声停，双方上场。絮暖纵身一跃，稳稳落在台上，双手叉腰，眉宇间英气十足。这阵势却没唬住高富帅，他不慌不忙地起身，命令道："上战袍！"身侧两个人得令，把一件古风的白色绸缎金丝钩边的袍子披到他身上，末了还递给他一把纸扇，扇面上"君子如玉"四个字十分醒目。高富帅就穿着这么一身奇怪的装扮，上了擂台，霎时人声鼎沸，众人感叹大开眼界。

絮暖见高富帅扇上的字，脑海里也蹦出了四个字——"无耻小人"，无耻地用钱财买通对手，怎么好意思自称为君子，脸皮果然够厚，上场还要披一件奇奇怪怪的袍子，真是恶趣味！

絮暖忍不住开口："高富帅，你现在逃跑还来得及！到时候被我拍到墙上，可就抠不下来啦！"语罢，还不忘露出一个蔑视的眼神。对方却极为淡定，伪装出一副翩翩佳公子的模样，不为所动。

絮暖不罢休，想继续吓唬他。她原本计划在对决前给他表演个胸口碎大石，又觉得这凶猛程度高了些，还是含蓄点儿好，便让絮胜在比赛前准备几块砖，此刻她扎好马步，大吼一声，徒手就把砖劈成了两半，全场愕然。高富帅不自觉地抹了把额头的虚汗，强装镇定地说："来啊，本少爷不怕你！"高富帅的这身行头是从武侠剧里看来

的，剧中的男主角们都如此打扮。输什么都不能输了气势，如今他有特制的战袍护体，气势上就能赢大半了！

第一局的比赛开始，絮暖接二连三地发动攻势，高富帅却不还手，能躲就躲，不能躲的就趴地上，各种奇葩的姿势层出不穷，极其滑稽。絮暖不明白他这样做到底有何用意，难道是想消耗她的体力？这么想着她便减轻了下手的力道，两个人开启了猫捉老鼠的模式，几圈绕下来，都气喘吁吁起来。

这局高富帅打得格外心不在焉，让人捉摸不透。比赛间，他的目光总是有意无意地瞥向台下，人群中不知是谁朝他比画了一个"OK（好）"的手势，他见了，眸子发亮，唇角扬起一抹意味深长的笑，最后竟然自己跳下了擂台。

"本少爷这局玩累了，下局再战吧。"轻描淡写的口气，不以为然的表情，高富帅就这样主动放弃了第一局的比赛。

这样的结果，谁也没有想到，絮暖一个人惊愕地站在擂台上，久久无法回神。那家伙到底在打什么鬼主意？

下场后，高富帅闭眼躺在凉椅上享受短暂的安逸，身后的小弟卖力地给他捶肩，一阵急促的脚步声由远及近，在他身前停下。

"怎么样？都办妥了吗？"高富帅睁眼看向身前之人。对方笑着点头，拍胸脯打包票道："少爷你放心，我刚亲眼看着她喝的水，绝对没有问题。"

"很好！"高富帅抬手摆出手枪的pose（动作），眯眼瞄准絮暖的方向笑着说，"时候差不多了，该收网了！"

第二局开始后，高富帅观察着絮暖的一举一动，对方不但毫无异常，反而打得越发凶猛。他终于抵不住攻击，连吃了好几拳，痛呼道："不应该啊，你怎么一点儿反应都没有？"算算时间，药效应该发作了才对。

被打的是他，她应该有什么反应？絮暖茫然："高富帅，你到底在搞什么鬼？"

高富帅心急如焚，顾不得其他，直截了当地问："你的肚子不疼吗？"话音刚落，絮暖突然捂着肚子蹲下身去，小脸痛苦地皱成一团，咬着唇愤恨地质问他："高富帅……你到底对我做了什么？"

高富帅见药终于有了效果，心中窃喜，嘿嘿笑道："其实也没什么，就是一个手抖在你喝的水里加了一点点的……泻药！"要真的比实力，他知道自己必败无疑，所以非常时刻，只能采取点儿非常手段了！第一局他必然会输，他要做的只是拖延时间，好让他的小弟有足够的时间，偷偷地潜入絮暖休息的地方，在她的水中下药。那时所有人的目光都聚焦在擂台上,没有人会注意到休息区,随后他主动放弃比赛,等待絮暖喝水,药效发作,在之后两局打她个措手不及,让她洋相百出。

令高富帅意外的是,在他说出真相后,絮暖猛然站起身来,刚才脸上的痛苦已然烟消云散,只剩下愤怒。高富帅察觉到苗头不对,絮暖仿佛正酝酿着一场狂风暴雨,垂在腿边的手攥紧成拳,关节发出"咯咯"的声响,吓得他倒退一步,说话都结巴起来:"你……你怎么……突然……没事了?"高富帅表面强装镇定,心中早乱成一团麻,身体止不住发抖,预感不妙啊,而且是非常不妙!

"我演技是不是还不错啊?"刚刚听到高富帅的话,絮暖就决定将计就计假装肚子不适,让对方以为自己阴谋得逞,借机套他的话,没想到他居然敢在她喝的水里下药。

刚才休息时,絮胜和絮暖误拿了对方的水,当时不觉得有什么,现在看来这反而让絮暖逃过一劫,但是如此一来……

絮暖想着,急切地从人群里寻找絮胜的身影,果不其然,只见他正捂着肚子,向外狂奔,高富帅也注意到了这一幕,终于明白为什么絮暖此刻还会好端端地站在擂台上。没想到他千算万算还是百密一疏啊,老天你不开眼!

高富帅的卑劣行为彻底激怒了絮暖,她一个勾拳就打在了他的肚子上,高富帅抱着肚子疼得直不起身来!他知道这次自己玩大了,此刻他心中只剩一个念头,那就是留得青山在,不怕没柴烧,先保小命再说!于是乎能屈能伸的高大少爷决定向絮暖求饶:"女王大人,放爷一马胜造七级浮屠啊!"

"我信了你的邪!看我不打死你!"此刻的絮暖已经"杀"红了眼,无论对方怎么求饶都听不进去。高富帅走投无路,决定"自我了断",在他快要跳下擂台的那一秒,絮暖快如闪电般向他奔去,抬脚就是一个力大无比的旋风踢,"啪"的一声狠狠地落在高富帅上的屁股上,刹那间高富帅双脚离地,腾空而起。

"救命啊!"一阵哀号后,他从台上落到地上。耳边传来骨骼的断裂声,高富帅先是愣了几秒钟,吓得忘了喊疼,几秒后才摸着左腿瑟瑟发抖,然后哇哇大哭起来,边哭边喊:"我的腿啊!"

"少爷,你没事吧,快叫救护车啊!"现场一片混乱。高富帅被众人围着,哭得悲恸欲绝,听到要去医院,又呼天抢地起来:"我要回家,我要回家!"小弟们拗不过他,只好又叫来几个人把他抬回家。

因为高富帅被打落擂台,这场比赛的最后胜者是絮暖,可是她一点儿都高兴不起来。事情的结果早已超出她的想象,愤怒让她变成一只凶猛的怪兽,失去理智。她刚才对高富帅下手确实重了些,看他的反应显然伤得不轻。此刻,愧疚与不安萦绕在心头,

让她陷入了深深的自责,只可惜这个世界从来没有后悔药,每个人都得为自己的行为买单。

护送高富帅回家的队伍声势浩大,受伤的他被四个大汉高举着,身边还簇拥着十几个小弟,路途颠簸,高富帅嗷嗷大叫,引得旁人围观。絮暖悄悄地跟在队伍的最后面,每听到他喊一声疼,心就像被揪紧了那般难受。看热闹的人群络绎不绝,对她指手画脚,议论纷纷。

"絮暖这次完了,竟然敢得罪高家!"

"可不是吗,高家的独苗被打成这样,脸都没法儿搁,还不知道会怎么报复絮家呢!"

……

这些话语钻入耳,絮暖竟觉得他们说得太对了,心中第一次涌起从未有过的惧怕。她不怕高家对付她,只怕会牵连到武馆和自己的父亲。

南浔镇是一座水乡古镇,小桥流水人家,青石板铺成的小路弯弯绕绕,是个舒适宜人的地方。这里靠着旅游业发展经济,民风淳朴,却还是有巨大的贫富差距,镇中最不起眼的北街小巷被大家称为"穷人街",狭窄街道中挤着上百户人家,拥挤的楼房中夹着一座三层高的独院小别墅,金碧辉煌的墙面与邻院斑驳灰白的墙壁形成鲜明对比,它就像是废墟中的一座城堡,耀眼夺目,让人无法忽视,而这个特殊的存在正是南浔镇上鼎鼎有名的高家家宅。

此时絮暖被拦在高家坚固的巨型铁门之外,身边看热闹的人群也已经散去,寂静的街道上,只剩她一个人。她愣了会儿,不知想到什么,掏出钥匙打开高家隔壁小院的门,一头冲了进去。

四方的小院落,狭窄而潮湿,墙壁斑驳,一眼就能望到头。这里就是絮暖的家,位于"穷人街"上偏僻的一隅,却与高家相邻。

院中那棵枝繁叶茂的梧桐树,是絮暖搬来这里时和絮胜一起种下的,十几年的光阴让它从幼嫩的树苗变成了参天大树。阳光透过茂盛的枝叶,抖落满地星光。挺拔的枝干纵横交错,向外生长,不知不觉已经延伸到了隔壁的院落。絮暖抓住树干,轻松地就爬到树上,对她来说,这棵梧桐树就像是一座桥梁,她站在树上可以清晰地看见高家的一草一木,还能听到从别墅二楼传来的凄惨叫声。絮暖蹙眉叹气,其实她也不知道从何时起,自己和高富帅演变成现在这般模样。

细细想来,最初他们也算得上是青梅竹马,幼时的高富帅不像现在这么嚣张跋扈,而是难以想象的内向,总是躲在父母的身后,小心观察周围的一切,说话细声细气,像个女孩一般,让人产生保护的欲望。而絮暖正好相反,刚剃了男孩头的她初来乍到,就遇见高富帅被别的孩子欺负,二话不说拎起大砖头挺身而出替他解围。之后高富帅顺理成章地成了絮暖的小跟班,性格也逐渐开朗起来,只是幸福安稳的时光总是短暂的,谁也没想到这一切会被一张彩票打碎。

高家被从天而降的馅饼砸中,中了五千万的彩票大奖,从穷人摇身一变成了能一掷千金的暴发户,从那之后,絮暖再也没能和高富帅一起上学,他的身边多出了几个高大的黑衣保镖,把他们隔得老远,再到后来他开始有专车接送。

絮胜告诉她,高家不再是从前的高家,已经离他们很远很远,那时的絮暖不懂,明明只有一墙之隔,怎么会很远呢?后来高家要搬走的消息传得满镇皆知,大家都说高家发达了,小地方留不住他们了,令人诧异的是高富帅不知吃错了什么药,死活不肯走。高家二老没辙只好留下,花费了大量财力人力买下几块地,搭建起了小别墅。絮暖望着那三层楼的别墅,再看着自家破旧的院落,终于明白了絮胜所说的意思,有一个词叫"云泥之别",大约就是形容她和高富帅之间的差距吧。

高家致富之后,高富帅也有了翻天覆地的改变。他不再是那个她所认识的邻家少年,他成了富家少爷,走路时昂首挺胸,一副趾高气扬的模样,他身边的玩伴换成了镇上有钱人家的孩子,他变成了絮暖讨厌的样子,狂妄霸道、嚣张自大,总以为钱能解决一切问题。后来絮暖见到他总会自觉地绕道而行,而高富帅却总是不厌其烦地招惹她,她不明白这其中的缘由,也无力去搞明白,她像躲避瘟疫那般远离他,只求安稳。

微风吹得树叶摇晃,把她从回忆里吹醒。以前她和高富帅也常常在这树上玩,高家发达后,她一度以为他们会把这棵碍事儿的梧桐树砍掉,却没想到它竟能保留至今,一簇淡黄色的花蕊被风吹落在絮暖的掌心,她低头轻轻一吹,花朵滑落消失不见。

第一章 功夫少女·背井离乡

高富帅的手下下药下得有些猛,絮胜到晚上才止住了腹泻,浑身无力地躺在床上。絮暖和他说了打伤高富帅的来龙去脉,又贴心地煮了粥,絮胜硬撑着爬起,一口气喝了个精光,抬头望着絮暖愁苦的脸,笑着说:"你老爸真没事!你啊就放宽心,天塌下来,老爸陪你一起扛!"絮暖听了鼻子酸酸的,嘴角扯起一抹牵强的笑:"你也放心,我没事,我们都要好好的!爸,你睡吧,我先去把锅洗了。"

"傻孩子!"望着絮暖离开,絮胜忍不住叹气。他比任何人都要了解絮暖的性子,她坚强却也脆弱,什么事都想一个人硬撑,难过的时候也会笑,有时他宁愿她能像其他女孩子一样靠着他的肩膀哭,也不愿她一个人躲起来偷偷伤心。

絮暖刷着锅,心中却不好受。她不想再让絮胜为自己担忧了,是该做些什么了。

半夜絮暖在床上翻来覆去怎么也睡不着,她突然很想去看看高富帅,便趁着絮胜睡着后,蹑手蹑脚地出了门,迅速地爬上树,顺着树干爬进了高家的庭院。院中守门的大黄察觉到她的气息,刚要叫唤,絮暖把火腿肠往旁边一扔,大黄便摇着尾巴找火腿肠去了。

面前的别墅熟悉却又陌生,她是第一次这么靠近它。虽然絮暖不知道高富帅在哪个房间,但是那家伙从小就怕黑,睡觉的时候习惯性地开着一盏灯。她仰头,目光定格在那扇透着橘黄色暖光的窗户,应该就是那里了。

絮暖绕到别墅侧面,踩着水管向上,轻松地跃进了二楼的窗户,床头柜上那盏灯让整个房间蒙上了一层柔和的气息。高富帅躺在床上,受伤的左脚打着石膏吊在架子上。

絮暖听说高富帅的伤势不算太严重,除了左脚骨折外,还有几处擦伤。高富帅从小不敢去医院,高家只好请了医生上门问诊,让他在家养伤。大概是白天喊累了,此刻床上之人睡得极熟,完全没有意识到有人进来。絮暖从口袋里拿出一瓶药酒放在床头柜上,这药酒是他们武馆秘制的,对治疗筋骨伤损特别有效,虽然是高富帅有错在先,但是她也不该下手太重把他打成这样。可絮暖是好强之人,始终拉不下脸当面给他,只好这样偷偷摸摸地来送。这瓶药酒也算是对他的小小补偿吧,虽然知道送这个并没有什么用,但是她的心里多少会好受些。

临走前,絮暖好心地为高富帅盖好被踢开的被子,却不料对方突然喊了她的名字,还猛然伸出拳头,她躲闪不及,眼睛硬生生地吃了他一拳。

絮暖捂着眼睛,以为行迹暴露,却发现高富帅居然翻了个身继续呼呼大睡。她松了一口气瘫软在地上,才明白他刚才原来是在说梦话,但是他做梦都在喊她的名字,这是有多恨她啊!絮暖摇头,决定先溜再说,迅速开窗消失在了夜色里。

天亮时絮暖才睡着,一觉睡到大中午,正睡得迷迷糊糊时,听到屋内有动静,爬起来便看见絮胜拿着大包小包的营养品,灰头土脸地从外面回来。看这架势絮暖就知道他去了高家,并且吃了闭门羹。絮胜不想絮暖受委屈,便独自去高家赔罪,不料没见到人就算了,东西还被丢了出来。祸是她闯下的,就该她来承担责任。絮暖见絮胜被这样欺负,那些所谓的尊严和好胜心一下被抛诸脑后,想也没想就拿起东西跑到高家门口,可是高家根本不把他们放在眼里,不但不接受道歉,还把他们拒之门外。后来她才发现噩梦才刚刚开始,这不过是高家报复他们的第一步。

之后的几日,絮暖被打工的地方无故辞退,身边的同学朋友也突然开始视她为洪水猛兽，避之不及。从小身边不缺伙伴的她第一次感受到了被孤立的无助，那些熟悉的伙伴看她时，眼里透露的淡漠和疏离像尖刀扎在她心头。这还不是最糟糕的，必胜武馆陷入了前所未有的危机，学员们纷纷退费离开，絮胜一个人坐在空荡荡的武馆里，仿佛一夜间苍老了十岁。

为什么这个世界如此不公？有钱就可以肆意践踏别人吗？絮暖心中的愤怒已经到达顶点，她用力地拍打着高家的大门大声呼喊，令她意外的是，这次居然有了回应，高家头一次向她敞开了大门。自高家的别墅建成后，除了上次晚上偷溜进去之外，她不曾像现在这样从大门踏入过这幢房子，絮暖的心神有些恍惚，眼前的一切让她觉得有些不真实。原来儿时她和高富帅一起搭建的秋千还在，原来池塘里那只他们共同买的小乌龟已经长这么大了，原来这些美好的记忆竟毫无褪色。

底层的大厅装修别致，俨然一副电视剧里豪宅该有的样子，絮暖站在红白相间的羊绒地毯上，满脸局促。

坐在真皮沙发上的高母妆容精致，保养妥当，一点儿都看不出她已是年过四十的人。她低头涂着指甲，连眼都没抬，把絮暖视作空气。

半晌，那张红唇才微微动了动："自己找地方坐吧。"明明是不带一丝情绪的话语，却能让人心生寒意。絮暖向前一步，立得笔直，声音响亮："谢谢，我不坐了，我这次来的目的，相信您知道！这次高富帅受伤我确实有不可推卸的责任，但是我絮暖一人做事一人当，我希望这事不要牵连我爸爸还有武馆。"絮暖性子直，不喜欢绕弯子。

她的这番话竟令高母笑起来："小暖，阿姨的脾气你不会不知道吧？"

絮暖怔住，她怎么会不知道她是怎么样的人。记得小时候高母带着她还有高富帅一起去买打折的面包，不巧遇见熟人，要面子的高母便谎称自己是为了陪絮暖才来的，对她来说，颜面胜于生命。想到这里，絮暖觉得自己刚才的那番话有些可笑，高母会如此问她便是在提醒她，高富帅当众被她打伤已经让高家丢尽了脸面，她决不会善罢甘休，絮暖竟还奢望她可以得饶人处且饶人。

絮暖咬牙，极力地压抑住内心的愤怒，忍让道："我可以当面向高富帅道歉，也希望您能高抬贵手！"她收起仅剩的骄傲颔首低眉，声音发颤，像是卑微到了尘埃里。

高母起身靠近她，意味深长地笑了："傻孩子，事情可没你想的这么简单！"

絮暖气极，忍不住质问："什么意思？你到底想干什么？"为什么她一再退步，却换来对方的步步进逼，是不是一定要斗个鱼死网破，才能结束这场噩梦？

"别急，阿姨给你看个有趣的东西！"高母按下遥控器，眼前的电视屏幕突然亮了起来，下一秒絮暖陡然睁大眼睛，怔在原地。

絮胜从武馆回家,从邻居那儿听到絮暖闯进高宅的事情,心急如焚,不顾一切地冲进了高宅。金碧辉煌的大厅内,絮暖一言不发地站着,脸色惨白如纸,而高母双手抱胸,满脸看好戏的姿态,见他硬闯倒也不叫人阻止,反而显得很是欢迎:"你来得正是时候,过来看看你那宝贝女儿都干了什么好事情!"

絮胜起初不懂她话里的意思,可视线很快被巨大的显示屏吸引过去。屏幕中出现的人竟然是絮暖,那晚她夜探高宅的经过竟然被高家的监控系统拍摄了下来。

"你们说我要是拿着这份监控录像去公安局,警察会按什么罪名来处理絮暖?半夜私闯民宅?行窃?啧啧,想想就让人不寒而栗呢!"面对高母莫须有的指控,絮暖显得异常冷静,她紧盯着屏幕里的画面,不放过一丝细节。短短一分钟的视频,只有她潜入高家的画面,房间内没有监控,所以她放药酒的举动没有被拍下来,高母是利用这点,随意给她扣罪名,而她百口莫辩。

"小暖,这是怎么回事?"絮胜不敢相信自己的眼睛,更不相信高母的鬼话,他的女儿怎么可能做出那种偷鸡摸狗的事。

"老爸,那晚我确实是去了高宅,但我只是去给高富帅送药酒,我绝对没有说谎,只是有些人别有用心,存心要污蔑我!"絮暖声音坚定,她问心无愧又何惧之有,反倒是高母望着她那双清澈明亮的眸子,越发心虚。

"老爸相信你!我的女儿可不像某些人的儿子,打不过别人就使些下三烂的手段!"

"你们……"高母气得面色通红,"什么送药酒!简直是胡编乱造!"

"那药酒我明明放在高富帅的床头柜上了,不信你可以问他!"絮暖真的没想到高母会这样颠倒是非。

"呵,我儿子说他房间根本就没有什么药酒,就算真是送药酒,为什么要半夜三更偷偷摸摸的,不是图谋不轨又是什么!我本来还想给你个改过自新的机会,可惜了,看来这录像我也只能交给警察了。"

不知为何,尽管高富帅已经不是絮暖最初认识的那个少年,可她心中还是抱有一丝侥幸,觉得他不会和他的母亲同流合污。絮暖想上二楼找他问清楚,却被保安拦下,她只得朝着楼上大声喊:"高富帅,你出来啊!出来把事情给我说清楚!"可是无论她怎么叫喊,都没有任何回应。

"别喊了,他是不会见你的!你别忘了,是谁害他变成这副模样,他恨你还来不及,怎么会见你!"

高母的一番话如同大石压在絮暖的心头,让她感觉窒息。她怎么会忘了,自己才是害他的罪魁祸首，她竟然还天真地以为他会帮自己作证，真是可笑至极。

眼前高母的笑容越发刺眼，絮暖双拳攥得死死的，仰起头极力捍卫着自己最后一丝骄傲，无所畏惧地说："你以为我会向你求饶妥协吗？你别做梦了！我是不会承认这些莫须有的罪名的！"她是固执的，不到最后一刻决不会投降。

见絮暖丝毫不服软，高母冷哼一声："呵，没想到你这小丫头还真是嘴硬！不过你爸可不一定这么想，我真要把这监控录像给了警察，就算罪名不成立，我也可以把这件事传得尽人皆知。人言可畏，别人会怎么想你的女儿呢，絮胜？"

絮胜心头一凛，他知道今天这一劫是躲不过了。高家不仅靠彩票发了家，在有了那笔巨额资金后，高母又发挥了她的生意头脑，渐渐在南浔镇建立起强大的势力，一句话就可以让他们无法在镇上立足。絮胜把絮暖护在身后，开门见山地问："你到底要怎么样，才能放过我女儿？"

"我要你女儿离开南浔镇，再也不要出现在我和我儿子面前！"这样的要求让絮暖气得发抖，原来人只要手握权、钱，就能轻松地左右他人的命运。那些平凡又弱小的人，想要反抗，只能把自己变强，别无他法。

絮胜沉默了许久，刚要开口，手却猝不及防被抓住，絮暖皱眉，加重了手上的力道，掌心烫得惊人。他低头对上絮暖苍白的小脸，凌乱的刘海下那双黑白分明的眸中夹着乞求，冲他摇头，神情倔强得令人心疼。

"我可以给你们三天时间考虑，如果你们答应，我会把这录像删掉，就当什么事情都没有发生。"这是高母做出的唯一让步，3天时间，72个小时，4320分钟，或许足以改变一个人的一生。

絮暖什么都没说，拉着絮胜头也不回地冲出高宅，那个令人窒息厌恶的地方，她一刻都不愿多待。

高母望着他们离去的背影，脸上挂着得意的笑，如今一切都在她的掌握之中，这种运筹帷幄的感觉很好，她非常享受，不知想到什么，她别过头看向身侧的管家："少爷那边安排得怎么样？"

管家低头，恭敬道："都安排好了，只是夫人为什么一定要把絮暖赶走？要是让少爷知道了……恐怕……"他突然噤声，不敢说下去。

高母眯眼："那小子的心思我怎么会不明白，只有这样才能让他死心！"

无论如何，她也要让絮暖离高富帅远远的。在她眼里，絮暖这样的人是没有资格和儿子做朋友的，偏偏儿子费尽心思要围在絮暖身边，她只好不择手段。

第一章 功夫少女·背井离乡

院中的梧桐树被风吹得沙沙作响,像呜咽的歌声,絮暖的心头隐隐作痛,她把自己关在房间里,蜷缩着身体靠在墙角,一动不动。

屋外是絮胜翻箱倒柜的嘈杂声。絮暖知道他在打包行李,他在打电话联络外地的朋友,他已经下定决心,屈服于命运,接受高母的条件,带她远离这里。他要丢下耗尽心血建立的武馆,放弃最珍贵的梦想,这一切真的值得吗?絮暖拼命地捂住耳朵,但这又有什么用呢?逃避是弱者的表现,既然改变不了,为什么不站起来坦然面对,还没到最后一刻,她怎么能轻易认输!

"老爸!"听到絮暖唤他,絮胜停下手上的动作,循声望去,立在门前的她,正歪头冲他笑,脸上竟无一丝难过。絮胜的心像被一只手揪紧,疼得无法承受。他快步走过去,按住她双肩,呵斥道:"絮暖,难过你就哭啊,谁让你憋着了!"说这话时,他红着眼眶,嘴唇发抖。

絮暖鼻子一酸,之前所有的坚持和隐忍在瞬间崩溃瓦解,眼泪簌簌地落下。絮胜抱住她,温暖的手掌拍着她颤抖的后背,那一刻,她感觉自己回到了小时候,可以不管不顾地在他怀里放肆大哭,因为她知道就算天塌下来,眼前这个厚实的臂膀都会竭尽全力为她撑开一方温暖天地,护她周全。可是她又为他做过些什么呢?竟什么都没有!那么至少这一次,换她来守护他吧。

絮暖心中终于有了决定,她抹了把眼泪抬起头来:"老爸,我愿意离开南浔镇,但是你必须留下!"

絮胜气得拍她脑袋:"你这傻孩子,又在说什么鬼话,我怎么可能放心让你一个人走!"

"高家针对的是我,只要我离开,他们就不会再来找麻烦了。可是你不能走,你走了武馆怎么办?我绝不同意你关掉武馆,也绝不能眼睁睁看着你多年的心血毁于一旦!"絮暖知道絮胜绝不会轻易妥协,又放下狠话威胁他,"如果你不同意,我就不走了,随便那女人怎么处理,把监控录像给警察也好,坐牢也罢,你看着办吧!"

"武馆没了可以再开,可是女儿只有一个,你觉得我会怎么选择?"在这世界上唯有父母的爱是无私的,他们不计回报地付出,没有一句怨言。絮胜的话让絮暖难受极了,她扯着他的袖子,哽咽着:"老爸对不起,就让我最后任性一次吧,以前都是你保护我,这一次就让我来保护武馆和你吧。"

絮胜的眼眶红了,如鲠在喉,什么话都说不出。

"你看啊,我的自理能力一直都很强,一个人也能照顾好自己,我保证会定期和你通电话报平安的。其实换个角度想想,离开这里未必是一件坏事,我可以去看看外面的世界，让自己变得更强，强大到再也没人敢欺负我们！"

絮暖的目光是那般坚定，无人能动摇。以前那个跟在絮胜屁股后头跌跌撞撞的小女孩，如今已经长成勇敢有担当的大姑娘了，或许是时候让她自己去飞了。

"我明白了！"絮胜妥协道，"但是你必须答应我，绝对不要勉强自己，老爸永远是你的后盾！"

"嗯！"絮暖重重点头，她相信一切都会好起来的，她要把命运掌握在自己手里。

高母得知絮暖答应条件后，如约删除了监控录像，必胜武馆也终于恢复了正常营业。絮胜联络了自己在鼎阳市的朋友，托他帮助絮暖在那儿寻找合适的学校和住宿的地方，一切打点妥当后，终于迎来了离别的时刻。

那日，絮暖和絮胜提着行李去镇口等车，让絮暖伤感的是，竟然没有一个好友来送她。絮暖苦笑，大概这就是所谓的人情薄如纸，到头来才知道她竟没有一个真心待自己的朋友。

半响，一辆漂亮的白色宾利在他们身前停下，车门大开，下车的竟然是挂着拐杖的高富帅。絮暖微怔，没想到会在这种境况下与他再见面。絮胜没有说话，指着车站的方向，示意在那里等她，便先行离开了，有些事情他不便插手，决定让絮暖自己处理。

高富帅的目光落在絮暖手中的行李箱上，好看的眉紧皱起来，脸上难掩怒气，用力地甩开身边扶他的人，艰难地拄着拐杖走到絮暖面前，不等对方说话，就先声夺人，兴师问罪起来："絮暖，你把我打伤后就准备落荒而逃了吗？"

絮暖冷笑，明明是他和他妈妈用卑劣的手段把她赶走的，他竟然还伪装成什么都不知道的样子，质问她为什么要逃跑！她压抑住内心的怒火，垂着眼上前一步，恭敬地对着高富帅鞠了一躬："对不起！"这句道歉是她欠他的，今日之后，他们也再无相欠。

高富帅被惊得倒退一步，身体晃了几下才勉强站稳，眼前的絮暖让他感觉到从未有过的陌生。在他的记忆里，絮暖是生长在夹缝中的花，不起眼却让人无法忽视，火一般炙热，总是有使不完的力气，不惧风吹雨打，从不轻易向人低头。可是此刻当她收起所有的骄傲，卑微地向他致歉时，他心里闷闷的，有种说不清的难受。

"你别以为说句对不起就能解决问题，你这是要逃到哪里去？谁准你离开的？"面对高富帅的质问，絮暖突然伸手抓住他的衣领，把他往身前拽，她的力气大得惊人，让他无法反抗。此刻两个人靠得极近，絮暖踮起脚，逼视眼前的人："高富帅，我会离开这里走得远远的，也希望你和你母亲别再找我爸的麻烦，否则我不会放过你！绝对不会！"决绝的话语从她口中说出，一字一句铿锵有力。

絮暖眸中毫不掩饰的恨意刺得高富帅眼睛生疼，他放软语气继续追问："是不是我妈对你做了什么？"

絮暖没有应答，只是松开了他的衣领，想要离开时手腕却被高富帅死死抓住："你把话说清楚了，到底发生什么事情了？"他就像是一头失去理智的野兽，双目通红地怒视她。絮暖挣脱他的禁锢，唇角扯起一抹讥讽的笑，只说了两个字："再见！"

再见！不是后会有期，而是再不相见！

絮暖走得很决绝，步伐坚定有力，身后高富帅呼喊她的声音终于渐渐消散在了夏风中，淹没在蝉鸣里，再无声息。

车慢慢地驶出南浔镇，玻璃窗外倒退的每一处风景都曾有絮暖奔跑的身影，她在这里长大，她的喜怒哀乐、她的烦恼忧愁全都在这里上演，与这里有关……

这个夏天对于絮暖来说，是特别的。

有的人在阳光下仰望幸福，有的人却要在打击中一夜长大。

火车站台上，絮暖挥手告别了絮胜，独自乘上了前往鼎阳市的列车。她不敢去看车窗外的絮胜，因为她知道有时候只需一眼就会让一个人的意志在顷刻间崩塌。她咬着牙，始终没有回头，不是不舍，而是已无退路。火车启动，她望着未知的前方抬手默默地抹了把脸上的泪。直至那一刻，絮暖才明白原来成长是一件那么孤单的事情，无人陪伴，只能孤身上路。

"再见了，南浔镇！"

她轻声对自己说。

第二章
试镜大会・狭路相逢

沿海的鼎阳市对于絮暖来说是个全新的世界，蔚蓝的天、深邃的海、轻柔的风交织在一起，融进她黯淡的眸里，瞬间把她灰暗的心情染上了色彩，同时也吹散了她心头的阴霾。繁华的街道人潮如织，人们步履匆匆，每个人都各怀心事与她擦肩而过，站在十字路口的她停下脚步，突然觉得自己的悲伤实在微不足道，想着便收起落寞，扬起了嘴角。

来接她的是絮胜在做武行时结识的朋友郝城，郝城也是练武出身，混迹娱乐圈多年，当过很多演员的武术替身，已过不惑之年的他，身体仍很健壮，有一张剑眉星目的脸。

絮暖听絮胜说，郝城一身正气，为人仗义，一直是他很钦佩的人。他们匆匆一别十几载，两个人不常见面，只是以书信、电话保持着联络，关系却胜过很多时常见面的挚友。两个人之间没有客套与热络，只在对方困难时及时伸手相助。

郝城为她提起行李箱，絮暖紧跟他的步伐，急急道："郝叔叔，我自己拿就好了。"

对方顿住脚步，朝她挥手："我答应过絮胜会好好照顾你，你跟着我就好。"浑厚的声音入耳，让絮暖格外安心。

郝城把絮暖安排在自己的出租屋里，他打拼事业多年，至今孑然一身，平时跟着剧组住在外面，这屋正好空了下来，能让絮暖暂住一阵。

房间虽小，却应有尽有，布置温馨，干净舒适，絮暖非常喜欢。郝城让她坐下休息，自己径直去了厨房，出来时手上竟端着一碗热气腾腾的西红柿鸡蛋面。

絮暖望着他手上的面，眼睛发亮，欣喜地站起身来："郝叔叔，你怎么知道我喜欢吃这个？"

他把碗筷递给她，悠悠道："你爸特意交代我的，说你爱吃，我想你奔波了一路，应该也饿了，你尝尝，看合不合口味。"

絮暖捧着碗，心中一片温暖，怎么会不合她口味呢？她眯着眼傻笑："我要全部吃完！"

一碗面下肚，瞬间赶走了疲惫，絮暖整理完行李，便给絮胜打电话报平安。絮胜平日里翻来覆去的嘘寒问暖此时却想多听一会儿，她耐着性子一遍遍地回着"好"。当听到絮胜说高家没再找他麻烦时，絮暖悬着的心终于落地。她觉得自己的离开是值得的，即使两个人相隔两地，但他们父女连心，她在哪里都无所畏惧。

下午郝城带着絮暖去熟悉周边的环境。住所离机场很近，抬头就能看见飞机翱翔于天际的优美姿态。附近还有一条长街，狭窄的街道两边挤满了摆摊的小贩和卖艺的人群。尽管环境脏乱，但还是有不少人图便宜去那里买东西。

"那样鱼龙混杂的地方，为了安全，还是少去为妙。"离开时，郝城特意嘱咐絮暖。絮暖表面上乖巧地点着头，目光却落在那些在街头卖艺的人身上，心中萌生了一个想法。

絮胜把絮暖托付给郝城，希望他能照顾自己的女儿，同时还托他帮絮暖找学校。第二日，郝城去了剧组工作，絮暖也背起包出了门，她想趁着暑假，靠自己的力量赚钱，虽然絮胜给了她一笔数目不小的钱，可她知道那是他多年攒下来的积蓄，不到万不得已她并不想动那笔钱。而且，这样待在郝城的家里混吃混喝也不是长久之计，在这陌生的城市里，她也要学着靠自己生存下去。到时等学校落实了，兴许自己就能凑足学杂费了。昨天那些街头卖艺的人给了她灵感，她想着不如效仿一下，来个卖艺赚钱好了。

潮水般的喧嚣声从街口传出，絮暖抓着包带的手紧了紧，小心翼翼地走入人群，打量周遭的一切。那些形形色色的人为了生活放低姿态，讨好顾客的模样她在眼中鲜明起来，而她也将成为他们中间的一个。

絮暖走了很久，终于找到一处空地，她把包放在地上，从里面拿出早已准备好的纸箱放在前方，然后学着别人的模样大声吆喝起来："走一走看一看咯，走过路过，不要错过。这里有精彩的武术表演，大家有钱的捧个钱场，没钱的捧个人场！"

嘹亮的声音劈开嘈杂落到路人耳中，他们停下脚步，目光聚集到絮暖的身上。絮暖双手提气，扎稳马步，毫不怯场，一套拳法耍得干净利落，如行云流水却又不失力道。路人惊叹这样娇小的身姿竟有如此的爆发力，瞬间掌声雷动，叫好连连。

絮暖收拳吐气，笑着拿起纸箱走到众人面前，卑微地低头，对他们一遍又一遍地说着谢谢，可那些刚才还看得兴致正浓的人却收起嘴角的笑意，冷漠地转身离开，只有极少数的人往纸箱里扔钱，絮暖攥紧那些屈指可数的硬币，脸上难掩落寞之色。

眼前的阳光突然被一抹高大的身影遮住，下一秒絮暖手上的硬币被那个人打落在地。

"你这新来的到底懂不懂规矩，谁让你在这里卖艺的！"身形魁梧的男人口气不善，眉毛高高挑起，怒视着她。絮暖却置若罔闻，蹲下身去捡那些散落在四处的硬币，如此赤裸裸的无视，彻底点燃了男人的怒火，他抬脚踩上絮暖的手背，恶狠狠地怒骂："你是耳朵聋了，听不见我说话吗？"

絮暖咬牙，刺骨的疼痛让她脸色泛白，她明白在这样一个地方，会有她想象不到的黑暗，大家争抢地盘欺凌弱小，她更明白如果她现在忍让只能换来更残忍的对待，所以她必须反抗。

絮暖伸出拳头重重地打在那男人的腹部，趁着他吃痛的空当把他绊倒在地，快速牵制住他的右手并反压到他后背上，男人龇牙咧嘴地叫喊着，面容扭曲，早没了之前的气焰。

"你给我听好了，把地上的钱给我捡起来，否则我饶不了你！"絮暖的怒吼声让男人为之一颤，他虽然心有不甘，却只能点头答应。

不料絮暖才松手，他就抽身而出，指着她破口大骂："臭丫头，你给我等着！"说着就一溜烟地跑了。

不难想象，放虎归山的后果是引来一大批恶狼，转眼间絮暖已经被三四个人团团围住，对方都是男人，絮暖势单力薄，硬拼根本不可能，她胡乱地抓起小摊上的东西劈头盖脸地朝对方扔去，趁他们躲闪时，突出重围，绕进复杂的老巷子。

然而一切并没有她想的那么简单，对方熟悉地形，无论她怎么左弯右绕，身后的人仍紧追不舍，看来必须得找个地方躲起来。

小巷四通八达，每条巷子都极为相似，每转一个弯都会令人迷失方向，最后她还是悲剧地把自己绕进了死巷，前无去路，后有追兵。絮暖拍着堵住她去路的高墙，心急如焚。这墙的高度凭她一个人根本爬不过去。她转身发现墙边放着一个巨大的废弃纸箱，心中燃起希望。

意外却接踵而来，一个跌跌撞撞的身影突然冲进巷子，眼前的少年看上去和她差不多大，穿着一身破烂的衣服，厚重的刘海挡住了大半张脸，像个小乞丐。他似乎也正被人追赶着，双手撑着膝盖，粗重地喘着气，看到絮暖时怔了片刻，而后又把目光锁定在了那个废弃纸箱上。

他该不会也想躲在纸箱里吧？由不得絮暖多想，两个人几乎同时抓住了那只箱子。

"先来后到，明白吗？"絮暖先声夺人，对方手上的力度却丝毫未减，一点儿也没有退让的意思。絮暖也不罢休，两股力道抗衡，少年竟没有占得任何优势，这让他有些意外。眼前的女孩子个头虽小，但力道挺大。

巷外杂乱的脚步声已经越来越近，少年蹙眉："看来没时间了，那就一起吧。"絮暖反应不及，肩膀已被少年的手揽住，下一秒她被迫和他一起躲进了箱子里。两个人挤在狭小的空间里，极其不舒服，却又不敢动弹。耳边的脚步声越发清晰，关键时刻，絮暖为了顾全大局，极力地压抑着心头的怒气，不好发作只能把自己憋得面色通红。她第一次和陌生人靠得这么近，心中非常排斥，拼命地想要往旁边挪动拉开两个人的距离，但是这样的行为反而让纸箱剧烈晃动起来，眼看着纸箱就要往絮暖那边倒去，一双大手把她拉了回去，絮暖失去平衡，一头撞进了对方温暖的怀抱，才想逃离头又被按住。

少年对她做了个嘘声的手势，又指了指外面示意有人来了，为了不被发现，她只得继续保持刚才的姿势。对方强而有力的心跳声和她紊乱的心跳声交织在耳边。透过狭小的缝隙，絮暖可以看到巷口聚集了两批人，一批是追絮暖的，他们身穿廉价的背心，露出臂膀上青色的文身，凶神恶煞的脸上充满了戾气，看着就让人不寒而栗。而另一批人却截然不同，他们西装笔挺，戴着黑色眼镜，完全不像一般的地痞流氓，更奇怪的是，为首的人竟然还牵着一只白色的萨摩耶。

同样是敌人，为什么差别这么大！怎么对方的人看上去更高大上呢？絮暖瞥了眼身边的人，昏暗的光线中，她看不清他的表情，只能隐约看见那双深邃的眸，沉静得可怕。

如此相同的境遇，他们算不算"同是天涯沦落人"呢？絮暖想着，方才紧绷的心绪稍稍放松了些，不过眼下正是紧要关头，敌人正向他们步步逼近。

那帮地痞流氓只是匆匆往巷内望了几眼，就准备掉转方向离去。可那批黑衣人却谨慎仔细，靠着那只萨摩耶的鼻子，搜索着要找的人。

这样地毯式的搜索让人感到窒息，絮暖屏住呼吸，观察外面的动静。只见那只萨摩耶在纸箱前停住，来来回回闻了好几遍，终于转身离去，就在絮暖以为转危为安时，它竟然又折了回来，响亮的狗叫声打破沉默，回荡在巷中。絮暖心一沉。不等对方动手，少年已经认命般地掀开了箱子，那只萨摩耶见了他立刻兴奋地扑上去，少年蹲下身握住它的双爪，敲它的脑袋，责备道："七宝，你这个叛徒，都是因为你！"口气虽然带着气愤，眉宇间却没有了之前的冰冷，而是浸满了柔和的光。

七宝"呜呜"地喊了几声，满脸委屈，蹲坐在少年身前，任由他的双手胡乱地揉着它的毛。

如此人狗和谐的一幕让絮暖茫然，这些黑衣人难道不是他的敌人吗？

但此刻她已无力思考这些，因为命运的反转给了她当头一棒，那些走远的地痞流氓听到狗叫声又杀了个回马枪，打了她一个措手不及。

"臭丫头，竟然躲在这里，看我怎么收拾你！"之前被絮暖打倒在地的男人朝她步步进逼，却被黑衣人挡住了去路，男人有些恼怒，"你们又是什么人，给我让开！"

为首的黑衣人并不理会他，而是看向乞丐少年，恭敬道："请跟我们回去！"

少年的神色一沉，清冷的声音响起："你们别费劲了，我是不会和你们回去的！"

　　黑衣人不再多说，大手一挥，其他几个人应声而动。地痞流氓们见黑衣人已经行动，也不甘落后，两批人瞬间把两个人团团包围，死死地堵住了出口。

　　人群中，絮暖和少年背靠着背。

　　"看来是我连累了你。"就算到了这种时候，少年的声音仍沉得像一湖水，不起波澜。

　　"不是看来，而是事实就是如此！我给你个将功补过的机会怎么样？"絮暖笑道，"既然同是天涯沦落人，那就是一条道上的，必须联手！"

　　这是一句肯定句，不给对方一丝拒绝的余地。絮暖的眼中闪起耀眼的光，自信从容的笑容令少年有些失神，他摊手轻笑："看来我别无选择！"刚才两个人交锋时，絮暖能感觉到他的实力不弱，如果两个人联手，说不定有机会逃出去。

　　"兄弟们，给我上！"地痞流氓们已经按捺不住，一窝蜂地冲了上来。絮暖的腿功一直不错，但碍于身材娇小，弹跳力度不够。她冲少年喊道："帮我一把。"对方似乎已经猜到她的意思，双手将她托起，絮暖借着他身体的力度，甩出双腿，一招旋风踢瞬间横扫一片，把那批地痞流氓打得东倒西歪。

　　"呵，看来效果来不错！"少年弯起唇角，"七宝，看你的了！"一直乖巧地蹲在他身边的七宝接到命令，咆哮着冲进人群，吓得他们四处逃散。少年转身，发现絮暖身后正有一个人拿着棍棒想搞偷袭，他用力推开她，自己硬生生地接下了对方一棒，絮暖见状一个后踢，快狠准地踹在敌人的腹部，那个人躲闪不及，痛苦地捂着肚子倒地。

　　"你没事吧？"絮暖发现少年被打的右臂有明显的红肿，对方无声摇头，絮暖蹙眉，这样下去不行，他们人少，打持久战注定吃亏。看来只能把希望寄托在七宝身上。七宝是大型犬，跃起时气势骇人，大家避而远之，密集的人群很快就有了空隙。

　　"就是现在！"絮暖看准时机，抓起少年的手，冲了出去。

　　一路上絮暖都不敢回头，更不敢停下，只能拼命地向前奔跑，巷口的风打在脸上，温暖而潮湿。逆光中，她的背影笼罩在光辉中，身侧的少年眯眼打量她的侧脸，少女目光中的倔强，唇角边的浅笑仿佛构成了一幅色彩鲜明的油画，定格在这个午后。

　　跑出老巷子，是一条大路，狭窄的视野瞬间宽广起来，四周绿意盎然，充满生机，"追兵"早已不见了踪影，絮暖也终于体力透支，瘫在地上喘着粗气，半响，她望着蔚蓝的天放声大笑起来。

　　少年诧异："喂，都成这样了，你还有心思笑？"

　　絮暖收起笑容，不好意思地抓头，解释道："我只是觉得已经很久没有像这样痛快地奔跑过了，这种感觉很奇妙！"没有任何顾虑，只要认定了方向，就能抛却一切，坚定地向前，她或许找回了她最初的模样。

少年听后，陷入沉默。

絮暖起身，走到他面前笑靥如花："不管怎么样，今天还是要谢谢你。"

对方避开她的视线，淡淡道："没什么，我们也算两清了。"少年正要转身离去时，天空突然响起惊雷，夏季的阵雨总是来得如此猝不及防，雨伴着狂风泼洒，一时半会儿停不下来。被大雨困住的两个人，只好到附近的桥下躲雨。

昏暗的桥梁下，少年倚着角落坐下，与身边的絮暖隔开一段距离，脸上带着防备和疏离，始终沉默不语。絮暖也不知说什么才好，看着桥檐上滴落的水珠出神，半响索性起身，玩起水来。

她幼稚的行为让少年哭笑不得，经过刚才的折腾，他已经身心俱疲，可絮暖似乎总有使不完的劲儿，根本不知道疲倦，这会儿玩个水都能开心地笑出声来，他不明白，快乐真的有这么容易吗？

手臂上的伤越发疼痛，少年咬着牙忍不住倒抽一口气。絮暖闻声回头，见他捂着手臂皱眉，不知想起什么，连忙去翻背包，从里面拿出专治跌打损伤的药膏，从小学武难免受伤，所以絮暖包中会常备些药物，她差点儿把这个给忘了。

絮暖凑过去抬起他的手臂，轻声说："可能会有点儿疼，你忍着点儿。"少年却往旁边挪了挪，拒绝她的好意："不需要。"他像只刺猬，一旦有人靠近就会竖起尖锐的刺，逼退敌人，可絮暖却没那么容易退却。

"你这伤是为我受的，我得对你负责！"絮暖口气强势，拉过他的手臂，快速地抹了药膏。

"你……"少年气急，脸涨得通红。

絮暖一副得逞的模样，笑嘻嘻地说："这个药膏是活血化瘀的，非常好用，你这伤坚持涂个三天，应该就会好了。"说着把手上的药膏硬塞进少年的怀里，然后默默地蹲回自己的角落。

少年动了动手臂，感觉疼痛确实减轻了不少，有些别扭地对她说了句："谢谢。"虽然声音低得几不可闻，絮暖却听得清楚。

之后两个人陷入了相对无言的状态，絮暖双手抱膝坐在地上，偷偷打量不远处沉默的少年。被雨打湿的刘海遮住了他明亮的眸，他坐在黑暗里，身影孤独。明明穿着破烂的衣服，举手投足间却没有一点儿市井气，他真的是乞丐吗？那些黑衣人到底为什么要抓他呢？絮暖心里满是疑惑，话到嘴边却又咽了下去，不过是一场意外的萍水相逢，她又何必较真呢？

时间一分一秒地过去，絮暖有些坐立不安起来，郝城离开前曾说下午会给她打电话，可偏偏她今天出门的时候把手机忘在家里了，为免郝城担心还是快点儿回去的好。

其实絮暖包里有一把黄色遮阳伞，之前雨势太大起不了什么作用，现在雨小了，她撑开伞走进雨幕里，挥手和少年告别："我还有些事情得先走了，再见！"

少年双眼微眯，没有说话，望着她逐渐走远，然后对着地上的小水塘出神。

可没过一会儿，那抹仿佛带着光的身影竟然又跑到他身前，那一刻他内心竟有种失而复得的欣喜。眼前的絮暖喘着粗气，红扑扑的小脸被雨水打湿，弯腰把伞放到他身边，笑道："我住的地方离这儿挺近的，看这雨一时半会儿也停不了，这伞你用吧。"笑容像六月的阳光，绚烂夺目，让周围的景物都失了色。

少年来不及说什么，絮暖已经把包放在头上，踏着水花离开。

这个世界总有这么一种人，带着光和热撞进你的世界，不管你心上绑了几把锁，积了多少霜，她总能在某个不经意间，融化你心头的霜。

少年握着那把黄色的伞，勾起唇角，钟爱冷色调的他头一次觉得黄色这个颜色不错。

七宝的叫声伴着雨声突如其来，少年心中一紧，转身想逃，才发现前后已经被人堵死。七宝朝他飞奔而去，欢快地摇着尾巴，围着他打转。

"你这家伙到底帮谁的啊？"少年气愤地指着黑衣人，"他们才是我们的敌人！你怎么能帮敌人抓你的主人！"

他没有想到对方竟然会想到利用七宝的灵敏嗅觉来找他，一个小时前他为了躲开他们，和街上的乞丐交换了服装，没想到这掩人耳目的招术并未成功，还失败得彻底。

"少爷，你还是跟我们回去吧。"为首的黑衣人逼近他，另外几个人突然上前快速地钳制住他的双手。

"你们这帮浑蛋，我顾北寒是不会和你们回去的！"顾北寒拼命挣扎，他绝不会向那个男人低头！这场出逃他策划了很久，也是他头一次用行动向他的父亲宣战，他不会再任由父亲摆布自己的人生。

那些黑衣人为了完成任务，根本不给他反抗的余地，顾北寒攥紧双拳，压抑内心的躁动，终于放弃了反抗，他决定假装妥协，寻找合适的时机再逃脱。

以前，他都在为别人而活，但这一次，他想为自己而活。

这场大雨意外地下了一天，翌日天空终于放晴，烈阳当头，暑气不减。这样的高温天更适合待在家里，絮暖却早早地出门了。鼎阳市的风与南浔镇大不相同，潮湿的海风扑面而来，令人心旷神怡，絮暖深吸一口气，把被风吹乱的发丝别到耳后，低头照着纸上的地址小心确认方向。

这一路她总感觉身后有人跟着自己，可每每回头，除了空旷的街道和行色匆匆的路人便无其他。或许是之前有过被追赶的阴影，害她产生了幻觉。

絮暖没再多想，顺利到达了目的地。那是一间偏僻的老厂房，远离市中心的喧哗，独立在幽静的一隅。但今日这里却难得地热闹，因为有一场试镜会将在这进行。

小时候絮暖常跟着絮胜穿梭在各大剧组，跑过几次龙套。她知道郝城人脉广，便托他帮忙找一些演出的机会，赚些生活费。郝城做事雷厉风行，昨晚便打电话告诉她这个试镜会的消息。只是对于试镜会的详情，他知道的并不多，听说这次主办方很神秘，只是放出了试镜的消息，其他一概没有透露，甚至不知道戏的内容和角色。更令人奇怪的是，明明是挑选龙套的角色，居然还要大费周章地进行试镜，怎么都有些不合常理。

絮暖先填写了报名的表格交给工作人员，拿到了号码牌之后便是漫长的等待。休息区的气氛沉默又压抑，大家神色各异，有人紧张地来回踱步，有人听着音乐缓解内心的焦灼，絮暖却淡定多了，她好歹也是见过大场面的人，虽说不紧张是假的，可也必须沉住气，不能自乱阵脚。

一阵哭声突兀地响起，引得众人循声望去，只见一个打扮妖艳的女孩子从试镜室里走出来，仿佛受了天大的委屈，哭得歇斯底里，妆都花了。然而这只是一个开头，之后的情势越来越诡异，一发不可收拾。有人发了疯似的从里面逃出来，更可怕的是还有人被抬着丢了出来。

这次试镜会还有个奇怪的地方，试镜者进入试镜间前需要签署一份保密协议，不能向外人透露任何有关这次试镜的内容，违反者将要付高额的违约金。那些试镜完的人被工作人员统一带到了另外一个房间暂时隔绝起来，所以试镜间里到底有什么，无法得知。但从那些人的表情上不难看出，那里似乎是个人间炼狱。

休息区乱成一团，众说纷纭，一股寒意在大家心中蔓延，却没人知道真相。人们往往对未知的事物充满了恐惧，因为他们不确定自己能否面对那些未知，最后负面情绪潜滋暗长，击退了所有正能量。不战而败的人悄然离开，絮暖透过窗望着他们的背影，无声叹气，还没就试过，怎么就知道不行呢？

"絮暖，请准备！"听到工作人员的声音，絮暖站起身来，在大家复杂的目光中前行，干净利落地在保密协议上签下自己的名字。

工作人员为她开门，唇角扬起一抹诡异的笑容："祝你好运。"

絮暖心一沉，咬牙向前走了几步，便听到"砰"的一声，门关上了，絮暖下意识地

去转动门把，却发现大门从外反锁了。四周黑得彻底，根本辨不清方向，黑暗像只无形的手牢牢把她包裹住，她挣脱不得，只能深陷其中，恐惧乘虚而入，蔓延全身，连呼吸都跟着急促起来。

这到底是什么鬼地方？絮暖眉头紧皱，在黑暗中摸索前进，她用双脚丈量房间的宽度，走了很久都没有到达尽头，如此大的空间里，静得吓人，只能听到她的脚步声。

约莫走了百步，她终于触到冰冷的墙壁，不知碰到什么，一盏老式的壁灯突然亮起。诡异的橘黄色灯光让絮暖有些不适应，耳边有清晰的齿轮声，她站在原地迟疑了几秒，黑暗中有一只手重重地拍上她的后背。

絮暖心里"咯噔"一下，僵硬地转身，入眼的是一团奇怪的毛发。此时不知道哪里又吹来一阵阴风，把那团毛发瞬间吹开，毛发像无数只触角向外延伸，露出一张苍白扭曲的脸。鲜红的液体正从那怪物的五官里缓缓溢出，源源不断地落在地上，染红了絮暖的白色板鞋。

絮暖吓得双腿发软，向后退了数步，这到底是什么鬼东西？耳边液体滴落的滴答声，令人害怕，由不得她多想，又是一阵齿轮转动的声音，那怪物突然向她的方向移动。

絮暖像一头受惊的小鹿，撒腿就向前跑。之前被那帮地痞流氓追也就算了，这次居然被人鬼不分的怪物追，她的人生还能再悲剧一点儿吗？

途经之处两侧墙上的壁灯一盏盏亮了起来，驱散了眼前的黑暗。光亮总能给人安全感，虽然那怪物仍然对她紧追不舍，可絮暖的脑海此时却清明了不少，她从来不相信鬼神之说，那些可怕的东西之所以存在，都是因为有人在装神弄鬼。

板鞋上沾染的红色液体传出阵阵刺鼻的气味，那根本不是血腥味，而是油漆！絮暖混沌的眸亮了起来，放缓脚步，等待敌人靠近。

"就是现在！"她自信一笑，转身极快地抬腿，狠狠一记下劈落在那怪物身上。

金属碎裂的声音响起，怪物崩塌瓦解，一颗螺丝钉滚到絮暖脚边，她弯腰捡起放在眼前，喃喃道："果然只是个吓唬人的机器！"说着直视前方："看来只有走下去，才会知道谁才是幕后操控的人了！"

越往里深入，絮暖越觉得自己身处一间鬼屋。干枯无肉的骷髅、肢体不全的丧尸、一步一蹦跶的僵尸……百鬼夜行，不过如此。

经过之前的考验，絮暖的胆子大了很多，不但不再惧怕那些怪物，反而饶有兴致地多看了它们几眼，怪物的外形惟妙惟肖，怪不得能把之前好几个女孩子吓得哭晕过去。

房间的尽头是一扇门，门上装着电子锁，需要输入密码才能打开。

锁的上方有一行字，絮暖凑过去念出声来："通行密码是房间内的鬼怪数量。"

"如此变态的题目，到底是谁设计的？"絮暖忍不住哀号，平常人能顺利走到这里已是不易，谁还会留意鬼怪的数量呢？

屋内的监控室里，絮暖口中的那个变态撑着下巴，目光紧盯着监控屏幕里的人。只见那抹娇小的身影在门前焦躁地来回踱步，满脸懊恼的模样让人心生怜悯。

"唉，可惜了。"那个人叹气，能走到这里的人并不多，却都在那道门前前功尽弃。

不过惋惜似乎尚早，刚才还垂头丧气的絮暖突然抬头，用力地朝摄像头挥手："喂，不管你是谁，我知道你一定在看我对不对！"她其实早就发现了墙壁左上角亮着灯的微型摄像头，"你真以为我不知道答案吗？我啊，就是想逗逗你，被你耍了这么久，我也该礼尚往来！"絮暖的眸中浸满笑意，一副胜券在握的模样。好在她刚才仔细观察过那些鬼怪，这道题对她来说轻而易举。

屋内之人修长的手指敲打着桌面，对着屏幕轻笑一声："呵，有意思！"

絮暖没再拖延，在电子锁上输入密码，冷冷的机械音陡然响起："密码正确！"

大门敞开，屋内又是另一番光景。没有无尽的黑暗，没有可怖的鬼怪，灼热的光透过偌大的落地窗照下来，把房间照得十分明亮。絮暖双眼微眯，还不能适应这样强烈的光线，逆光中一个身影朝她走来，快到她眼前时，她本能地避开了对方。

"我又不是什么洪水猛兽！"那个人打趣着，朝她伸出手，"恭喜你，顺利通过试镜！"

那是一个沉稳的女声，适应亮光的絮暖终于看清了身前的人，黑色的鸭舌帽下是一头扎眼的红色短发，挺拔的鼻梁上架着一副墨镜，大大的白色口罩几乎遮住了整张脸。

她腹诽，是有多见不得人才把自己打扮成这样！

听到自己通过了试镜，絮暖并没有想象中的欣喜，反而没好气地打掉对方的手，质问道："那间鬼屋是你设计的？"

红发女人点头："算是吧，确切来说这间厂房原先就是一间鬼屋，我只是进行了适当的改造。"不以为意的语气让絮暖蹙眉："只是一个试镜会，你难道不觉得这样的考核有些过分吗？"虽然识破了那些所谓的鬼怪，絮暖心中仍有余悸，现在想想之前那些试镜者，似乎明白了他们当时所感受到的孤立无助和恐惧，此刻愤怒战胜了理智，让她无法当作什么都没有发生，欣然接受这一切。

"所以，你这是在质疑我吗？"红发女人挑高眉毛，步步进逼。絮暖没有退缩，反而迎难而上："我认为，你该给大家一个合理的解释。"

不是没有想过这样做的后果，或许努力迎合对方才是别人眼中正确的选择，可她不想随波逐流。失去一次机会对絮暖来说并不是什么天崩地裂的大事，她可以再去争取，违背自己的心比失去这个机会要难受得多。

黑色墨镜中倒映出的倔强脸庞和坚定双眸，让红发女人愣怔了片刻。

身前的女孩子那小小的身躯里仿佛潜藏着巨大的能量，就像一个发光体，让人无法忽视。她已经好久没有见过这么勇敢无畏的人了。

红发女人突然笑道："我很欣赏你的勇气！"语气里没了先前的戏谑，倒是多了几分肯定和诚恳，"你的意见，我倒是可以考虑一下。等试镜会结束，我会给大家一个解释。"这样的回答让絮暖很是意外。

她再次朝絮暖伸出手："所以，要不要和我合作？"絮暖愣在原地，怀疑自己幻听了，她的不断挑衅换来的竟不是对方的怒骂，事情的发展早已超出了她的想象。

见絮暖迟迟没有回应，红发女人轻笑出声："怎么，怕了？"尾音故意提高，"怕了"两个字刺激着絮暖的神经，像是被触及了心中的禁地，絮暖几乎不给自己思考的余地，就一把握上了对方的手。

"合作愉快！"见红发女人笑意更浓，絮暖才意识到有点儿不对劲。眼前的女人很厉害，说话滴水不漏，始终掌握着话语权，绝对不是好应付的，但现在退缩又不是絮暖的性格。絮暖只能在心里默默安慰自己。既来之则安之，自己从来都是迎难而上的。思及此，她开始有些期待之后的挑战。

一点儿小小的激将法，对方就上套，还是太年轻啊！红发女人忍不住感叹，右耳的蓝牙耳机里突然传来声音："老大，还剩最后两个试镜者了！是否安排他们进来？"

她沉思了会儿，吩咐道："让他们两个一起进来吧！"两个人一起进来，说不定会更有趣。

"你既然已经到这了，就和我一起看看最后两个试镜者的表现吧。"对絮暖说这话时红发女人已经坐到椅子上，监控屏幕亮了起来，絮暖走过去，眼睛陡然睁大，几乎无法相信自己看到的画面，最后的那两个试镜者一个是和她一起逃跑的乞丐少年，而另一个是她以为这辈子都不会再相见的高富帅。

命运还真是奇妙啊！

而之所以会有这场意外的相逢，还得从两个小时前说起了。

鼎阳市心悦酒店十二楼的豪华套房刚叫了送餐服务，身穿制服的服务生推着餐车进到里屋，门才关上，耳边便响起一道低沉的声音："我们来做个交易怎么样？"

被抓之后，顾北寒一直都在等待逃跑的时机，只是对方把他看得太死，让他无从下手。他会叫送餐服务，其实是有原因的，这家酒店的服务人员穿着非常讲究，为了保持清洁，送餐人员都会着统一的衣帽、口罩和手套，这样的装扮更方便他掩人耳目，逃离这里。

顾北寒开出的酬劳很丰厚，对方很快便心动了，两个人迅速交换了衣服。服务生要做的很简单，只需要假扮成他躺在床上装睡，为他争取更多的逃离时间。

一切稳妥后，顾北寒摸了摸蹲在床边的七宝，语气柔和："七宝，这次要委屈你了，以后好好补偿你！千万别叫啊！"关键时刻七宝果然表现了自己对顾北寒的忠诚之心，全程兴奋地摇着尾巴，任由他把自己锁起来，不发一声。

顾北寒把餐车的食物放到床头柜上，整了整衣衫，深吸一口气，推着餐车离开了房间。

之前借着购物的名义，顾北寒明着买了条铁链牵引绳，又暗地里买了把锁，为的就是困住七宝，让他们失去寻找他的武器，尽可能地拖延时间。

大厅里的黑衣人正襟危坐，数十道目光在他的身上游走探究，他每走一步都如履薄冰，胆战心惊，快走到大门时，身后突然传来声音："等一下！"

顾北寒顿住脚步，压低帽檐，转过身掐着嗓子回："还有什么事吗？"

"里面的客人吃东西了吗？"

顾北寒吁气，冲他摇头："我刚进去的时候，他正在床上休息。"为了确认，其中一个黑衣人站起身来，开门往里望了几眼，确认并无异样后关门对他挥手："你走吧。"

快速转动门把，开门推动餐车而出，轻声关门，这一连串看似稀松平常的动作，顾北寒此时做起来每一步都无比艰难。他把餐车抵在门前，向前飞奔，没有坐客梯而是绕到货梯，他必须得快，那些人很快就会发现床上的人是个冒牌货。酒店的地形他早已了然于心，货梯的出口通向停车场，而停车场连接的则是一家大型超市。

顾北寒混入人群，从超市的储物柜里取出自己几天前寄放的背包，才走到门口就看到熟悉的黑影朝他逼近。为什么他们的动作会这么快，他们怎么会知道他在这里的？就算是七宝带路，他们砸开锁也需要时间，何况他并未在黑影里看见七宝的身影，更不可能这么快找到他！

顾北寒思绪混乱，一时无法理清，他开始寻找别的出口，却绝望地发现自己无论怎么走，都摆脱不了那些人，他们就像他的影子，如影随形。到底是哪里不对？为什么他们可以如此准确地对他进行定位？不知想到什么，他疯狂地去翻自己的背包，竟然在里面找到了GPS（全球定位系统）跟踪器，他愤恨地把跟踪器摔个粉碎，继续寻

第二章 试镜大会·狭路相逢

找藏身之所。

黑衣人追踪到最后信号出现的地方,只在地上发现了跟踪器的残骸。

"他跑不远,应该就在附近,大家好好彻查一遍!"

顾北寒不知不觉跑进一片厂房区,废弃的厂房周围充斥着刺鼻的铁锈味,周遭行人寥寥,只有一间厂房附近聚集了不少人。他循着嘈杂声走近,见到一对争吵的母子,母亲嚣张跋扈,指着儿子怒骂,儿子却始终唯唯诺诺地低着头不说话,最后被母亲扯着耳朵不情愿地离去。

一张写着"47"的号码牌从男孩子身上掉下,被风吹到顾北寒的脚边,他弯腰捡起,刚想叫住那个人,远方一个着急的声音由远及近:"47号试镜者来了吗?47号奚言在哪里?"

他还没回过神,就被那个人拉住手臂往里拖拽:"大男人别磨磨蹭蹭了,就等你一个人了!"顾北寒一头雾水,还没来得及解释,余光就瞥到数道黑影,看来现在出去是不可能了,那个人应该是看到他的号码牌误以为他是奚言了,看来只能见招拆招,顺水推舟了。

试镜间前,高富帅抓着头发,神色焦急,一遍遍地询问着门口的工作人员:"为什么刚才进去的女孩子还没出来?是不是出了什么事情,你们不进去看看吗?"

对方被问得有些烦躁,但也只能耐着性子回他:"不用担心,她很安全,只要你顺利过关就能见到她!"

试镜的人都出来了,唯独絮暖进去后杳无音信,高富帅坐立不安,总觉得她会有什么不测,现在听到回复,焦躁的心情才平复了些。

絮暖之前去偷偷看他,他是知道的,床头柜上的那瓶药酒他怎么会不认得,但他却没勇气当面和她说声谢谢。自从高家致富后,絮暖就对他避而远之,他不知道该怎么维系这份友情,只能用最拙劣的方式靠近她,参加"比武招徒"大会,甚至欺凌弱小,一切不过是想引起她注意罢了。他总以为还有很长一段时间可以去和那个倔强的女孩子相处,可是等来的却是絮暖的诀别。那日他质问母亲,一番折腾后终于知道事情的来龙去脉,其实他受伤后没几日就被送去了私人会所疗养,所以絮暖来高宅那日他并不在场,更不曾看见她绝望的样子。他厌恶母亲的行为,想找絮暖说清事情的真相,最后更是不顾家人的反对,打听到了絮暖的下落,跟踪她来到了这里,莫名其妙地参加了这个试镜会。

从回忆里抽出,一股冷冽的气息扑面而来,顾北寒已经站在了高富帅的面前。两个人相对而立，高富帅在他面前竟足足矮了一截。感觉到身前的人探究的目光，顾北寒面无表情地瞥了他一眼。这动作却让高富帅极其不爽，虽然不知道对方是谁，但是气势绝对不能输。高富帅踮脚仰头瞪了回去，他腿上的伤并未痊愈，谁知用力过猛，失了平衡，一个踉跄向顾北寒栽去。对方并未扶他，身子灵巧地一闪，眼睁睁地看着他摔到地上，疼得叫不出声。

"47号、48号别耽误时间了，快进去吧！"在工作人员的催促声中，高富帅被人拽了起来，推搡着进入试镜室。无尽的黑暗瞬间把他吞没，从小就怕黑的他恐慌极了，奋力地砸门大喊："快放我出去！"嘶吼的声音一阵高过一阵，却始终得不到回应。

"别砸了，我刚听到上锁的声音，他们应该不会开门。"和他一同进入的顾北寒却显得平静很多，其实有时候黑暗更能让人静下心思考，好好分析眼下的处境。

顾北寒的声音让高富帅意识到自己并非孤立无援，虽然他并不情愿向一个陌生人寻求帮助，身体却诚实地循声靠近。

"喂，冰块脸，你在哪里啊？好歹吱个声啊！"高富帅艰难地拖动发软的腿，在黑暗中摸索着。无人应答，四周死寂，除了他的喘息声，再无一星半点儿声音。

"冰块脸你死到哪里去了？"高富帅又喊了几声，这回声音都变了调，带着几分哭腔。

黑暗太折磨人了，高富帅瘫软在地，感觉透不过气来。半晌听到"啪嗒"一声，橘黄的光瞬间冲破黑暗，照亮前方。

顾北寒费了好大的劲终于触到了墙上的壁灯，回身看见高富帅像一座雕塑般僵在原地，脸色煞白如纸，如同见了鬼一般张大嘴，生无可恋的神情耐人寻味。

不过下一秒，他就知道了原因。离高富帅不到一米的地方竟站着个人，准确地说那并不是人，而像是恐怖片里的僵尸，穿着古代的服饰，血肉模糊的脸上还贴着黄色的符咒，双手高举定在原地。

高富帅吓得忘了喘气，眉头紧皱如临大敌，不敢起身只好匍匐在地，几乎是连滚带爬地向顾北寒靠近，他从未在外人面前如此窝囊过，恨不得挖个洞钻下去再也不要出来。

顾北寒忍俊不禁："其实你不用爬的，那家伙好像不会动，你慢慢走过来就好！"

好像是那么回事，可是他总不能告诉对方自己腿软爬不起来吧。坚决不能说！但是用爬的又实在太没面子了，他左思右想，索性不动了，为了证明自己是个真正的男子汉，逼迫着自己直视眼前的僵尸。他先朝它挥挥手，又冲它挤眉弄眼了半天，发现那僵尸真的不会动，终于松了一口气。不过话说回来，其实看久了也没那么可怕了。

第二章　试镜大会·狭路相逢

　　高富帅胆大起来，对着僵尸破口大骂："你这浑蛋不好好在恐怖片里待着，竟然敢跑出来吓本少爷，看我不打死你！"骂完似乎不解气，还重重地踢了它几下。

　　"别动它！"顾北寒蹙眉，发出警告，可显然为时已晚。

　　那僵尸被踢得身体晃动，贴在脸上的黄色符咒掉落在地，像被触动了机关，突然向前蹦跶起来，做起了直线加速运动，目标很明确地冲向刚才打他的高富帅！

　　"什……什么鬼！救命啊！"刚才哪个浑蛋说那家伙不会动的啊！高富帅一跃而起，跛着脚一瘸一拐地拼命飞奔。那僵尸紧追不舍，神情狰狞，一副恨不得把他生吞活剥的模样，吓得他边哭边喊："呜呜，我要回家啊，我要找我妈啊！外面太危险啦！"

　　一个大男人被僵尸追得抹眼泪的模样顾北寒倒是第一次见，他双臂交叉放在胸前饶有兴致地看着眼前的一幕，眼中有明显的笑意。高富帅见他还在一边悠然自得地看戏，并未有想救他的意思，瞬间急了："你这浑蛋，都什么时候了，快救我啊！"

　　顾北寒原想多欣赏一会儿，却被高富帅尖锐的喊叫震痛耳膜，无奈只得大步流星地走过去，捡起那张掉落的符咒，快狠准地贴在僵尸的额头上。这一招效果显著，僵尸立刻被定在原地，不再动弹了。

　　这么简单就搞定了？高富帅不敢相信自己的眼睛！

　　"你既然已经猜到制住僵尸的办法，为什么一开始不去贴那符啊？"高富帅愤怒不已地逼问对方。

　　顾北寒摊手，不以为然道："我只是觉得你腿脚不好，应该适当运动！"

　　"你……"高富帅气得脸色通红，这家伙没事说什么大实话啊！竟让他无言以对！

　　"瘸瘸，你后面！"顾北寒指了指他身后，神色复杂。

　　"什么瘸瘸！难听死了，我叫高富帅！又高又富又帅的意思！记住了吗？"谁再喊他瘸瘸，他就跟谁急！

　　"行吧。"顾北寒满脸敷衍地点头，继而又道，"所以高瘸瘸，你可以看看你后面吗？"

　　眼前的人总有办法把他气死！咒骂的话语还未说出，一阵奇怪的"嘎吱"声猛然响起，高富帅回身一瞧，一具骷髅已经朝他举起了手。

　　高富帅一个用力弹跳，树袋熊似的抱住了顾北寒瑟瑟发抖，口齿不清道："冰……冰块脸，救……救我啊！"

　　"你先放开我，再这样下去，还没救你，我就得被你勒死了！"顾北寒被高富帅死命抱着，跟个牛皮糖似的怎么都甩不掉，勒得他快要窒息了。

　　为了顾全大局，高富帅只得压抑住内心的恐惧，放开顾北寒，自觉地躲在他身后。

顾北寒咳了几声，终于缓过神来。

那具骷髅其实不难对付，只要找准破绽就可以轻松解决。脊椎支撑着整副躯壳，就像是一根房梁，只要抽掉它屋子就会倒塌。同理，只要对准它的脊椎攻击，就能一击致命。顾北寒没有给它攻击的余地，把全身的气力汇聚在右腿上，一个飞踢准确无误地落在脊椎上，骷髅像是倒塌的积木，瞬间四分五裂。

顾北寒总能化险为夷，这让高富帅终于看清了当下的形势，做出痛心疾首的决定，抱紧顾北寒的大腿跟着他混。

眼下最重要的是走出这个鬼地方，能屈能伸才是大丈夫，面子和小命比，当然是命要紧。高富帅在心里安慰自己，抓着顾北寒的衣角亦步亦趋地前行。

"喂，既然害怕，干脆放弃好了。"顾北寒不明白高富帅在坚持什么，明明怕得要死，却还在那儿死撑。

"你不会明白的，别啰唆了，快走！"高富帅催促他，闭眼不去看身边的妖魔鬼怪。若不是欠絮暖一个解释，他怎么会在这儿受苦？难以想象絮暖一个人是怎么走过这里的，是不是也像他这般害怕？很快他否定了刚才的想法，那家伙才不会像他这样尿呢，小时候她就像个披着盔甲的战士保护着他，在他心里，她比谁都要勇敢。

高富帅脸上哭笑不得的神情让顾北寒琢磨不透，他已无力去管别人，此刻心中只有一个念头，就是快点儿脱身，希望那些抓他的人已经离开了，他加快了步伐，急速前进。

比起鬼屋里的紧张气氛，监控室里几乎是笑声不断。

"高富帅这小子，胆小又怕黑，到底是谁给他的胆子，让他来这里的？"絮暖笑着喃喃自语，被他逗得乐不可支。

红发女人突然打趣地发问："听你的口气似乎认识他们，他们是你的朋友？还是……恋人啊？"女人的八卦之心啊，一旦点燃真是来势汹汹。

絮暖也不避讳，斩钉截铁道："你都猜错了，准确来说一个是仇人，还有一个连朋友都算不上，顶多是个路人吧！"

这样的答案令人意外，红发女人却笑道："相遇即是缘，缘分可是很奇妙的。"话中深意，当时的絮暖并不明白，也不去深究，此刻她更想知道这两个人怎么会同时出现在这个地方，看来只有等试镜结束她才会得到答案。

最后一道门前，高富帅看着上面的题目，忍不住哀号："这到底是哪个杀千刀的想出来的题目！"这哪是什么试镜会啊，根本就是个整人大会！

第二章 试镜大会·狭路相逢

顾北寒似乎也被难住了，站着不发一语，高富帅抓着头发，想着干脆蒙个数字得了，对错全凭天意，刚想抬手按数字，却被一道声音喝住："等一下！"

顾北寒绕过他，手指在数字上来回摸索，最后停留在了"7"上。

"你知道答案了？"高富帅满脸诧异，对方没有回答他，垂眸沉思，半响突然改变主意，手指快速落在"8"上，刚才他亲眼看见的鬼怪应该有七个，但是半路他还看见了一堆散落的毛发，如果算上那个的话，应该是八个才对。

顾北寒没有再犹豫，利落地按下数字，耳边传来"答案正确"的提示音，眼前的大门缓缓开启。

没有对比，就没有伤害。虽然不想承认对手的强大，但现实却赤裸裸地告诉高富帅自己有多失败，这一次他可谓颜面尽失，连挺直腰杆的底气都没了。

不过好在只有身边的冰块脸见到他那副尿样，只要威逼那小子不说，就没人知道了！高富帅心中窃喜，捂嘴偷笑。

谁知门内迎面站着两个人，身材高挑的红发女人见了他，发狂一般地拍桌跺脚，捧腹大笑："哈哈哈，你这小子实在太逗了！"

那充满魔性的笑声萦绕于耳，害得絮暖瞬间破功，也跟着笑出声来。

高富帅一头雾水，目光扫到他们身侧的监控画面后恍然大悟，脸色一阵青一阵白，立马用手捂住自己的脸，想找个洞钻进去。他真是太傻太天真，多希望这只是一场梦！梦醒后他还是那个又高又帅无忧无虑的少年啊！

比起高富帅的羞愧难当，顾北寒却不动声色，瞥到絮暖时眸色一沉，泛起波澜。

这个世界未免太小了，如果说缘分是一个圆，那么有些人兜兜转转注定还会相遇的。

休息室里，舒适的红木长椅上，絮暖坐在顾北寒和高富帅中间，三个人静默无言，气氛尴尬极了。高富帅用余光偷偷打量身边的人，才几日不见，絮暖比原来消瘦了许多，稚气圆润的脸变得清秀，把那双水灵的眸衬得格外动人。

明明有很多话想对她说，可关键时刻高富帅又认怂了，如鲠在喉，一句话也说不出。

他在心里给自己加油打气，终于鼓起勇气往身边靠了靠，这一动作却让絮暖极不舒服，为了避开他索性往顾北寒的方向挪了挪。

看见她眸中的厌恶，高富帅心里一紧，僵在原地。

顾北寒把一切尽收眼底，神色淡淡的，看不出在想些什么。

"没想到还会再见到你，你的伤怎么样了？"絮暖打破沉默，听这口气，两个人应该是早认识了，高富帅心中警铃大响，连忙竖起耳朵仔细听着，生怕错过只言片语。

"已经没事了。"

"对了，你叫奚言吧，我是絮暖，咱们也算不打不相识！"絮暖笑着朝他伸出手，刚才她在红发女人那儿看到了报名表，得知了他的名字。

顾北寒先是一愣，随后握上她的手，唇角扬起一抹意味深长的笑意，恶作剧似的用力一拉，絮暖身子前倾，身后的高富帅因为靠得太近，失去依托，扑了个空，头重重地磕在椅子上，疼得哀号出声："冰块脸你这个浑蛋，你一定是故意的！"

"啊，抱歉，刚才手滑！"顾北寒面不改色，振振有词。

看着高富帅一脸吃瘪的模样，絮暖忍不住笑出声，都说一物克一物，看来眼前的人就是高富帅的克星，高富帅遇到他就算被打落牙齿也要往肚子里咽。

"大老远的就听到你们的笑声了，有什么好笑的事吗？"红发女人推门而入，高跟鞋踏在地板上嗒嗒响，刚才她让工作人员把他们安排到这里，自己去处理一些事情，回来时就听到屋内笑语盈盈，一片和谐。

倒是她一出现，屋内的三个人同时噤了声，气氛急转直下。絮暖和顾北寒看她时神情出奇地一致，眉眼里充满了防备，只有高富帅还摸着头哭丧着脸。红发女人望着他头上的大包，顿时乐了："高富帅，你还真是个活宝！"脚是瘸的，头也撞肿了，他到底是怎么在这么短的时间里把自己搞得浑身是伤的？真是稀奇。

"我们来这里，可不是来听你对我们评头论足的，你是不是可以解释一下那个鬼屋到底是怎么回事？"试镜大会竟然变成了试胆大会，顾北寒觉得匪夷所思。

红发女人自顾自地找了处位置坐下，语气不紧不慢道："这确实是场试镜大会，若按平常的套路走实在太无聊了，那不是我想要的！"她说着，唇角浮起笑意，"所以我想来一次与众不同的。我这个人吧，就欣赏胆大的人，便决定以此作为考核标准，就是这么简单！"她说得头头是道，一副"我是这次试镜的主考官，规矩当然由我做主，你们能奈我何"的模样。

众人面面相觑，竟无力辩驳。

红发女人察觉到刚才自己的语气似乎有些不妥，为表诚意，让大家放下对她的戒心，急忙起身，快速地脱掉帽子、墨镜还有口罩，首次以真容示人。

"折腾了这么久，都没有好好介绍自己，我是Nicole！"

耀眼的红发之下是一张中性帅气的脸，眉飞入鬓，微微上挑的双眸气势逼人，神采奕奕，很快吸引了众人的视线。

没有惊心动魄的美,却是一张让人看着极其舒服的面容。絮暖思忖了半天,终于忍不住开口:"你为什么之前不肯以真面目示人呢?"

此人行事乖张,路数怪异,让人猜不透她下一秒又会做出什么令人眼界大开的事来,就像一个解不开的谜,越隐藏越令人想要靠近。

"也许是因为我不确定你们是不是我要找的人,所以在那之前我觉得没有必要冒着风险暴露我自己!"她话中的深意让絮暖越听越疑惑。她到底要让他们做什么见不得人的事,需要如此小心翼翼地隐藏自己?

"呵,你的意思是,你现在已经确定我们是你要找的人了?"顾北寒轻笑,语气里夹杂着几分敌意。

"你们不畏黑暗和鬼怪说明你们勇敢,能通过最后一道门说明你们对事物洞察入微,而且身手敏捷,这些全部符合我的要求!"她说得斩钉截铁,突然目光落到高富帅身上,话锋一转,"当然某个人例外,虽然他身上并没有这些特质,不过看在今天让我笑得这么开心的分儿上,就破例录取吧!"

鬼都知道,Nicole说的是高富帅,但是那勉为其难的口气令当事人大为不满,必须为自己据理力争,说出事情的真相:"大姐!什么破例录取!本少爷那是靠实力!"

高富帅把"人不要脸,天下无敌"这句话诠释得淋漓尽致,让人对他睁眼说瞎话的能力佩服得五体投地。

Nicole懒得反驳他,言归正传道:"入选者会进行为期一周的封闭式集训,到时我会把合同带过来,也会告诉大家具体要做些什么,因为时间紧急,今天我就会带大家去集训的地方,那边已经为大家准备好了一切起居用品。"

见众人沉默,面露难色,Nicole提高嗓音:"抱歉,我理解大家的不安,暂时只能透露这么多,等时机成熟了,你们就会知道所有的事情,而且这次的任务酬劳丰厚,一定不会亏待大家。"

眼前的人可以相信吗?絮暖不停地问自己,对于Nicole她充满好奇,过惯了一成不变的生活的她,终于按捺不住那颗躁动的心,上前一步:"好!我去!"

高富帅拉住她,呵斥道:"絮暖,你疯了吗?都不知道是什么事情,你就敢答应!"

絮暖不理她,她并不傻,她只是好奇这次试镜背后的目的到底是什么,况且没有签约,还有抽身的余地。

"你……"高富帅太了解絮暖的脾气,知道自己劝不动她,咬咬牙决定豁出去了:"那我也去!"絮暖见他明明怕得要命,却还是负气地要一同跟去,心中五味杂陈,一时不知要说什么才好。

顾北寒看着絮暖，嘴唇无声地动了动，劝阻的话哽在喉咙里，他有什么立场去改变别人的想法，不过匆匆两面，他们甚至算不上朋友吧。

他苦笑起身，声音冷冷的："我就是个过客，对这个游戏没有什么兴趣！"逃跑途中阴错阳差卷入这场风波，或许离开才是上策。

他的手刚握上门把，身后却传来Nicole急促的声音："等一下！"她没有料到顾北寒走得这样决绝，更不愿错失他，只好做出最后的让步："我只能告诉你，你口中所谓的游戏和樱草学院有关。"

听到"樱草学院"四个字，顾北寒顿住脚步，蓦然转身，眸中充斥着无法掩饰的震惊……

第二章 试镜大会·狭路相逢

夕阳斜照，染红满天云霞，波光粼粼的海面上，海鸥迎着浪花回巢。一辆银色商务车缓缓地行驶在山间小路上，蜿蜒的山路两边草木葱茏，生机盎然。絮暖放下手中的电话，吁出一口气，她刚向郝城报备了自己的情况，紧绷的心终于放松了些。

折腾了一天，身边的高富帅已经酣然入梦，不知梦到什么好事，嘴角还挂着笑意。果然是个没心没肺的，竟然能睡得着。

顾北寒坐在前排，絮暖这个角度正好可以看见他的侧脸，即使被光笼罩着，仍抵不过他与生俱来的那份清冷。他眉眼低垂，紧抿双唇，清秀俊朗的样子让絮暖的目光忍不住停驻。

到底是什么让那个冷傲少年最后改变了主意，与他们一同参加集训？絮暖突然对那个樱草学院很好奇，想着想着倦意袭来，沉沉睡去。

到达集训地时，天已经完全黑了。

车在半山腰的海边别墅前停下，沿着铺满鹅卵石的小路走进庭院，花香浓郁，放眼望去四周种满了奇花异草，很多花絮暖都叫不出名字，只是觉得好看。

高富帅刚才睡得昏沉，这会儿仍是迷迷糊糊的，脚步不稳身子一歪眼看着就往花圃里倒去，还好Nicole眼明手快拉住了他。

"大少爷啊，你悠着点儿，可别把我的花草踩坏了！"Nicole吓得脸都变了色，高富帅却满脸不屑，觉得对方实在大惊小怪："不就是一株兰草吗？踩坏了我赔你十株！"

"真是好大的口气！那是神山兰花！就怕你有钱也买不到！"顾北寒的声音像一盆冷水劈头浇下，让高富帅为之一颤。

半晌，他挑眉，鼻孔里发出一声冷哼："什么神山兰花！很稀有吗？冰块脸你少吓唬我！"

Nicole看着顾北寒，眸中露出赞许之色，拍拍他肩道："还是你这小子有眼光！"继而痛心疾首地对着高富帅叹息："年轻人啊！这个世界上可是有很多东西有钱也买不到啊！"

高富帅自知理亏，委屈地看向絮暖，对方却拍了拍屁股，头也不回地走了。

别墅内的装饰摆设不像高富帅家那般豪华奢侈，而是令人舒适的极简风格，明亮的落地窗让视野更加开阔，米白色的家具干净温暖，整体格调虽然简单，却不失温馨。

"我已经让人把楼上的房间打扫过了，你们自己挑着住吧，起居用品也已经准备好了，等会儿有人会喊你们吃饭，我的房间在二楼左边第一间，有事可以喊我！"Nicole嘱咐完便上了楼，大家各自行动。

絮暖选了间打开窗就能看见大海的房间，转过身就见高富帅一脚踹开了她隔壁房间的大门，才进屋就倒头大睡。

她哑然失笑，视线在走廊上快速寻找奚言的身影。

"找我？"声音是从后方传来的，絮暖连忙转身，对方离她很近，吓得她倒退一步，不知怎么的，竟然感觉心脏漏跳了一拍。

"怎么了？"见絮暖神色慌张，顾北寒蹙眉。

"我……我找厕所！"

"走廊尽头那间就是了！"顾北寒伸手指了指，话音未落，身边刮过一阵风，身前的人已经消失不见。

这种慌乱的感觉搅得絮暖坐立不安，她站在转角偷偷凝望那个颀长的背影。奚言最后选了一间最僻静的房间入住，果然很符合他的性格呢。

晚饭大家各怀心事，Nicole似乎很忙，吃完饭就回了房，只是离开时简单嘱咐了几句，让大家早点儿休息，明天会洽谈合约的事宜。

絮暖吃得有点撑，百无聊赖地在屋内踱步，落地窗外的漫天星辰让她起了兴致，为了更好地观景，她跑上了三楼的露台，却发现那里早就有人了。

顾北寒倚着墙席地而坐，仰头眺望着天空。少年坐在星空下的背影虽然落寞，却十分和谐地融入景色里，像是一幅画，絮暖愣在原地，几乎失神。

"既然来了，干吗站在那儿？"顾北寒看到了絮暖。

她大步流星地走到他身边，底气不足道："我刚才腿麻了！对！腿麻了所以没法儿动！"絮暖说着心里发虚，她胡掰瞎扯的功力果然还是太差了。

"所以现在不麻了？"顾北寒轻笑。

"当然！"絮暖硬着头皮继续理直气壮。

顾北寒拍了拍身边的位置，声音温柔如春风："坐下吧！"

絮暖头脑发昏，竟毫不犹豫地照做了，身边之人眯着眼歪头冲她笑："真是比七宝还乖！"

话音刚落，絮暖的脸"噌"地一下红了，羞愧难当，说不出话。她一定是吃错药了，否则怎么会那么听话。

顾北寒倒也不再逗她，收起笑认真地问："你为什么要答应那个女人来这里呢？"

"你呢？为什么会来？"絮暖把问题抛了回去，顾北寒陷入沉默，璀璨的星光倒映

在他深邃的眸中。

海浪拍打礁石的声响打破沉寂，在浩瀚无垠的星辰下，人总是显得如此渺小，絮暖望着眼前的景色，几乎想要叹息。身边的人沉默了很久，久到她以为不会得到答案时，一道低得几不可闻的声音悄然入耳："大概是为了可笑的梦想吧。"

絮暖朝他摇头，语气认真又坚定："你错了，拥有梦想的人才不可笑！可笑的是那些让你放弃梦想的人！"

顾北寒身边的所有人都告诉他，他的梦想是荒诞的，是可笑的。他们操控他的人生，把他变成一个木偶。这是第一次有人告诉他那些人才是可笑至极的可怜人。

他久久地望着她，絮暖被瞧得不自在，尴尬地抓着头："是我说错什么了吗？"

顾北寒收回目光，淡淡摇头，絮暖松了一口气，自嘲道："其实我来这里的原因挺简单的，我就是想赚钱，不想我爸再为了我奔波劳累，比起你，我是不是还挺庸俗的？"

梦想对于穷人是奢侈的，现实总会把你逼得不得不低头。

"何必贬低自己呢？在我看来靠自己的双手生活是一件很了不起的事情。"他目光盈盈，语气里是从未有过的柔和。絮暖很意外，这个孤傲的少年原来也会安慰人。想起初遇时，他与人相处总会事先画好楚河汉界，谁也不能轻易越界，那份防备之心让人感到冷漠，但其实不然。

"谢谢。"絮暖笑着仰望星空。

之后两个人便没再多说什么，回去时，顾北寒才走到房间门口便听到里面的声响，推开门便看见高富帅正垂着头背对自己，手里不知在把玩什么东西。

"高富帅，你在这里干什么？"

声音突如其来，吓得高富帅连忙转身，慌乱地把手中之物藏到身后，像个无处遁藏的小偷，面色窘迫，支支吾吾地说："没……没什么啊，我就想来问你要不要……吃夜宵？"

这种鬼话，顾北寒又怎么会信？巡视四周，他的视线落在凌乱的床铺和显然被人动过的枕头上，心中已经知道发生了什么事，顾北寒双眼微眯，浑身散发着一股怒气，朝高富帅伸手道："把东西还给我！"

高富帅意识到谎言被揭穿，也不知哪里来的勇气，反倒不害怕了，拿出手上的东西，嘲讽地说："不就是一把破烂的玩具手枪嘛！你多大了啊，还玩这种小孩子的东西。"

话是这么说，自己却玩得不亦乐乎，似乎并没有归还的意思。

那是一把金属质感的玩具手枪，造型很精致，枪身表面锃亮，没有一丝划痕，看得出被主人保养得很好。看到絮暖和顾北寒走得近，高富帅心中极不舒服，偷溜进他的房间，竟在枕头下发现了这把玩具手枪，一时好奇，便玩了起来。顾北寒没说话，显然没了耐心，朝高富帅步步进逼，做出最后的警告："再给你一次机会，把枪还给我！"

高富帅却不买账，置若罔闻，见对方想抢，连忙把枪藏至身后，如此一来一回，顾北寒的忍耐已经到达极限："那就别怪我不客气了！"说着一个飞扑把他按倒在地，速度和力道惊人，高富帅根本来不及反抗，已经被反剪了双手，手枪瞬间回到了顾北寒手上。

高富帅的脸紧贴冰凉的地面，像一条垂死挣扎的鱼，拼命叫喊："奚言，你疯了吗？你快放开我！"

絮暖闻声赶来时，看见两个人扭打在一起。

"发生什么事了？"

顾北寒并未理会她，而是收起玩具手枪，放开身下之人，笑容带着戾气："高富帅，最后奉劝你一句，别人的东西最好别碰！否则下场会很凄惨！"

高富帅面色难堪，无言以对。每个人都有不能触碰的底线，而他这次确实错得彻底。

听顾北寒如此说，絮暖就算神经再大条，也猜到肯定是高富帅这小子惹了祸。

刚才动静太大，惊动了Nicole，她双手抱胸靠着墙围观了这场闹剧，神色淡然，看不出在想些什么，结束时默然离开。

几分钟后，絮暖把高富帅叫到了露台上。月色朦胧，星辰闪耀，如此美景却无人欣赏，絮暖的脸上蒙了一层寒霜，责备道："高富帅，你为什么要来这里？你闹得还不够吗？为什么不肯放过我？"

这一路高富帅一直想找机会找絮暖好好谈谈，可是絮暖不是避而远之就是冷眼相对。好不容易有了这次机会，谁料对方开口就是责备。

高富帅双手握拳，终于鼓足勇气开口："絮暖，我们回南浔镇吧。让你离开并不是我的本意，而是我妈她……"

絮暖打断他，像是听到天大的笑话，冷笑起来："不管是谁的意思，现在已成定局了不是吗？我不是货物，可以召之即来挥之即去！回去干什么呢，继续被你们欺侮吗？我原以为你和你妈不一样，现在看来是我错了，而且错得彻底！我是不会回去的，该回去的是你，你就不该来这里丢——人——现——眼！"丢人现眼四个字絮暖故意加重语

气。絮暖真是气急了，把对高母的愤怒全部发泄到了高富帅的身上。

高富帅怔住，双目通红，他不曾想到絮暖会说如此伤人的话来羞辱他！他们之间难道只剩下针锋相对了？他想过无数次和她重逢的场景，却没有一个像现在这个样子。他本想告诉她之前发生的种种都不是他的本意，他想代母亲向她道歉，他想带她回去，重新开始。可是他还是败给了自尊，那些演练过无数次的道歉终究咽了回去，取而代之的是残忍的话语："絮暖，你真是天真，你不会真以为我在求你回去吧！你不是问我来这里的目的吗？好我告诉你！我是来向你复仇的！你越是不想看见我，我越要阴魂不散地缠着你！"

"好一个复仇！我倒要看看你要怎么复仇！"谁知絮暖话音刚落，高富帅便气急败坏地跑过去，恶狠狠地踩了她一脚，听到絮暖吃痛怒吼，又连忙瑟缩着脖子落荒而逃。他暗暗想，这个地方他是待定了，一切都来日方长，他要和絮暖抗争到底，未来谁输谁赢还不知道呢！

高富帅的幼稚行为让絮暖哭笑不得，心中却如同乱麻，久久不能平复。

夜深了，絮暖却睡不着，望着天花板发呆。她想起晚上奚言把高富帅按倒在地的情形，那把玩具枪应该对他非常重要，否则他也不会露出那样的表情，就像被人抢了珍贵的宝物，奋不顾身也要拼命夺回。

还有高富帅那个祸害，其实她早知道让她离开南浔镇并不是他的意思，絮胜在电话里告诉她，自她走后，高富帅去了絮家好几回，忏悔道歉，就差没磕头认罪了。当然絮胜喜欢夸大其词，絮暖是知道的，但是以高富帅那性子，能上门道歉已经是个奇迹了。只是一看到他，絮暖总会想起高母当时那副丑陋的嘴脸，根本控制不住脾气，才会说了负气的话，可是覆水难收。她想着摇头叹气，明明早已自顾不暇，为何还要为别人的事烦恼呢？

絮暖收了心，不知道自己是何时睡着的，睡得正酣时，楼下突然传来敲锣打鼓的声音，她惊得以为地震了，起身看了眼表，才凌晨四点多，外面的天还是暗的。絮暖打着哈欠下楼，只见Nicole提着锣，一身运动装，精神抖擞地看着她。

"孩儿们，起床啦！月亮照屁股啦！"Nicole的吼声比那锣声更刺耳，顾北寒和高富帅也陆续下了楼，两个人打了照面，气氛冷到结冰。

"大妈，天都没亮，你喊我们起床做什么？"高富帅顶着鸡窝似的头发，困得睁不开眼。

"我现在宣布，集训第一天的团队活动，就是一起去看日出！好了，都别愣在这了，快去洗漱，我们得抓紧了！"Nicole催促着他们上楼。

顾北寒和高富帅几乎异口同声道:"不去!"说完互看对方一眼,面露尴尬。

"哎哟喂,还真是默契啊!"Nicole打趣着,似乎早料到他们会来这招,见招拆招威胁道,"这也算是集训的一部分,不去可以啊,直接给我滚蛋!"声色俱厉,一点儿都不像是开玩笑。

絮暖被这么一闹,睡意全无,她从来没在山上看过日出,如今有机会当然不肯错过,梳洗完下楼时就看见顾北寒和高富帅两个人呆坐在沙发上,相对无言。

絮暖学着Nicole刚才的口气,指向大门:"喂!你们两个不想去,可以滚蛋啊!"

男人的自尊心哪禁得起如此挑衅,两个人几乎同时跳起,争先恐后地上了楼,留絮暖一个人捧腹大笑。

清晨,盘山公路上空气清新,远山叠翠隐在薄雾里,宛若仙境。静谧的大海还未苏醒,只有几只早起的海鸥低飞盘旋。

Nicole充满干劲地走在队首,身后跟着絮暖和顾北寒,吊车尾的高富帅如一只老乌龟,拖着沉重的步伐,边走边小声抱怨:"真不知道那个破太阳有什么好看的!"要不是絮暖执意要去,他也不会冲动地跟着,现在后悔显然为时已晚。

高富帅之前受过腿伤,虽然忍痛做复健,恢复得差不多了,但还是不宜长时间行走。絮暖回头望他,见他咬着牙,已是满头大汗。

顾北寒把她的忧心忡忡尽收眼底,沉声道:"担心他的话,为什么不过去看看?"

心思被看穿的絮暖显得慌乱无措,唇角露出一丝自嘲的笑:"其实那家伙的腿伤都是因为我。"对于这点她多少有些内疚和自责,无法坐视不管。

"Nicole,已经走这么久了,我们休息会儿吧!"絮暖的请求Nicole欣然接受,高富帅得到了喘息的机会,瘫坐在栏杆边一动不动。

这些人里他的体力最差,有了这一次休息,高富帅便上了瘾,没走几步便嚷嚷着不行了,自顾自地坐下不肯走了,这任性的行为彻底惹怒了Nicole。

第三章 演员集训·妙趣横生

"高富帅,你这小兔崽子给我走快点儿,再这样下去我们要赶不上看日出了!"Nicole恶狠狠地朝高富帅挥舞着拳头,对方却无视她的咆哮,将任性进行到底。

"拖了后腿,还能如此理直气壮,也真是让我大开眼界!"顾北寒话中的冷嘲热讽如此明显,高富帅就算再傻也听得出。

"冰块脸,你是想打架吗?"高富帅起身,逼近他,虽然个头矮了一截,眸中却杀气十足。顾北寒居高临下漠视他,眼角眉梢浸满寒意。

"够了!"絮暖上前一步拉开他们,愤慨道,"我们现在是一个团队,就不能好好相处吗?"

"不能!"高富帅气极了,一屁股坐到地上开始耍无赖,"我这个拖后腿的不走了,要走你们走吧!"

"你这小子犯什么浑!"Nicole气得敲他脑袋,"快给我起来!"

高富帅却不为所动,气急败坏地回:"你们快点儿走!别管我!"

见好心劝说无用,Nicole也不再自找没趣,拉过絮暖和顾北寒就向前走。絮暖看了一眼高富帅,嘴唇无声地动了动,最后漠然离开。

高富帅在地上呆坐了很久,四周安静极了,仿佛这天地间只剩他一个人。他满脸颓败地望着空荡荡的公路,脑海里冒出两个成语,一个是"自生自灭",另一个是"咎由自取",他还真是厉害,两者皆占,如是想着,不禁自嘲地笑出声来。

年少气盛时的负气行为果然只会把事情越弄越糟,他知道自己确实拖了后腿,却拉不下脸面承认,只好逞一时口舌之快,落得这个下场。

高富帅起身向前走了几步,脸上突然一凉,抬手摸了把脸才发现竟然是一坨鸟屎!

"臭鸟!居然连你们都欺负我!"高富帅暴跳如雷,捡了石头就向空中的飞鸟砸去,但是这一点儿都不解恨,最后他索性放声大喊,叫声回荡在幽幽山谷,却无人回应。

半响,一道熟悉的声音突然在耳畔响起:"还有力气大叫,看来你没事!"

高富帅闻声望去,暗淡的眸亮了起来。絮暖不知何时跑回来了,站在离他约莫十米远的地方撑着双腿喘着气。她刚才一直在想,把高富帅一个人丢在这个人生地不熟的地方,那家伙一定会吓得抱头痛哭吧,他就是个纸老虎,表面的凶神恶煞只是虚张声势,其实内心根本经不起波澜。对于高富帅她是矛盾的,她知道他本性不坏,只是个被父母宠坏的孩子,让她根本恨不起来,到底还是于心不忍啊!

"你……你怎么回来了?"高富帅拼命睁大眼睛,满脸诧异。

"怕你哭啊,你哭起来太难看了,我怕吓着别人!"絮暖的调侃惹得高富帅面色通红,他当然不买账:"开玩笑,本少爷会哭?你也太小看我了!"

"也不知道是谁当时在鬼屋哭得稀里哗啦的!"絮暖转身才发现顾北寒正向她走来,Nicole也紧随其后。

"你们……"絮暖一时语塞,没想到大家居然都回来了。

"是你说的,我们是一个团队,决不能丢下任何一个人。"顾北寒低沉的声音落在絮暖的心头，泛起涟漪。

这是絮暖刚才一个人离开时所说的，既然是团队活动，那就该共同进退，顾北寒和Nicole为之动容，看着絮暖奔跑的背影，不知怎么的，顾北寒的身体已经比理智快一步做出反应，紧跟她的步伐折了回来。他平时特立独行惯了，这一次突然有了"团结"的意识。

既然是一起出发的，就应该一同到达终点，少了谁都不行。

"喂，你还走得动吗？"顾北寒径直走向高富帅，看着他那一瘸一拐的腿，俊眉蹙起，抓过他的手搭在自己肩上："靠着我，应该能走快点儿。"

高富帅愣住，半天说不出话来。想起昨晚两个人争执时自己的冒失顶撞和蛮不讲理，而现在顾北寒却放下心中芥蒂帮助他，不免让高富帅觉得自惭形秽，而且他至今还欠着对方一句抱歉。

"奚言……我……"高富帅支支吾吾起来，眼神里流露着感动。

"你这个眼神让我浑身起鸡皮疙瘩，有话就直说。"顾北寒被盯得直哆嗦，不自然地别过头去。

高富帅深吸一口气，鼓足勇气道："抱歉，昨晚是我不对，我不该拿你的东西。"

"你说什么？刚才风太大，我没听清！"见顾北寒满脸笑意，高富帅就知道他是故意的，强忍怒气，咬牙切齿道："冰块脸！算你狠！我刚才说，昨晚的事情我很抱歉。"

"行吧，勉强接受了。"

望着眼前吵吵闹闹却并肩前行的两个人，絮暖不自觉地笑出声。能让高富帅放下身段道歉不是一件易事，看来她选择回来是正确的。

如此和谐的景象也让Nicole心情大好，昨晚她目睹顾北寒和高富帅争吵后便萌生了一起看日出的念头，想借此机会让他们的关系得到缓解。故意拉走絮暖和顾北寒，把高富帅丢下，不过是想试探他们会如何处理此事，最后的结果令她欣喜，为之动容。

远方的天际逐渐亮了起来，暑气升腾，美好的一天正要开始。原本静谧的山路却被巨大的引擎轰鸣声打破，两辆跑车争先恐后地从狭窄的山路上疾速下行，车灯晃得人睁不开眼，车速惊人，几乎与走在道路最外侧的絮暖擦身而过。

这一幕太过惊险，大家反应不及，回神时絮暖已经倒在地上。

"絮暖，你没事吧？"Nicole冲她大喊，众人忙跑过去，神色焦急。

高富帅见絮暖面色惨白，更是怒气上头，转身对着早已驶远的车影大骂："浑蛋！你们开车不长眼啊！别让我再看见你们，否则见一次打一次！"

第三幕 演员集训·妙趣横生

"怎么样，动动看，有没有伤到哪里？"顾北寒扶她起身，絮暖试着动了动腿，一阵刺痛让她忍不住蹙眉，果然刚才还是不小心扭到了。

忍住腿上的不适，她连忙挤出一个笑容，摆手声称自己没事。

"真的没事？"顾北寒试探地问。

"当然！"絮暖语气肯定，又催促道，"快走吧，不然真的赶不上看日出了。"

她掩饰得很好，大家并没有起疑心，就在她以为蒙混过关时，顾北寒投来的犀利目光仿佛看穿了她所有的心思，让她局促不安起来。

絮暖咬着牙跟在队尾，固执地想，既然已经有高富帅一个伤员了，她就更不能再拖大家的后腿了。可是腿上的刺痛一阵接着一阵，疼得她直冒冷汗。

抬头时发现前方的队伍竟然不动了，诧异中，顾北寒目光坚定地向她走来，用生气的口吻道："明明扭伤了，为什么不说？你这样才是拖大家后腿！"

顾北寒的话让絮暖无从辩驳，经他这么一说，大家才恍然大悟。

Nicole检查了絮暖的伤势，发现她的右脚踝已经肿了起来，不禁担忧道："絮暖，你感觉怎么样？实在不行，我们还是回去吧。"

"我可以的，都走到这里了，怎么能半途而废！而且马上就到了！我可以坚持的！"

"你就是死鸭子嘴硬！"高富帅没好气地说她，"痛就喊出来，女孩子要这么坚强做什么？"

可她就是这样的人，有些固执是生在骨子里的，根本剔除不掉。

顾北寒站在一边，面色阴沉，半晌道："高富帅，你可以自己走吧？"看到对方点头后，他径直在絮暖身前蹲下："上来！我背你走，如果不想拖后腿，就照做！"只有短短几字，却字字都说到点上，根本不给她拒绝的余地，逼着她乖乖就范。

絮暖趴在顾北寒的后背，少年的背脊宽厚硬朗，颈线修长柔和，如此近的距离甚至可以闻到他的发香，只是那周身散发的寒意让絮暖缩了下脖子，她能感觉到眼前的人似乎在生气，连忙在心中斟酌字句，最后只别扭地说出四个字："抱歉……谢谢。"为自己的固执道歉，为他对自己所做的致谢。

顾北寒的背脊僵了僵，过了很久才回应她："别看你个子不高，分量倒是不轻。"

竟然敢嘲笑她重，絮暖怒气冲冲地反驳回去："不是我重，是你力气不够。"

对方却装出受尽委屈的模样，故作忍让道："别担心，再重我也会背到底的！"絮暖吃瘪地说不出话，事后好好回味这句话时，内心竟升腾起一种别样的温暖，说不清也道不明。

高富帅望着他们，虽心有不甘，但为了顾全大局，并没有说什么。

山顶的观景台，可以把鼎阳市的美景尽收眼底。

晨曦初照，驱散远山薄雾，露出群山壮阔的景象。太阳跃出海面，海天一色，美得令人窒息。絮暖从未见过这样的日出，心神都被吸引住，根本移不开视线，早忘了腿上的疼。

"这也太美了，果然不枉我们走这么远的路！"絮暖发出感慨，能看见这般美景，之前的艰辛都是值得的！

她的笑颜被光染得耀眼夺目，动人美好。高富帅把手撑在脑后，附和道："确实挺美的。"

"难得来一次，必须留个纪念啊！"Nicole拿出手机叫嚷着，"你们几个过去站好，我给你们照一张。"

三人站成一排，身后彩霞漫天，绚烂似火。站在中间的絮暖笑容如花，摆出胜利的手势，高富帅紧挨着她，朝着镜头扮鬼脸，另一边的顾北寒却显得拘谨很多，手都不知往哪里放，最后被絮暖强拽着摆出剪刀手。

"咔嚓"一声，画面定格，17岁的夏天，尤其灿烂美好。

考虑到队伍里有两个伤员，回程时Nicole联系了车送他们回去。絮暖伤得不重，敷了会儿冰袋就消肿了，下午就活蹦乱跳了。

Nicole召集大家商量签约的事宜，终于拿到合同书的三个人，低头认真阅读上面的条款。

合同上写的酬劳很丰厚，但违约金也高得吓人。

"为什么合同上没有写要我们做什么？"虽然酬劳和违约金都明码标价，但是在乙方需要履行的义务这一栏上却写得含糊其辞，只写了一句话，"一切都以甲方的要求为准"。顾北寒的质疑一针见血，这并不是合同上的疏漏，似乎更像是一个陷阱，等着他们跳入。

"因为你们的工作是机密，所以并没有写在合同上！"Nicole的回答让顾北寒面色更加难看："把合同做得这么干净，难道不是有什么陷阱？这样的合同，你觉得我会签？"

高富帅即便再傻也听懂了顾北寒的意思，跟着咄咄逼人道："你到底要我们做什么见不得人的事？"

气氛一时剑拔弩张，经过这几天的相处，Nicole给絮暖的感觉就像是亲切的大姐姐，

这样一个人应该不会蓄意害他们，絮暖显得格外平静："你们别着急，我相信Nicole，你们听她慢慢解释。"

Nicole朝她露出欣慰的笑，直言不讳道："之前我有提到过樱草学院，对于它你们了解多少？"

樱草学院对于絮暖和高富帅这两个异乡人来说是极其陌生的，可顾北寒对它了如指掌。

"樱草学院从创办至今已经有十年了，它是一所注重学生全面发展的学校，除了一般学校必学的科目外，还增加射击、格斗、野外生存技巧、团队协作等拓展课程，因此培养出了不少警界精英，也算是鼎阳市家喻户晓的名校，只是这几年……"顾北寒的声音一点点低下去，眸中是掩饰不住的落寞。

Nicole接过他的话，继续道："只是这几年，樱草学院的负面新闻不断，学校老师体罚学生的事件被传得沸沸扬扬，一时间樱草学院被推到舆论的风口浪尖，被扣上校风混乱、师德败坏、魔鬼学院等诸如此类的帽子。诋毁樱草学院的帖子遍布各大学校论坛，网络暴力往往比想象中更可怕，曾经的名校辉煌不再，学生接二连三地退学，樱草学院因为生源问题将面临废校的危机。"

"可是……这一切和我们有什么关系？"絮暖很茫然，猜不透其中的关联。

"我要你们做的，就是以我给你们设定的角色身份转学去樱草学院！"

转学去樱草学院，还要根据角色设定进行扮演！这出乎众人意料。

"樱草学院如今的招生情况一落千丈，这学期只有一个新生报名，若是你们三个人加入，正好勉强达到合格人数，如果你们答应这件事，等于是为樱草学院做了一件好事。"Nicole见众人不为所动，诱惑道，"我们还会承担全部学费和生活费，你们只要在学校待满一年，让学校在这一年里化解废校的危机，并且对此事进行保密即可。"

"Nicole，你为什么要如此大费周章地帮樱草学院渡过难关？"顾北寒继续追问。

"抱歉，我也是受人所托，只能告诉你们这么多。"

受人所托？也就是说这件事的主导者另有其人，到底是谁要帮助樱草学院？顾北寒陷入沉思。

絮暖也在心里打着自己的小算盘。Nicole开出的条件很诱人，她根本找不到理由拒绝，郝城本就在为她找学校的事情奔波，去樱草学院正好能解决上学的难题，还能省去学杂费，这样的好事她怎么能不心动？

Nicole说得对，如果能帮助学院化解危机，确实也算做了一件好事。絮暖不再踌躇不定，干净利落地在合同上签下了自己的名字。

高富帅没有思虑那么多,只是觉得新鲜有趣,又见絮暖签了字,也当机立断继续做她的跟屁虫。

絮暖和高富帅会答应是在Nicole意料中的,这三个人里她最拿不准的就是奚言,他心思缜密,有主见,并不是随意就能糊弄得了的。

顾北寒权衡利弊后终于做出决定,略有深意道:"希望我们没有错信人。"

"我敢保证,一定不会。"Nicole语气坚定,许下承诺。

签完合同后,絮暖便上网查找了一些关于樱草学院的资料。整屏的负面新闻让人咋舌,樱草学院的创始人陆世安几乎占据了整个版面。教育界的败类、品行恶劣、体罚学生、辱骂家长,可谓劣迹斑斑,此人还非常神秘,几乎不接受媒体采访,网上也只有他早些年的一些照片,长相倒是不错,早些年还有记者拍到他和女星萧栀然一起逛街的照片,两个人因此传出绯闻,有着说不清道不明的关系。怎是一个乱字了得啊!絮暖忍不住唏嘘,除此之外她还发现一件奇怪的事情。

一直和樱草学院存在竞争关系的世英贵族学院也坐落在鼎阳市东南方的邻安大街上,两校仅隔着一条马路,彼此遥遥相望。听说去年就传出世英要收购樱草的消息,后因陆世安从未出面表态而不了了之,不过樱草学院大部分生源都流入了世英,还有不少老师被挖墙脚,明眼人都看得出世英的别有用心。

絮暖忙着查资料,身旁的高富帅则瘫在沙发上百无聊赖地看着电视,有一下没一下地调着台。絮暖抬头无意间瞥见屏幕上闪过的身影,忙拍高富帅的肩膀催促道:"快调回前面那个台!"

高富帅"啊"了一声,乖乖照做,那是教育台播出的一个访谈类节目,采访的对象让絮暖有种似曾相识的错觉,好像刚刚才见过。

下一秒屏幕上出现的字幕让她恍然大悟地叫出声来:"对,就是这个人,世英贵族学院的校董,我刚才上网的时候还见过他的照片。"

话音刚落,顾北寒正在翻阅杂志的手突然僵住,视线落在屏幕上,画面里的男人剑眉星目,与记者谈笑风生,口若悬河地说着自己的教育理念。顾北寒听着只觉得荒谬刺耳,不禁蹙眉,眼角眉梢尽是厌恶,终于按捺不住地起身,夺过高富帅手中的遥控器,关掉了电视。

"冰块脸,你又发什么疯!"不顾身后高富帅的咆哮,顾北寒头也不回地上楼,冲进房间,倒在床上。

电视里男人的身影不断在脑海闪现,令他心浮气躁。

"顾森！"他喃喃地喊着刚才出现在电视上的男人的名字，顾北寒，顾森，其实不难猜，那个男人是他的父亲，也是肆意操控他人生的人。

顾北寒出生在警察世家，受家族氛围熏陶，他最大的梦想就是当一名警察，可他引以为傲的父亲却放弃了警察的事业，投身商海，唯利是图，变得面目可憎。他曾天真地以为只要自己足够坚持，顾森总有一日会放他追求自己想要的东西，可是他错了，一味地隐忍和退让，换来的是被逼着出国的下场，因此他决定反抗，拼死也要逃离对方的魔掌。

顾北寒拿出藏在枕头下的玩具手枪，指腹轻擦着枪身，陷入回忆。小时候他曾被匪徒绑架，那是一段他无法忘记的过去，最后是一个军人救了他，也是那个人送了他这把玩具枪。

在顾北寒的记忆里，那个人就像是一个身披铠甲的勇士，救他于危难之中。

"害怕为什么不哭？"男人问他。

他努力逼退眼中的泪，吸了吸鼻子，声音稚嫩又坚定道："男子汉是不能轻易掉眼泪的！"

男人蹲下身摸着他的头笑："你很勇敢！"

他仰头问："你叫什么名字？"

"我叫雷锋！"

"骗人，老师说雷锋叔叔从来都是做好事不留名的。"

"哈哈！你们老师说得对！"

男人离开时被一双小手拉住衣角。

"你要去哪里？我还能再见到你吗？"

"有缘总会相见的，也许将来你会在一个叫樱草学院的地方见到我。"

樱草学院，那是顾北寒第一次听到这个名字，后来樱草学院在鼎阳市名声渐长，让他更加心向往之。但事与愿违，顾北寒不得不就读于顾森投资的世英贵族学院，后来又被逼出国留学，他的人生中充满了无奈和压迫。

也许是因为那个军人的关系，顾北寒对樱草学院的负面新闻始终抱着怀疑的态度，觉得是有人故意栽赃嫁祸。他甚至怀疑是顾森在背后捣鬼，但攻击樱草的人很早以前就出现了，而顾森是去年才企图收购樱草的，时间似乎对不上。如今他误打误撞成了奚言，倒不如把握这次机会转学去樱草学院，如此一来不仅能避开顾森的追踪，说不定还能见到当年救他的人。

八月，庭院里的桂花都开了，暖风夹着香气阵阵袭来，却吹不散絮暖心头的焦躁不安。自从拿到Nicole的角色设定卡之后，她如坐针毡，在房中来回踱步。

Nicole抱着一大沓试卷推门而入，见她满头大汗，关切道："你是不是腿疼？怎么满头的汗，空调明明开着啊！"

絮暖心虚地摇头："我没事，刚才无聊，做了会儿运动。"说着目光一转落在Nicole手上的试卷，脸色瞬间沉了下来。

"这些试卷你抓紧时间做完吧，主要是看看你现在是什么水平。"

"我……"想起合同上高额的违约金，絮暖拒绝的话哽在喉咙里没敢说出来，只能硬着头皮接过那沓试卷。

Nicole走后，絮暖看着试卷上密密麻麻的文字符号，觉得天塌了！

每个人都有自己不擅长的事情，絮暖虽然武艺了得，成绩却不怎么样，也不知是不是老天故意和她开玩笑，专挑她不擅长的刁难她。

Nicole给她的角色设定总体能概括成以下几个关键词：傲娇女王攻、学霸型人物。

前者她还能靠着与生俱来的强大气场演绎，但是后者对她来说简直是晴天霹雳。让她一夜间成为学霸，简直是天方夜谭啊！

若是Nicole得知她水平这么差，来一个"七天无理由退货"怎么办？必须抵死不从啊！絮暖决定耐住性子，好好做题，一张卷子做完已是绞尽脑汁，精疲力竭了。

她溜出房间，想喘口气，顺便打探奚言和高富帅的情况，也不知道他们拿到了什么样的角色设定。

此时高富帅正躺在底层大厅的沙发上，拿着镜子端详着自己的脸。絮暖偷摸地过去，发现他正对着镜子挤眉弄眼，鼓着腮帮卖萌，这举动吓得她一个趔趄差点儿滑倒。

"高富帅你干吗呢？撞邪了吗？"絮暖拍着胸脯，显然惊魂未定。

"你是不是觉得很恶心？"看到絮暖点头，他愤恨地丢掉镜子，一个鲤鱼打挺把脚踩到茶几上，"别说你了！我自己都觉得恶心！我高富帅可是个纯爷们！怎么能一言不合就卖萌呢？"

"那你刚才发什么疯？"

高富帅瞪她："你以为我想啊，镜子是Nicole给的，他说我这张脸杀气太重，让我多多练习怎么卖萌。"

"你的角色设定该不会和卖萌有关吧？"絮暖满脸惊诧。高富帅伸手指了指茶几，生无可恋地说："自己看吧！"

絮暖拿起卡片一看，发现上面简单地写了几个字：软萌可欺小正太。絮暖当即笑出

声来：“哈哈哈，小正太，太好笑了！"高富帅可是南浔镇的小霸王啊，出了名的暴脾气，能动手就决不动口，让他转性卖萌任人欺负，简直是要他的命啊！

"你就笑吧！学霸大人！"

"你……你怎么知道？"高富帅从小和絮暖一起长大，怎么会不知道她有几斤几两，被踩到痛处，絮暖顿时气急。

"从Nicole那儿打听来的，听说你还有很多卷子要做，在这里闲聊真的来得及做题吗？"

这家伙果然是来复仇的！真是哪壶不开提哪壶！

絮暖强忍怒气："话说奚言那边怎么样啊？"

"冰块脸啊……"高富帅啧啧摇头，吐出几个字，"简直是惨不忍睹！"

高富帅说得没错，顾北寒确实挺凄惨的，让一个冰块脸二十四小时都面带微笑，你说惨不惨？"阳光健气攻""体育特长生"是Nicole给顾北寒的人物设定，他一开始是拒绝的。但在Nicole死缠烂打的猛烈攻势下，他只好委曲求全。

"你的面部表情太僵硬了，我要一个阳光帅气的人物，不是一个面瘫！总之……先学着怎么笑吧！"Nicole把一根筷子硬塞进顾北寒的手里，命令道，"从现在开始，你每天都咬筷子练笑容吧！"

顾北寒把筷子咬在嘴里，哭丧着脸，含混不清道："是这样吗？"

Nicole满脸嫌弃地回答："真是丑！"

躲在门外偷看的絮暖，也忍不住跟着感叹："确实丑得够别致！"看得兴致正浓，被迎面而来的Nicole一把抓住，押送回房间继续做题。

顾北寒见人走远，立刻原形毕露，把筷子扔到一边，会周公去了。

Nicole没料到絮暖的底子这么差，语数英除了语文勉强及格外，其余两门简直是大红灯笼高高挂！絮暖觉得自己已经尽力了，Nicole没辙，只好请了老师给她恶补。

"老师，你的假头套戴歪了！"

"老师，你那颗媒婆痣好好笑！"

"老师老师，我可以放个屁吗？"

在絮暖一连气走三个老师后，Nicole终于怒了，扯着嗓子怒吼："我要退货！"一听到"退货"两个字，絮暖顿时急了，连忙道歉："Nicole，你别生气，我耍套拳给你看！"

絮暖这个头脑简单四肢发达的学生，Nicole觉得是指望不上了，只好安慰自己，好在还有另外两个人。可她去验收集训成果时，才发现自己还是太傻太天真。"奚言，笑一个给姐看看？"

"哦！"顾北寒挤出一个比哭还要难看的笑容，把Nicole气得脸都歪了，猛吸数口气后才恢复过来，忍着怒意看向高富帅："高富帅，卖一个萌给姐看看？"

高富帅得令，一脚踩到椅子上，双手叉腰抖着腿得意道："怎么样，小爷够man（男人）吧！"Nicole看着他那在风中凌乱的腿毛，想死的心都有了！

苍天啊！现在退货还来得及吗？她承认是自己看走了眼！见Nicole面色惨白，絮暖弱弱道："Nicole你面色好差。"

"对啊，要不要吃点儿药？"高富帅跟着附和。

Nicole终于忍不住咆哮："你们这帮小兔崽子才应该去吃药！别来烦我，我想静静！"

"静静……是谁？"好奇宝宝顾北寒一出声，全场静默。

Nicole最后只好认命，毕竟时间紧迫，已经没有时间让她重新找人来顶替他们了。而且一个人的性格也不是能靠这短短数日的集训就能改变的，她没再为难他们，只好采取放养模式，破罐破摔，自己选的人只能忍着。

不用做题了，絮暖当然神清气爽，每天吃饱喝足早早就睡了。但她从小就睡眠浅还认床，半夜细微的风吹草动都能把她吵醒，这会儿门外的脚步声虽然极轻，还是惊动了絮暖。透过门缝，她瞧见走廊上有道人影，月光从窗外透进来把那个人照亮。

竟然是奚言！他半夜三更鬼鬼祟祟地在走廊上干什么？

絮暖推门而出，摸着栏杆蹑手蹑脚地紧随其后，没走几步就被发现了。

一个警觉的声音骤然响起："谁？"

"是我！"絮暖乖乖地探出头来，"你要做什么？千万别告诉我是要上厕所，这个方向明明是通往Nicole书房的！你该不会要……"絮暖被自己的想法惊到，没敢往下说。

"就是你想的那样！你不觉得我们对她的了解太少了吗？我们仅仅知道她的名字，她一定隐瞒了很多事。"顾北寒也没有遮掩，把自己内心的想法和盘托出。

"话是没错，但是我们这样做会不会有些过分？"Nicole对他们不薄，这样私闯书房，似乎有些说不过去。

"特殊时期，就该特殊对待！"顾北寒觉得Nicole一定知道很多关于樱草学院的事情，还有那个幕后指使她的人是谁？他为什么要做这些事？顾北寒心中有千万个疑问急

于得到答案。

"那我和你一起去!"

Nicole的卧室和书房是分开的,她平时会在书房办公,但是这似乎是一个禁地,他们来这里有些时日了,始终没有进去过,令絮暖意外的是,书房竟然没有上锁,轻轻一推,门就开了。

"等一下!"顾北寒示意絮暖后退,从衣袋里摸出手电筒递给她,指了指身侧的墙壁,絮暖打开手电筒,灯光循着他的手指的方向打过去,才发现墙壁上的监控器和警报器。

"竟然装了监控器和警报器,怪不得门没上锁!"

"这更说明这间房间里有不可告人的秘密!"顾北寒说着手上又多出了一样金属质感的东西,三下五除二地就把它装在了监控器的附近。

"这个是干扰器,可以让它们暂停工作一段时间!"听到奚言的解释,絮暖难掩惊讶,根本没想到他准备得如此周全,这份缜密的心思让人惊叹。

两个人搜寻了书橱,却一无所获,顾北寒很快把注意力转移到了电脑上,打开后才发现电脑加了密。絮暖是个十足的电脑白痴,一碰到和电脑有关的问题就完全没了招。

顾北寒没有说话,神情专注,修长的手指飞快地在键盘上敲打,紧接着屏幕上出现了一连串絮暖根本看不懂的代码,顾北寒只用了短短五分钟就破解了电脑密码,进入系统。

絮暖有些震惊,奚言明明就在她的身边,可她却感觉他很遥远。他隐藏得太深,是她猜不透的谜。每一次接近,她都会对他有新的认识,如同此刻,他总能在无意间给她带来惊喜和震撼。

Nicole的电脑里除了工作上的文件,还有很多画稿,其中有一个加密的文件夹最可疑。顾北寒轻而易举地对文件夹进行了解密,里面存放的竟然是Nicole的个人简历。

通过这份简历,他们对Nicole有了全新的认识。Nicole中文名叫郑妮可,父亲是中国人,母亲则是日本人,Nicole算是名副其实的中日混血儿。她从小喜欢画画,15岁留日学习动漫绘画,20岁便在日本动漫界崭露头角,被誉为绘画鬼才,经过多年的沉淀,如今30岁的她,最新创作的热血漫画《妖怪校园物语》已畅销百万册,得到读者的一致好评和追捧。

"原来Nicole还会画画啊!"絮暖感慨着,"她竟然是个畅销漫画家,可她为什么会去帮助樱草学院呢?她跟樱草根本是八竿子都打不着的关系!"

"是啊,看来问题还是出在那个让她这么做的人身上,只可惜她的电脑比我想象的干净!"

线索断了,就在两个人陷入迷茫时,门口突然传来声响。顾北寒急忙揽过絮暖的肩,把她推到书桌底下,接着自己也挤了进去。

如此狭小的空间,肩碰肩的距离,絮暖不禁想起两个人初遇时的情景,心猿意马。

门被推开,月光跟着洒进来,乍一看那黑影的轮廓不像Nicole,反倒是像……

"高富帅!"絮暖压低声音,"这小子怎么会来?"

突然闯入的高富帅似乎和平常不太一样,双目紧闭着,只会向前走,不会转弯,身体撞墙了还一次次地向前。

"这家伙是中邪了吗?"絮暖唤了他几声,对方却置若罔闻,继续撞墙。

"看那样子像是梦游!"顾北寒一语道破。

絮暖只知道他胆小怕黑,却不知道他何时起有了梦游的习惯,顿时有些慌张。

"那我们怎么办?"

"得快点儿把他引出去,如果吵醒Nicole就大事不妙了!"

絮暖第一次见人梦游,一时也不知如何是好。

"絮暖,你说点儿高富帅爱听的话,说不定他一高兴就跟着你走了。"

死马当活马医吧,絮暖只好试试他的法子,她知道高富帅平时自恋,最爱听别人夸奖他的话,当即咬牙违心道:"高富帅,你是这个世界上最帅的人,简直比蟋蟀还帅!"

"噗",顾北寒忍不住笑出声来,这哪是赞美,根本就是在损他。

不过别说,这招还挺管用,高富帅竟然循着声音转过身来,絮暖见有效,继续道:"你是电,你是光,你是唯一的笑话……"

高富帅就这么乖乖地跟絮暖出了房门,顾北寒迅速把电脑归位,取下刚才放置的干扰器,轻声关门。失去声音诱导的高富帅又开始径直向前进。

"要不要把他喊醒啊?"

"不行,听说最好不要叫醒梦游的人。"

絮暖张大嘴,满脸疑惑地看向他,仿佛在问:那你说怎么办?

高富帅快要走到走廊尽头的房间时,顾北寒抢先一步为他开了门,见他进入后又迅速关上了门。等一下,她怎么记得走廊尽头的房间是厕所啊?顾北寒那家伙一定是故意的!

进入厕所的高富帅突然没了动静,絮暖忧心道:"他不会有什么事吧?"

话音才落，门内便传来响亮的打呼声。

顾北寒摊手轻笑："我看应该没什么事。"

两个人没敢多聊，各自回了房，只是苦了高富帅，要在厕所睡一夜了。

第二日，厕所的"香味"终于把高富帅熏醒了，他环顾四周才发现自己竟然在厕所！他怎么会在这里睡着了，他记得自己明明是睡在床上的，怎么就跑到厕所来了？而且浑身酸痛，跟散了架似的，照照镜子还发现额头上肿了两个大包！

这件事情很邪门，高富帅去问了絮暖和顾北寒，两个人口径一致，一口咬定他是中邪了，还说搞不好是鬼上身，让他求神拜佛，多吃素少吃肉。

高富帅听了害怕极了，对着墙壁神神道道的，一整天都魂不守舍，晚餐时可怜巴巴地扒着碗里的青菜，一点儿荤腥都不沾。絮暖看着于心不忍，把肉放到他碗里，高富帅立马跟见了鬼似的，把肉丢了回去！还真是病得不轻啊！晚上高富帅更是死活不肯一个人睡，可怜巴巴地跑到顾北寒房间打地铺，凑合了一夜，早上醒来，发现自己好好地待在房间里，悬着的心总算落了地。

时间过得很快，转眼已是集训的最后一日。Nicole已经打点好了一切，帮三个人办好了入学手续，因为要住校，他们可以在开学前一周入校。不仅如此，她还大费周章地请了造型师来给他们做造型。

高富帅对他原来的刺猬头很满意，觉得那更能体现他桀骜不驯的霸王风范，听说要剪头发，死活不肯，最后在一帮人的生拉硬拽下上了"断发台"。杂草般的头发被拉直，一刀平的齐刘海衬得他呆萌可爱，全然没了以往的"杀气"。

"哈哈，高富帅，没想到你也有今天！"絮暖上一秒还笑得前仰后合，下一秒就听到Nicole阴沉的声音在耳边响起："这里还有个漏网之鱼，给我抓住她！"

于是乎絮暖也没能逃过，她平时素面朝天惯了，这回被硬抓着改头换面，心中是千万个不乐意。

"Nicole，嘿嘿，我觉得我现在这样挺好的，要不咱们就别……"

"角色需要，想成为一名出色的演员，就该有为艺术献身的觉悟！"

说得好听，还为艺术献身呢！若不是想到那高额的违约金，她肯定抵死不从啊！

被折腾了整整两个小时，絮暖才被"放行"。原来干净利落的单马尾被改造成俏皮的双马尾卷发，更显清新动人。絮暖的皮肤很白，阳光下泛出肌肤的莹润光泽，视线一转，才发现楼下的两个少年都在看她。

四目相交，顾北寒不自然地别过头。他的刘海被剪短了许多，深邃的眸中闪着光，高挺的鼻梁下架着一副黑框眼镜，整个人被柔和的阳光笼着。

　　高富帅见惯了絮暖女汉子的模样，没想到她打扮起来竟然如此惊艳，看得根本移不开眼。

　　"喂！"絮暖笑着朝他们挥手，调侃道，"你们两个这么一整，其实还不赖！"

　　她不会知道，自己刚才的笑容在别人看来是怎样一种摄人心魄的美。

　　两个人没接话，而是别扭地转身，分别往两个方向走开了。

　　絮暖一头雾水，难道她又说错了什么吗？

第四章
樱草学院・天降鸟人

离别前夕，Nicole留了半日让大家和家人告别。

高富帅来鼎阳市，高母是极力反对的，他打了电话回去报平安，最后还是受不了电话那边的"狂轰滥炸"，气呼呼地挂了电话。

絮暖看顾北寒沉默地呆坐在一边，忍不住问："你不回家看一眼吗？"通过这些天的相处，顾北寒对鼎阳市的熟悉程度让絮暖推断他是本地人，但他从不提起自己的家人和朋友，这让絮暖觉得奇怪。

"不用了。"他回答得很决绝，一个字都不愿多说，絮暖也没敢多问。

送他们去樱草学院的车辆在郝城的住所附近停下，虽然已经和絮胜报备了自己的现况，絮暖还是决定当面和郝城道别，感谢他这些时日的照顾，顺便取回自己的行李。

碍于不能让大家等她太久，两个人只是寒暄了一阵，郝城便送絮暖下了楼，见絮暖走远才离开。

那条人员混杂的街依旧人声鼎沸，喧嚣至极。絮暖路过时望了一眼，却被站在街头探头探脑的男人拦住去路。

眼前这男人五十岁出头，俨然一副江湖术士的模样，头顶瓜皮帽，身穿破旧的黑马褂，手里还拿着杆旗子，褪色的帆布上"算命先生"四个大字龙飞凤舞，十分醒目。

他用力地把那杆旗子往絮暖面前这么一杵，推了推鼻梁上的圆形墨镜，露出一双贼溜溜的眼睛，随后摸着自己的两撇胡须，发出"啧啧"的声音。

絮暖在心中无声感叹，果然是个"人杰地灵"的地方，真是什么人都有。

不等对方发话，絮暖就先声夺人道："你是不是想对我说：'姑娘，你印堂发黑，邪气入体，三日内必定有血光之灾，若你按我说的做定能逢凶化吉，但前提是先把钱交出来！'"这种江湖骗子她见多了，连台词都背得滚瓜烂熟。

见那算命先生吃瘪的表情，絮暖几乎不给他任何反驳的余地，不依不饶道："老头，这都是八百年前的骗术了，咱们能不能少点儿套路，多点儿真诚？"

那老头也是见惯大场面的人，不慌不忙地答："非也，我可没说你有血光之灾，姑娘咒自己可怨不得我。"

"你……"絮暖气得面红耳赤，不想与他争辩，准备转身走人。

"姑娘生在春暖花开、柳絮纷飞的好时节，絮这个姓也是极少的，怎么看都不是个福薄之人。"身后老头絮絮叨叨的声音钻入耳朵，絮暖顿住脚步，转身不可思议地看着他。

"你怎么知道我姓絮的？"

"这个嘛，当然是天机不可泄露。"见絮暖上钩，老头又故弄玄虚道，"我还知道你要去一个新环境,心里很忐忑不安,对不对?"

絮暖用手扶额头,难掩惊讶。难道是她小觑了这老头?还是现在的骗术升级了,她out(落伍)了?

"有意思,你倒是再说说看,说对了有赏!"絮暖双手抱胸,她倒是要看看那老头还能整出什么幺蛾子。

老头围着她转了一圈,眸子不停地在她身上打量,掐指一算:"姑娘的身手不错,而且……"

"而且前两天脚应该才受过伤!"一道清亮的女声快他一步,似乎被抢了风头,老头愠怒,口气不善:"你这小丫头片子是哪里冒出来的?"

说话的女孩子长发披肩,气质出众,一手拉着行李箱,一手摘下太阳镜,犀利的目光在那老头身上转悠,瞧得他心里发虚,不自觉地摸了摸鼻子。

"只是见不惯你学了点儿心理学的微表情分析法,就到处招摇撞骗!学艺不精还敢出来卖弄,那些书你应该还没看完吧?"

老头见她瞥了眼他包里露出的书角,连忙遮掩,恼羞成怒:"我听不懂你说的,我没骗人而且句句属实,不信你可以问她!"

絮暖也诚实地答:"他刚才说的那些确实没错。"

女孩摇头解释:"只要观察入微,其实那些不难猜。你手上有茧,像你这样年纪的女孩子,家里应该不舍得让你做粗重活,所以很可能是从小练功所致,你的身手必定不会差。你刚才走路时左脚和右脚的用力程度有细小的差异,说明你脚上受过伤。"

听她这番分析,絮暖恍然大悟,惊叹道:"你好厉害,为什么我刚才没有想到?"

"当局者迷,旁观者清而已。"

此时老头虽然脸色大变,却继续狡辩:"说我是骗子,我看你更像个骗子!穿得倒是人模人样的!小姑娘你不要被她骗了,谁是好人,谁是坏人还说不定呢。"

女孩冷笑一声走上前:"你从刚才到现在摸了三次鼻子,说明你心里发虚,害怕自己的谎言被揭穿。"

听她这么一说,老头又控制不住地摸了把鼻子,絮暖见了连忙出声:"好啊,你果然心虚,你看你又摸鼻子了!"很多无意识的细小动作往往会暴露一个人的内心想法。

"如果我没猜错,你的家就在这条街巷转角第二间吧。"

老头瞪大眼睛看着身前的女孩子,满脸的难以置信。

"看你这表情,我应该没猜错。我刚路过那里,那是间画室,画室门口还有个卖桂花糕的小摊头。你身上有股松节油的味道,指甲里还有桂花糕的残渣,而且我听那画室

第四章 樱草学院·天降鸟人

的主人说自己的父亲偷溜出门,还没回家,应该就是你吧!"

竟然全部说对了!老头身子一软瘫坐在地上,他今天真是背啊,本还想骗骗别人捞点儿钱,没想到居然碰到个"高手",真是阴沟里翻船。

"有一点我不明白,你是怎么知道我姓絮的?"

面对絮暖的逼问,老头知道自己骗不下去,也没再隐瞒:"我一直在这附近寻找下手的目标,今天恰巧在弄堂听见有个男人喊你名字,我就记住了,等在这里拦截你。"

原来刚才郝城送絮暖下楼时,那老头就盯上她了呀!现在想想,不禁不寒而栗,真是人心叵测。

"就是那边那个老头,昨天骗我说想要生龙凤胎,就给他汇钱!"耳边突然传来尖锐的女声,只见一个大腹便便的妇人指着老头满脸愤慨,身后还跟着两个警察。

老头见到警察,突然跳起,还没跑远就被絮暖一个飞踢踹倒在地。这么一闹,絮暖和那个女孩子也被请到了公安局协助调查。

两个人录完口供已是半个小时后,絮暖拿出手机一看才发现手机不知何时调了静音模式,一共有10通未接电话,全是高富帅打来的。

絮暖猛敲自己的头,她怎么把正事给忘了,连忙拨号打回去,还没开口,电话那头高富帅就"轰炸"起来:"絮暖,你跑到哪里去了?你再不回来,我们要报警啦!"见絮暖迟迟不归,电话也不接,顾北寒和高富帅便觉得不对,他们下车找了一圈也没见人。好端端的活人怎么会凭空消失,高富帅甚至以为絮暖被人拐卖了。

好不容易电话打通了,高富帅那聒噪的声音根本停不下来,絮暖耐着性子听完,才解释道:"发生了点儿意外,你们不用报警了,我现在就在公安局。"她话音刚落,那头的电话就易了主,一个低沉的声音插了进来:"把地址告诉我们,我们现在过来!"

公安局离郝城的住所不远,两个人一会儿就赶来了。高富帅见了絮暖就对她劈头盖脸一顿怒骂,顾北寒在一旁站着不说话,眸中却覆了一层霜。

絮暖忙低头认错,把事情的原委和他们细细说了一遍。

"这次就算了,以后就算情况再急你也要及时联系我们。"顾北寒的语气很认真,一字一句透着关切。

絮暖明白这次是自己做得不妥,冲他乖巧地点头,忙做发誓状:"我保证下不为例!"

见絮暖态度如此诚恳,高富帅只好放软语气妥协道:"那我就大发慈悲地原谅你了。"

顾北寒倒也没再说什么,絮暖心想这事儿总算翻篇了,一放松下来才想起刚才的女孩子，左顾右盼在人群里搜寻她的身影。

拥挤狭窄的街口，女孩吃力地拖着巨大的行李箱。这个地段拦车不易，她试了几次都没拦到，不免有些焦急，絮暖跑过去拍她肩，笑道："刚才的事情真的很谢谢你，如果没有你，我说不定真会相信那骗子的话。"

絮暖眉眼弯弯，笑容灿烂，让女孩有些微微失神，半晌才淡淡地回："不用谢我，我的本意并不是帮你，而是想惩罚那个骗子。"路见不平拔刀相助并不是她平日的作风，她只是觉得那骗子玷污了她所学的东西，才会一反常态管了这个闲事。

如此拒人于千里之外的回答令人生寒，絮暖敛了笑，尴尬地站着，女孩却不动声色地背对她，继续拦车。

车辆快速地从眼前掠过，没有一辆愿意停下。女孩收起微微发酸的手，有些失落。絮暖像兔子般蹿到她眼前，固执道："不管你的本意如何，你还是帮了我不是吗？"

女孩刚才背对着她，原以为她早走了，不知她竟默默地陪在她身边，不禁瞪大眸子，一时说不出话来。

"这里不容易打车，我和我朋友的车就停在这附近，我们送你一段好不好？"

"不"字还未出口，女孩的话就被截断。

"我知道你肯定要说不用了，所以……"絮暖眼珠一转，流氓般地抢过她的行李箱就往前跑，边跑边喊，"对不起了，你有你的固执，我也有我的坚持。"

女孩没辙，只好跟在她后头跑，明明心头早已怒意翻滚，气得要命，却发作不起来，反而忍不住想要发笑，怎么会有这般执着的人！固执起来就像一头牛，根本拉不回头，就连"报恩"的方式都如此笨拙。

絮暖气喘吁吁地跑到车前，拉开车门，把行李扔到车上，一屁股坐在最靠外的座位上，忙冲司机喊："师傅不好意思，还有一个人，马上就来！"

刚才絮暖称要去向帮她的人道谢，一去又是许久，高富帅早就等得不耐烦了："道个谢要这么久啊？还有我们人都齐了，你还要等谁啊？"

顾北寒见那个箱子有些眼生，忍不住问："这个好像不是你的吧？"

"说来话长，等会儿你们就知道了。"

絮暖没正面回答他们的问题，急着朝车外张望，街角突然出现的身影让她眸子发亮，她兴奋地挥起手来："这边！这边！"

女孩跑到车边已是上气不接下气，满脸通红，看到絮暖朝她咧嘴笑，更是气急，怒吼道："快把行李还给我！"

絮暖顺势握上她伸出的手臂，用力一拉，女孩整个身体跌进车里，紧接着耳边是车

门关上的声响和某人得意的声音:"师傅,人到齐了,可以走了。"

这一切发生得太快了,女孩蒙了好一会儿,回过神时车已经驶出了老远,身前三道目光一致地落在她的身上,两个少年诧异地打量她,而絮暖的表情无辜极了,厚着脸皮问她:"那个……你要去哪里啊?我让司机送你。"

"我真是从来没见过你这么无耻的人!"女孩咬牙切齿道。

高富帅脸色一变,暗叫不好:"我怎么瞧着不对劲啊,絮暖你该不会把人绑架了吧?"

顾北寒更正他:"绑架倒算不上,应该是某人又做了不讨好的蠢事!她就是你刚才说的'恩人'?"絮暖不得不感叹奚言料事如神,也承认自己确实是做了不讨好的蠢事。

"我承认我这个人比较笨又很鲁莽,我为自己之前的冲动向你道歉!"刚才那条街治安一直很差,絮暖不放心让她一个女孩子在那拦车,更何况这个点根本拦不到车,以絮暖的脑子只能想出这样的下策,不过也确实太鲁莽了!

女孩看着她,蹙起的眉有些松动,在这样一个复杂的社会,人人戴着面具过活,已经很少有人愿意在陌生人面前流露自己的喜怒哀乐,像絮暖那样毫无顾忌地笑,又坦然面对自己的错的人,她已经很久没见过了。

"邻安大街。"女孩无声地叹气,吐出四个字。

絮暖茫然地"啊"了一声,听她又道:"那是我要去的地方。"

对方会这么说,就是与她冰释前嫌了,絮暖欣喜若狂,刚想报地址给司机,转念一想,邻安大街不也是他们要去的地方吗?她不禁感叹:"太巧了,我们也要去邻安大街,正好顺路!我们去728号的樱草学院,你呢?"

女孩的眸子陡然睁大,惊讶地看着她:"你们……也去樱草学院?"

话音刚落,大家的目光都落在了她的身上。

"你的意思是说,你也是去樱草学院报到的学生?"絮暖提高嗓音,见对方点头,不禁在心中感叹,真是无巧不成书,甚至有些沾沾自喜,看来她没拉错人上车,他们本来就是"一路人"呢。

"那我们以后就是同学啦,我是絮暖,那个冰块脸叫奚言,还有这个活宝是高富帅。"絮暖急着向她介绍大家,身边两个少年听到絮暖给他们起的"绰号"不禁皱眉。

高富帅爱面子,便极力反驳:"我怎么会是活宝?我可是又高又富又帅的高富帅!"

絮暖不甘示弱:"是是是,你的帅能把人帅瞎眼!"

高富帅被絮暖气得脸都歪了，只要两个人发生口舌之争，他永远都是输家，只好别过头生闷气。

女孩被逗乐，唇边挂着极浅的笑："我是南零落，'惟草木之零落兮'的零落。"

"惟草木之零落兮，恐美人之迟暮。"这出自屈原的《离骚》，絮暖是知道的，只是被她如此一说，更是难掩其中的萧索凄凉。

絮暖固执地想，明明她正值最美的花季，怎么可能转眼就零落了呢？

"我觉得应该是钟灵毓秀的灵，沉鱼落雁的落才对！"絮暖挠着头有些懊恼，觉得自己词汇量不够，只能勉强憋出这么几个词来。

却不知她的话让南零落心中升腾起别样的温暖，神色都跟着柔和起来。顾北寒听着却没说话，目光流连在窗外的风景中。他似乎已经习惯絮暖的行事作风，冲动起来可以不管不顾，她是一道难以拒绝的光，能横冲直撞地照进人的心房，个中滋味唯有自知。

"你们是之前就认识吗？怎么会一起去学校报到？"

絮暖几乎要脱口而出："我们其实是……"

"我们以前就是同学，算是集体转学吧。"顾北寒抢先一步，接过絮暖的话，过后气急瞪了她一眼。虽然这个借口生硬了点儿，却阻止了絮暖说漏嘴。

絮暖终于意识到事情的严重性，连忙跟着附和："对对，我们以前是同学！"说话时手指翻绞着，眼神闪烁，还好有奚言救场，否则她可能真的就把他们的秘密和盘托出了。

南零落听了倒也没再追问什么，只是默默地把他们的小动作尽收眼底。

Nicole找的司机是当地人，熟悉路线，顺利把他们送到了目的地。絮暖查的资料没错，樱草学院和世英贵族学院果然只相隔一条路，遥遥对望着，只是这么放眼望过去，真是对比鲜明。

世英贵族学院的校门豪华气派，几个烫金大字就能闪得人睁不开眼，更别说里面欧式风格的教学楼和中央的巨型喷泉了。这么一看樱草学院就像被后妈虐待的"孩子"，门上的牌匾落满了灰，周边杂草丛生，像个无人问津的废墟。之前听Nicole说樱草学院如今很惨，却不知这么惨，已经到了惨不忍睹的境地了。絮暖甚至觉得就像看到了高家的华丽别墅和自家破旧的院落，可谓是云泥之别。

高富帅瞥了眼那摇摇欲坠的牌匾，眉头皱得能夹死好几只苍蝇，当即哭丧着脸道："我们真要在这里上学啊？"他心中后悔极了，虽然在南浔镇时他就读的也不是什么名校，但也比这里好上千倍。

第四章 樱草学院·天降鸟人

絮暖走过去拍了拍他的肩："认命吧，孩子。"

开学前这一周，两校的住校生都提前来学校报到了，世英贵族学院门口停了好几辆私家车，人来人往，那些富贵人家的孩子，总有种高人一等的自豪感，走路时都鼻孔朝天，气势凌人。

"果然不是一路人啊！"絮暖望着他们感慨万分。

顾北寒始终背对着世英贵族学院的校门，下车时就戴了遮阳帽，还把帽檐压得很低。

"冰块脸，你戴什么帽子啊！又没什么太阳！"高富帅见那帽子碍眼，想把它夺过来，可惜身高处于劣势，努力了半天也没得逞。

顾北寒没理他，拖着行李往前走，南零落望着他的背影，眉头紧了紧。

樱草学院真的像是一座"死校"，目之所及皆是灰败萧索之象。空荡的林荫大道连个人影都没有，两旁的花草也不知多久没人打理了，耷拉着脑袋，奄奄一息。几只飞鸟停在枝丫间发出呜咽的叫声，听得人毛骨悚然。

高富帅瑟缩着脖子，忍不住打了个寒战："我觉得这个地方有点儿邪门！"

可不是吗，刚才还艳阳高照的天，这会儿却变得阴沉沉的，明明还未入秋，却有股说不出的冷，风声猎猎，寒意逼人。

云层很低，仿佛要压下来一般，絮暖眯眼盯着黑压压的云，不知看见了什么，眸子陡然睁大，放声大喊："你们快看，那是什么鬼东西？"

众人循着她指的方向望过去，一个不明物体已经冲破云层，以极快的速度往他们的方向飞来。距离尚远，肉眼难以看清它是什么，只能隐约看见那物体似乎长了一对银色双翼。

高富帅摸头："好像是一只……大型的飞鸟！"

"不对！"顾北寒反驳他，面色一变，声音拔高，"那不是飞鸟，是人！是个会飞的鸟人！"

等那物体飞近了，大家才知他说的一点儿都没错，那飞在空中的真的是一个人，而且是个长着一对银色双翼的男人，男人的背上还插着面红色旗帜，旗帜上面好像还有字。

"哎呀我的妈呀！"高富帅揉着眼，确认眼前的景象不是幻觉后，兴奋地大叫，"长翅膀的男人！难道是丘比特？我长这么大第一次见到呀！"

说高富帅少根筋一点儿都没错，絮暖气得敲他脑袋："大哥，你见过这么大的丘比特吗？"

"那……那就是吃多了的丘比特！"

"……"絮暖闭了嘴，决定不和傻瓜争长短。

几个人吵闹时，并未注意到那"鸟人"在空中潇洒地盘旋了几圈后，突然失控，偏离了原来的轨道，正以极快的速度往下坠落。

南零落虽然从刚才至今一言未发，却一直在默默地观察着周遭的一切，她发现那"鸟人"的异常，连忙大喊："那家伙好像要掉下来了！"

大家吓得急急往后退，紧接着耳边传来凄惨的叫喊声，再回神便听到重物落地的声响，那"鸟人"就那么四仰八叉地摔在了他们面前，翅膀断裂，红色的液体缓缓地从他的嘴里流出，十分刺眼。

这又是唱的哪一出？众人像被点了穴一般怔在原地，来学校报个到，还能目睹命案现场！

高富帅的眸子瞪得不能再大，吓得声音都变了调："絮……絮暖，你……过去看看那个人死透了没。"他知道絮暖胆子大，重重地推了她一把。

虽然痛恨高富帅的尿样，但见顾北寒和南零落都没有动作，絮暖也只好挺身而出了，撸起衣袖走过去，蹲下身探了那个人的鼻息。

"没死，还有气！"絮暖轻轻摇了摇地上的人，询问道："喂，你怎么样？"对方双目紧闭，并未回应。

顾北寒见状，上前一步："絮暖你先不要动他，以免造成二次伤害。总之，我们还是先报警吧！"

话是这么说，可当大家掏出手机时才发现这个鬼地方竟然没有信号，众人正不知所措时，絮暖的手猝不及防地被"鸟人"抓住，他好看的面容扭曲着，嘴唇无声地动了动。

高富帅眼尖，惊呼起来："他……他好像要说什么话！难道是要交代遗言？"话一到他嘴里果然都会变味。

絮暖凑过去，"鸟人"气若游丝的声音飘入耳里，她皱眉抬头："他说，蓝瘦……香菇？这是什么鬼！"

顾北寒沉吟片刻，严肃地答："我刚看那嘴型，我觉得他说的应该是难受，想哭！"

好吧，这个普通话说的，絮暖给他一百分！

"他都吐血了，交代完遗言是不是就要死了？电视剧里都是这么演的！"高富帅哪见过这样的场面，胆小的他反倒被自己的话吓得脸色惨白。

南零落胆大心细，用手摸了摸地上的红色液体，放在鼻下一嗅，眸色沉了沉："这个应该不是血，没有血腥味！"

竟然不是血！那这个人到底是谁？怎么会突然从天而降？

顾北寒总觉得哪里不对劲，瞥了眼地上的男人，发现他刚才还紧闭的双眼这会儿有一只微微眯着，对上他的目光后又连忙心虚地闭上，倒有点儿此地无银三百两的意味。

就在这时，远处突然奔来一个人，哀号的声音几乎要贯穿人的耳膜！

"主任啊！你不要吓大宝啊！"快一米九的高个子男人冲进人群，跌跌撞撞地跪在"鸟人"身前，痛哭流涕，呼天抢地。

"主任啊！你起来看看宝宝啊！"高个子哭喊着，一双手在"鸟人"的脸上来回搓捏。那力道看着就疼，"鸟人"的眉头微不可察地皱了一下。

得不到回应，高个子哭得更为大声，忏悔道："是宝宝不好！我不该贪便宜，去网上买山寨的金属材料给你做机甲翅膀，是我害了你啊！"

话音刚落，地上的人猛地跳起来，吓得高个子一个踉跄倒在地上，捂脸大喊："诈尸啦！"

被他这么一咋呼，高富帅也吓得魂不附体，瑟瑟发抖地躲在絮暖身后，不敢睁眼。

"臭小子！你还敢叫！老子没死也得被你这叫声吓死！""鸟人"说着重重地在他头上敲了一记，疼得他龇牙咧嘴，脑子清明了不少。

知道不是诈尸，高个子忍不住痛哭流涕起来："主任，还好你没死！真是吓死宝宝了！"说着就想给眼前的人一个大大的拥抱，却被对方无情拒绝。

"我说飞得好好的，怎么突然就不好使了呢，敢情是你买了山寨货糊弄我！"

"真不怪我，咱们经费不足了，我也是为了省钱哪！"高个子满脸委屈，"鸟人"怒气当头，根本听不进去，还好刚才飞行的高度不算高，掉落的时候借着树枝缓冲了一下，他才能安然无恙，只擦破了点儿皮。刚才的"装死"不过就是想吓吓眼前的人，套他真话。没想到这招立竿见影，他立马就找到了机甲出问题的原因。

絮暖等人面面相觑，云里雾里，搞不清眼前两个人到底在搞什么鬼。

"你……真的没事吗？要不要去医院检查下？"絮暖关切的声音落入"鸟人"耳里，动听极了，刚才这么一闹，他差点儿忘了正事。

"鸟人"立马咧着嘴蹦跶到众人面前，嘿嘿笑道："我没事，刚才是不是把你们吓坏了？"

众人沉默，表情出奇一致，跟见了鬼似的盯着他。躲在絮暖身后的高富帅表情最为夸张，声音颤抖地质问他："你真没事？那……那个是？"

高富帅颤巍巍地指向他唇边的红色液体，"鸟人"抬手一抹，轻描淡写地答："那是早上喝的番茄汁，喝得有点儿多消化慢，刚才这么一摔……所以就……嘿嘿。"

"……"

"那……那你身上那对翅膀呢？你没事扮什么丘比特啊，害我激动半天！"

"鸟人"听了得意地大笑："那是我自己发明的可以飞的机甲，怎么样？帅气吧！"说罢还朝着他们摆了个pose（姿势），大家的脸色霎时如调色板那般色彩斑斓。

这家伙真的不是来逗我们的吗？

见高富帅提的问题都不在点子上，顾北寒终于忍不住发声："我只想知道，你们到底是谁？来干什么？"

听顾北寒口气不善，"鸟人"瞬间急了，连忙解释："你们别误会，我和大宝都是好人，我是樱草学院的教导主任，我姓安，那个是大宝，是你们的班主任！"他说着声音弱了下去，满脸委屈："本来想拉风地迎接你们呢，没想到竟然搞成这样！"自从得知新生的报到日期，他兴奋得几晚都睡不着觉，要知道多亏了今年的四个新生，樱草学院才能暂时避免废校的危机。他琢磨着搞个特殊的欢迎仪式来迎接那些可爱的新生，最后决定用"从天而降"这样帅气的方式登场，却不料他的良苦用心全部毁在了大宝的手里，真是一失足成千古恨！

絮暖没想到眼前这个"鸟人"竟然是樱草学院的教导主任。在她的认知里，教导主任应该穿着正装，带着金丝边的眼镜，不苟言笑，令人生畏。而眼前的人却与这些都搭不上边，一身休闲装束衬得他身姿挺拔，格外养眼，按理说能当上教导主任，应该阅历不浅，年纪不小了，可那张脸似乎被岁月温柔以待，虽然长相普通，五官却透露着一股英气。

众人沉浸在两个人的真实身份带来的震惊里久久不能平静，为了让大家相信自己的话，安主任流利地报出了每个人的姓名，还朝身旁的大宝使了个眼色，想让他助自己一臂之力。

大宝心领神会，急急道："同学们，我们真是学校的老师。为了这个欢迎仪式，安主任简直是绞尽脑汁，他原本还想给你们跳个广场舞的，但是最后被我阻止了。我……"大宝是个实诚的人，安主任见他把该说的和不该说的都说了，气得连忙堵住了他的嘴。

"哈哈哈，广场舞！比起命案现场我还是比较喜欢看广场舞呢！"搞清了事情的来龙去脉，高富帅不再提心吊胆，忍不住笑出声来。

"我现在总算明白这所学校为什么招不到学生了！"对于南零落的这番感叹，大家

几乎心照不宣地默认了，有这样"奇怪"的老师，这所学校的气数恐怕真的要尽了。

闹剧落幕，气氛终于得以缓和，安主任殷勤地凑过去，笑得眉眼弯弯："来来来，同学们初来乍到，我带你们参观学校吧。"说罢从身后掏出两面红色旗帜，把其中一面扔给大宝，自顾自地挥动起来："这边，大家跟我走。"

絮暖这才看清那旗帜上的字，金色字体龙飞凤舞，"欢迎新生"四个大字跃入眼帘。外界传言樱草学院的老师是魔鬼，如今看来真是夸大其词了，他们只是行事有点古怪，好像还有些"傻"得可爱呢。

樱草学院不大，主要分为教学楼和训练场两块区域，领队的安主任挥着小旗帜，俨然一副导游的模样，眉飞色舞地说着樱草学院的历史。絮暖觉得他是真的热爱这里，尽管那些已是往日的辉煌，可他眉眼里还是有无法抹去的骄傲，这是装不出来的。

一路上南零落始终走在队尾，和大宝老师并肩而行，两个人相谈甚欢，却不知在说些什么。絮暖觉得奇怪，以南零落沉默寡言的性格，应该不会主动找人攀谈，只是来不及多想就被远方的景色吸引住了。学校里的很多花草都凋零了，奇怪的是有一处地方栽种的花疯长着，紫色花海随风摇曳，美得惊人。絮暖跑过去，用手抚摸着花朵，忍不住发问："这是什么花？我从来没见到过！"顾北寒走到她身边，淡淡道："好像是……樱草花。"

刚才还口若悬河的安主任突然噤声，望着花海目光微微幽沉："确实是樱草花。"

"那你知道它的花语吗？"絮暖转身，安主任没说话，眉眼清冷，仿佛陷入了一场很长的回忆，良久才回她："它的花语是：不悔；除你之外，别无他爱！"

他的声音发颤，语气却铿锵有力，直抵人心。很久之后絮暖才明白樱草花真正的含义，它有花的美丽，也有草的坚韧，那是一种无悔的爱恋。

学生宿舍是三层的小洋房，男女分开，共两栋。因为年久失修，墙面斑驳，凹凸不平，藤蔓爬满墙壁，遥望一片翠绿。

在高富帅的眼里，这就是座不能住人的"危楼"，随时都会有倒塌的危险，尽管他叫苦连天，却没有回头路，只能咬牙入住。

絮暖不以为然，从小过惯苦日子的她反而觉得这样的居住环境已经不错了。十多平方米的房间干净舒适，上下铺旁放着两个简易衣橱，书桌靠窗而置，抬眼就能瞥见窗外的烂漫夏花。

絮暖和南零落被分在一间寝室，在选择床铺时，絮暖几乎是第一时间就把双肩包扔在了上铺，把下铺让给了南零落。她毕竟是练过的，这样的高度不成问题，翻身一跃就上去了。

"谢谢。"南零落言简意赅地表达完谢意,便开始整理行李。

絮暖也爬到上铺,把包里的东西翻出来,很快她的衣物便乱糟糟地堆在床上。她从上方可以看见南零落干净整齐的床铺,比起对方的细致,絮暖真的是粗枝大叶。

同样是女孩子,怎么就差这么多?絮暖无声感叹,忍不住瞥向南零落,发现她正双手捧着一只红色的纸盒,小心翼翼地从里面拿出一个相框。照片上有两个人,左边的女孩子是南零落,只是这照片应该是几年前拍的,照片上的她稚气未脱,脸也没完全长开,笑起来温暖灿烂,不似现在这么清冷,被她挽着手臂的女人长发披肩,柳眉凤眸,有种江南女子的婉约美。

"那个是你妈妈吗?很漂亮啊!"絮暖情不自禁地感叹。

头顶突如其来的声音让南零落错愕不已,絮暖意识到自己的唐突,连忙收回目光道歉:"抱歉,我不是有意要看的!"

"没关系。你说得没错,这是我妈妈。"她说着,用指腹摩挲着相框表面,声音突然又弱了下去,"只是两年前她就去世了。"

絮暖心里一震,她没有想到原来南零落和她一样都是没有妈妈的孩子,酝酿了许久才开口:"南零落,其实我有些羡慕你,至少你还拥有和妈妈在一起的美好回忆,我却连我妈妈的手都没有牵过。"絮暖突然有些伤感,吸吸鼻子,声音格外坚定:"但是没关系,我知道我过得开心快乐就是她最大的心愿,所以有什么好难过的呢?我时常告诉自己,一辈子这么短,我还有好多事情要做呢,如果浪费在难过上那实在是太亏了!南零落你也是,多笑笑吧,你笑起来还挺好看的。"她其实不擅长安慰人,只是觉得这个时候应该说些什么。

把一辈子都浪费在难过上那实在是太亏了!南零落第一次听到这样的说法,对方说得那么坚定,让她也跟着坚信不疑起来,其实她反而更羡慕絮暖,每天都简单快乐地笑着,或许她也应该学着快乐一点儿。

"嗯。"半晌,躺在床上发呆的絮暖听到床下之人的回应,唇角勾起好看的弧度,阳光洒进来,温暖肆意。

比起女生宿舍的平静和谐,男生宿舍简直是充满硝烟的战场,顾北寒和高富帅开启了床铺争夺战。

"我恐高,住不了上铺,所以我要睡下铺!"高富帅说谎说得溜,口气也嚣张极了。

顾北寒当然也不是吃素的,摊手道:"恐高的话,我觉得睡地板更适合你!"

"你……"高富帅气得面色通红,无赖地继续说,"我还尿频,睡上铺太不方便了!"

"那你可以搬到厕所门口去!"顾北寒又轻描淡写地丢出这么一句话。

高富帅冲到他面前,跺脚怒吼:"奚言,你不要太过分了!"

对方没说话,脸上却写着:不服气吗?有本事来打一架啊!高富帅在心里掂量了会儿,还是认怂了,哭丧着脸把行李放到了上铺。

这场战役,高富帅完败!

以絮暖爱动的性子在寝室根本待不住,没一会儿她便跟其他寝室的女生混熟了。樱草学院的学生少得可怜,提前报到住校的更是少之又少,十根手指头就能数过来。

絮暖原本就好奇这所学校是否如传闻中那般可怕,一打听才发现这些学生也是去年才入校的,对这事知道得也不多,因为这里学费低,还包食宿,才冒险来这里上学。听说去年老师集体辞职,所以就连安主任和大宝老师也才来这学校不久。不仅如此,那个传说中的"魔鬼校长"陆世安非常神秘,从未在媒体露过面,也不来学校,大家对于他的认知只来自于早年流传在网上的照片和一些小道消息,至于真实性,更是无从考究了。

絮暖和那些女生聊得正欢时,学校的广播突然响起:"亲爱的同学们,学校已经为大家准备好了丰盛的晚宴,请大家到食堂用餐。"

絮暖和南零落随着人潮去了食堂,顾北寒和高富帅到得早,还好心地给她们占了座位。大家落座,奔波了一天,早已饥肠辘辘。

"听说为了欢迎新生,今天有大餐吃!"

"真的假的?只要有肉我就很开心了。"

邻座两个男生的交谈声依稀传来,高富帅兴奋地敲着桌面,一天没吃东西的他已经饿得前胸贴后背了。絮暖听说有肉,更是双目放光,顾北寒和南零落看着他俩哭笑不得。

大宝躲在墙后,小心翼翼地探出头来,看到食堂里的人群后,又吓得缩了回去。

"主任,我有点儿怕,我能不能不去?"身后之人没给他任何商量的余地,一脚踹上他的屁股,大宝向前踉跄了几步,出现在众人眼前。

"来了!大餐来了!"人群里不知是谁喊了一声,大宝知道自己已经没有退路,推着餐车的手颤巍巍的,十多米的距离硬生生地走了好几分钟,大家望穿秋水,盯着他把十多个盖着盖子的餐盘放上桌。

大宝鼓足勇气，艰难地挤出一句话："其实今天这餐是……"只可惜话还没说完，眼前两道身影相继跳起，迫不及待地揭开了餐盘上的盖子。

"哐当"一声巨响，高富帅手上的盖子掉到地上，表情跟见了鬼似的惊恐万分，那盘中放着几坨黑乎乎的东西，根本辨不清是什么食物。

"说好的大餐呢？这是什么鬼东西！"絮暖不信邪，把盖子掀了个遍，只见十几盘"黑暗"料理一一呈现在众人面前，霎时浓重的焦煳味扑鼻而来，令大家焦躁起来。

"老师，这是什么？这是人吃的吗？"

"学校太不负责了，就给我们吃这个……"

食堂里瞬间炸开了锅，大宝成了众矢之的，那些唾沫星子不断飞到他脸上，让他无助极了，委屈一股脑涌上心头。向来胆小嘴笨的他带着哭腔道："你们怪我干什么呀，这菜又不是我做的，那都是安主任他……"话都说到这份上他才意识到自己说错了话，吓得连忙噤声。

大家得知真相，矛头一转，开始声讨安主任。此时躲在墙后的"罪魁祸首"瑟缩着，心里万分懊悔，他怎么能天真地以为大宝能帮他躲过此劫呢？那家伙根本不靠谱！

他急忙跑去树丛捡了捆树枝背在身后，用一副慷慨就义的模样冲进食堂，不等旁人开口，抢先低头认错："同学们，这次确实是我的失误，我不过就是火开得大了点儿，油放得多了点儿，把醋当成了酱油，把味精当成了盐巴……然后不知怎么的就做成了那些鬼东西！"

背树枝博同情求原谅，不就是传说中的"负荆请罪"吗？絮暖觉得大开眼界，没想到安主任竟然还会效仿古人来这招，真是不走寻常路！

可俗话说得好啊，做饭难吃不是你的错，做得那么丑还拿出来吓人就是你的不对了！丰盛大餐变黑暗料理，任谁都无法接受，大家哪能就这么被安主任轻易糊弄过去，依旧不依不饶，要他给出合理的解释。

事到如今，安主任只好硬着头皮说："本来我是想为大家准备一顿大餐的，可是咱们经费有限，还没开学，食堂大妈也没上工，我就想着自己动手丰衣足食，没想到会搞成这样，我真的很抱歉。"其实他原本是想在饭店预订大餐送来的，但这阵子采买教材花费了不少钱，大宝掐指一算，预感不妙，好说歹说才劝服他取消了大餐，去菜场买了菜，结果安主任还是高估了自己的能力，把好好的一顿晚餐硬生生地变成了一场闹剧。

大家虽然表示理解，可当初入学时学校答应的包餐变成了这个样子，心里多少还是不愿意，无论如何都是学校言而无信。

樱草学院已是恶名在外，这回若是再被扣上个"言而无信"的罪名，恐怕真的离废校不远了。最初Nicole让絮暖等人入校就是想帮助学校化解危机，既然已深陷其中，絮暖觉得自己有义务帮学校一把，可是该怎么做呢？

高富帅看穿她的心思，唇角勾起："不就做个饭嘛，这有什么难的？"

絮暖心想，好大的口气啊，挑衅道："你行你上啊。"

别说，高富帅那小子还真上了。

"后厨应该还有剩余的食材吧？"

安主任朝他机械地点头。

"那就好办了，今天算你们有口福，看小爷给你们露一手。"高富帅撸起衣袖，架势十足地朝食堂后厨走去，看热闹的众人紧随其后。

高富帅在厨房里转了一圈，发现食材还算丰富，不一会儿就配好了菜。

安主任忐忑不安地问："你真的能行？"他曾经也觉得做菜是件轻而易举的事，可真的尝试了才发现竟比行军打仗还难。

面对质疑，高富帅一言不发，抓过菜篮里的土豆放到砧板上，菜刀有节奏地落在土豆上，不过眨眼间，就切好了土豆丝，安主任眸子瞪得如铜铃一样大，盘中的土豆丝粗细均匀、根根完好无损，这刀工简直令人叹为观止。

"怎么样？"高富帅挑眉。

安主任啧啧出声："神了！"

"再等一个小时就能吃大餐了！"

安主任听到后，笑得合不拢嘴，跟中了五百万元大奖似的，欢快地拉着大宝安抚其他学生的情绪去了。

"连你也不知道他会做菜吗？"顾北寒看向絮暖。

絮暖怔住，说实在的，她的惊讶程度一点儿都不比顾北寒低。眼前的高富帅仿佛变了一个人，没有了往日里的轻佻傲慢，一点儿都不像她所认识的那个不学无术的纨绔子弟，可是此刻他低头切菜时，眸中流露出的那份前所未有的认真却让她感觉莫名熟悉，竟与回忆里那个小小的身影重叠在一起，霎时尘封的记忆如浪潮涌来。

高富帅并不是生来就是富家少爷，高家在没中大奖之前，也是极其落魄的。父母忙于生计顾不得高富帅，他就自己学会了做饭，还时常做点心给絮暖吃。不可否认的是他在这方面有着超出常人的天赋，至少那时候的絮暖觉得他做的东西要比絮胜做的好吃一万倍。

寒冬腊月，两个人窝在暖炉前，絮暖捧着高富帅做的八宝粥，一口气喝个精光，嘴角露出满足的笑意："帅帅，你做的粥实在太好吃了，你的手艺这么好，将来肯定是个很棒的厨师。"

那时的高富帅不好意思地挠着头，冲她傻笑，窗外是漫天飞雪，屋内却暖意融融。后来高家致富，高母一句"做厨师能有什么出息"扼杀了高富帅所谓的梦想，絮暖曾以为那不过是儿时的玩笑话，没想到高富帅却坚持了这么多年，看他熟练的手艺就知道，他并未丢下自己的厨师梦，原来到头来是她忘了。

忙得不可开交的高富帅转身一看，发现身后的三个人如见鬼一般，直愣愣地盯着自己。

"喂，你们别傻站着啊，过来帮我打个下手啊！"

于是，四个人合力，在厨房忙得热火朝天。

絮暖和南零落手脚麻利，切菜摆盆，帮了高富帅不少忙，至于顾北寒，他这是头一次进油烟味这么大的厨房，那双从未拿过菜刀的白净修长的手切出的菜惨不忍睹，屡遭高富帅的嫌弃，最后被凄惨地打入"冷宫"，搬个小板凳坐门口洗菜去了。

看着面色发黑，板着脸洗菜的顾北寒，高富帅笑得奸诈，心中感叹：哼哼，你小子也有今天！

这次高富帅真的不是"假把式"，头一次用行动证明了自己的能耐，十道色香味俱全的菜摆上桌，喧嚣的食堂归于寂静，兴许是幸福来得太突然，大家都怔在原地，无人敢下筷子。

高富帅见状差点儿被气哭，难不成还怀疑他在菜里下毒了？

絮暖没犹豫，第一个"以身试毒"夹菜放到嘴里，那唇齿间的美味让她惊呼出声："太好吃了！"看她那样子绝对是真情流露，饥肠辘辘的众人终于忍不住开动了。

高富帅做的菜受到一致好评，就连对食物格外挑剔的顾北寒也比平时多吃了一碗饭，安主任和大宝更是差点儿为了抢一只红烧鸡腿而大打出手。这会儿食堂里的气氛其乐融融，全然没了刚才的剑拔弩张，美味的食物让学生的情绪得到了安抚。

"高富帅，我真的没想到……你这小子的厨艺比以前更好了。"絮暖嚼着嘴里的饭菜，口齿不清地发出感叹。

絮暖很少肯定他，高富帅虽然心里喜滋滋的，却故作冷漠，一脸高深莫测地说："絮暖，你没想到的还多着呢，总有一天我会让你全部看到！"

"啊？"周遭嘈杂，絮暖沉浸在美味的食物里无暇顾及其他，一时没听清他在说什么。

高富帅却摇摇头，没再说话。

晚餐结束后，同学们三三两两地离开。脏乱的餐盘堆在桌上无人收拾，安主任笑嘻嘻地看了一眼身边的大宝，对方脸一垮，垂下脑袋，只好认命地包下餐后的清理工作。

高富帅这次立了功，安主任对他赞赏有加，甚至点头哈腰地把他们送到大门口，才回去监督大宝洗碗。

风头大出的高富帅很快成了学校的名人，走起路来都昂首挺胸，架势十足。絮暖懒得理会他，专心地做着开学的准备。

日子就这么一晃而过，到了九月，忙碌的开学季如期而至。

随着走读生的到来，清冷的校园总算热闹了几分。偌大的礼堂里，安主任站在台上慷慨激昂地说着对学院未来的期望，唾沫横飞的模样像是打了鸡血的斗士。台下只稀稀拉拉地坐着五十几个学生，歪头晃脑，昏昏欲睡。

絮暖唏嘘，这应该是她见过的学生人数最少的学校了，全校的总人数加起来才勉强凑够一个班级。她身在其中完全感觉不到一丝归属感，大家就像一盘散沙，或许风一吹就散了，这不禁让她担忧起来。

开学典礼一套烦琐枯燥的流程走下来，大家都昏昏沉沉。听到安主任喊人去搬书，刚才几个睡得昏死过去的男生瞬间清醒，逃得比谁都快。当然也有几个倒霉的，比如高富帅，大梦初醒时安主任那张放大版的俊脸近在咫尺，吓得他一把抓住了邻座顾北寒的裤子。

城门失火，殃及池鱼。于是顾北寒惨了，高富帅几乎用上了吃奶的劲儿，只要对方敢挣脱，他就敢让他光屁股！顾北寒只能咬牙切齿地缴械投降，最后在裸奔和做苦力间，无奈地选择了后者。

絮暖在旁笑得人仰马翻，她闲得慌，便也屁颠屁颠地跟着他们一起干苦力去了。而南零落喜静，独自回了寝室。

装载教材的大卡车停在教学楼下，大宝顶着骄阳仔细核对书籍的数目，确认无误后开始和负责人讨价还价。学校的经济状况不佳，抱着能省则省的原则，大宝的努力令人动容，只是这场谈判似乎并不顺利。安主任见状，急急上去，从怀里掏出一包烟小心翼翼地放在负责人的手上，点头哈腰，脸上是谄媚的笑，额上的汗水顺着脸颊滑落，有些刺眼。

絮暖站在树荫下看着他们，她太熟悉这种卑微的讨生活的模样了，在她和絮胜一同走过的那段颠沛流离的岁月里，他们就是如此，拔光身上的刺，看人眼色、谨小慎微地活着。

可是有什么办法呢？即使前方一片荆棘，还是得挣扎着走下去。

絮暖收回思绪时，安主任正在朝他们挥手，脸上的笑容很灿烂，看起来似乎谈到了一个不错的价格。教学楼的电梯坏了，大家只好抱着书走楼梯，高富帅没走几步就喊累，放下书坐在台阶上喘气，跟在后头的絮暖两手都拎着书，只能用脚踹他的屁股："快走，别坐在这里挡道！"

"我就休息一会儿，你看我的手都勒红了！"高富帅委屈地摊开双手，光滑白皙的手掌上果然有几道红印子。絮暖拿他没辙，弯腰拎起他丢在地上的书，咬着牙往上走。

高富帅傻眼，不由得在心中感叹，絮暖果然是怪力女，真是名不虚传。

就算力气大，絮暖毕竟是个女孩子，拎这么些书多少还是有些吃力的，但她忍着不说。顾北寒盯着她微湿的发梢，眉头不自觉地皱了起来。

她的手很小，没有同龄女孩子的白皙光泽，而是格外粗糙，指腹上的茧清晰可见，此刻手掌已经被勒红了。

身边有风拂过，絮暖回神时，手中的重物已经被人悉数夺走，少年略带指责的话语萦绕耳畔："女孩子这么逞能做什么！"

她怔住，呆呆地看着身边的人越过她，头也不回地径直向上，那道被光笼罩的背影落入她的眸里，仿佛能开出花来，让她看得有些愣神。

搬完书，楼顶此起彼伏的喧嚣声很快引起了絮暖的好奇心。站在天台上，视线变得格外开阔，四周的景物一览无余，甚至可以清晰地看见对街世英贵族学院的操场，而此时絮暖眼前那些倚着栏杆的女生们，正沉浸在远处那场别开生面的开学典礼中。

别说她们了，就连絮暖都觉得对面学校的开学典礼震撼无比。操场明显是经过精心布置的，跑道四周铺满了色彩各异的花，风一吹，还有些花瓣洋洋洒洒地飞到空中，绚丽缤纷。礼台上校长的声音铿锵有力，绿茵茵的草坪上学生们排着整齐的队伍，别致的西式制服穿在他们身上显得格外青春洋溢。致辞结束，广场中央的音乐喷泉随着旋律"起舞"，气球和白鸽齐齐升空，场面之盛大，令人惊叹。

"果然是贵族学院，就连开学典礼都像是在演一部大片啊！我听说他们典礼之后还有舞会呢！"

"没有对比就没有伤害，你看看我们的开学典礼，何时能赶得上对面学校一半？"

"少白日做梦了，咱们学校这么穷，我是不指望了……"

絮暖听着身边两个女生的抱怨，什么话也没有说。远方有气球朝天台飞来，她见好玩，踮起脚想去抓，却扑了个空，心中不免有些失落。

"你也喜欢那样的开学典礼？"顾北寒突然没来由地这样问她。

絮暖想了想，点了点头又很快坚决地摇头，顾北寒被她逗乐，撑着下巴听她解释。

"美的东西大家当然都会喜欢啊……只是我觉得没必要这样铺张浪费，要是把这些钱省下来应该能做更多有意义的事情吧。"

顾北寒叹气："只可惜不是所有人都这样想的。" 世英贵族学院每年都会举办这样的开学典礼，花费大量金钱粉饰门面，甚至请媒体来报道。

在那里有的是富家子弟间的虚荣攀比，尔虞我诈，在别人的眼里它或许是一座金色

第五章·鬼面大会·神秘奖励

的城堡,对顾北寒来说却是一个牢笼,所以他选择逃离,樱草学院再不济,也比那个虚伪的地方强,至少在这里他可以毫无顾忌地做自己。

高富帅从厕所回来,办公室里已经没了人,他循着声音上楼,发现安主任倚在天台的门上打电话,夹杂着笑意的声音低低传来:"大宝,计划有变,这次咱们玩点儿新鲜的!"

安主任的笑声阴森可怖,高富帅不禁打了个哆嗦,为什么他会有不好的预感呢?

安主任绝对是个行动派,搞事情也是一流,才到下午,晚上要举办鬼面大会的消息就在校内传得沸沸扬扬。布告栏前挤满了人,絮暖费了九牛二虎之力挤进去,看到贴在上面的手绘海报时瞠目结舌,这种粗制滥造的简笔画她小学一年级就能信手拈来,到底是哪个家伙画的?

而这幅画的作者此刻正笑意盈盈地穿梭在人群里,安主任见到这么多人在看他的"杰作",心中不免有些得意,扯着嗓子吼:"同学们,今晚的活动很精彩,还会送出神秘大奖!一定要来捧场啊!"

刚才还觉得无趣的学生,听到"大奖"两个字,瞬间眸中大放光彩。也难怪,会就读樱草学院的学生家境都不富裕,奖励比任何东西都要令他们心动,絮暖更是如此,她原本就好动,怎么会不去凑这个热闹呢?舞会倒是常见,但这次安主任口中的"鬼面大会"倒是闻所未闻,光听名字,就知道这个活动不同寻常,大家议论纷纷,跃跃欲试起来。

除了晚上有鬼面大会外,其余时间并没有安排课程,学生们可以自由活动。寝室里,南零落气定神闲地看着书,书桌上的镜子清晰地倒映出身后的人儿。大会明明晚上才开始,可是急性子的絮暖已做起热身运动了,压压腿下下腰,一整套动作做下来已是大汗淋漓,气喘吁吁。

南零落哑然失笑,眼前的人似乎总有使不完的劲,整日都充满活力,像盛夏翠绿的枝叶,生机勃勃。而她却正好相反,如同深秋枯黄的叶,或许转眼就会凋零。

她努力让自己打起精神,转身看向絮暖,好意提醒:"你要不要休息会儿,保存点儿体力?"

絮暖觉得南零落说得对,她得保存体力,等到晚上再大干一场,如是想着便躺在床上一动不动了,休息了会儿才起身,满脸兴奋地说:"南零落,你怎么能这么沉得住气,你不期待晚上的大会吗?我现在真希望时间能过得快点儿。"

倒不是南零落沉得住气,而是她压根儿就对这个大会不感兴趣,如果不是安主任为了提高参与率，硬把这个大会加入了学分项，她应该不会参加。

南零落拍拍书，淡淡道："书中自有黄金屋，我宁愿把这些时间用来看书。"

絮暖无力反驳，学习固然重要，但是一个人的校园生活只有"学习"二字是不是过于单调？她沉默着走到书桌前，整个人沉浸在细碎的光里，声音飘荡在南零落耳边："或许学校这个地方对你来说只是学习的地方，可在我看来，上学最大的乐趣应该是享受集体生活，等将来老了，还能拿出来回味自己当初的蠢样……"絮暖越扯越远，南零落却没有打断她，而是撑着下巴耐心地听着，因为逆着光，她看不清对方脸上的表情，只能感觉阳光流淌在指间的温暖。有些人孤独惯了，觉得躲在自己的世界里才是最安全的，南零落就是这样的人，可是如果不走出去，或许永远都不会知道，自己错过了怎样的快乐。

鬼面大会的流程很神秘，直到傍晚，安主任都没有透露一星半点儿信息。

晚餐过后，大宝把每个人带到各自出发的地点，不知道是不是运气不佳，絮暖的出发点竟是在脏乱的贮藏室里，四周皆是生锈的体育器材和废弃的货物，墙壁上甚至挂着大大的蜘蛛网，她忍不住蹙眉，无法想象这里到底是多久没有打扫过了。

大宝提起手中的大麻袋，朝絮暖挑眉："来，抽一个！"

絮暖以为是抽奖，心中大喜，咧着嘴笑，撸起衣袖就往里面一阵乱摸，好半晌才摸出个红色的鬼怪面具来。

"这个是？"

"这是你们今晚作战的道具，每个人都会有，切记千万不要弄丢了！"

絮暖听了，眼珠一转，压低声音道："大宝老师，其实我有个秘密一直想告诉你。"

听到对方要与自己分享小秘密，大宝感到荣幸至极，捂嘴偷笑了一会儿，自觉地把耳朵靠过去。絮暖的唇角扬起好看的弧度，清了清嗓子开始一本正经地胡说八道："这个秘密就是，你比安主任长得帅多了！"

这样的赞美真是动听极了，让大宝整个人都愉悦起来，要知道以前他和安主任站在一起时可自卑了，如今终于有人敢冒死说出真相，他非常感动，当即用一副相见恨晚的表情看向絮暖："果然是知音难求啊！絮暖，不得不说你有一双火眼金睛，好眼力！"大宝开心得嘴咧得跟蛤蟆似的，朝眼前的人竖起大拇指点赞。

絮暖却谦虚地摇头："我只是说实话而已。"见对方上套，她趁热打铁，切入正题："我知道长得帅的人心地肯定很善良，你要不就给我透露点儿今晚鬼面大会的线索呗！"

大宝面色一变,敢情这丫头绕了这么大圈拍他马屁就是为了向他讨情报,他大宝是多么刚正不阿的人,怎么可能会泄露情报,出卖主任的计划呢?可随后他转念一想,还是心软了,看在絮暖今晚说了大实话的分儿上,小小透露一点儿倒也不是不可以。

"听着,等到七点广播会响起,一切根据广播的提示进行,千万不要违反规则,否则会死得很快,总之,我看好你哦!"大宝说着拍了拍絮暖的肩膀,临走时还给了她一个照明用的手电筒。

这算哪门子的线索?絮暖气得朝他的背影挥拳头,亏她还昧着良心拍他马屁,看来还是得靠自己。

夜幕低垂,校园里的路灯都亮了起来,时针指向七点,广播里果然传来声响,絮暖认真地屏息聆听,不料却听到了某人嗑瓜子的声音,此起彼伏的,特别有节奏感,跟打击乐似的。大宝的声音夹着那"旋律"低低传来:"主任你别嗑瓜子了,我已经打开广播了!"

回应他的却是一阵惊呼:"什么?你怎么不早说!"

之后两个人的对话彻底淹没在刺耳的电流声里,絮暖捂住被刺痛的耳朵,倒抽一口冷气。

好在广播很快恢复正常,安主任低沉的嗓音清晰有力地回荡在校园里。

"我可爱又迷人的学生们,晚上好,首先非常感谢大家参与今晚的鬼面大会,我会通过广播给大家发布关卡任务,此次大会一共设置了两道关卡,通关者便能拿到今晚的神秘大奖。相信你们每个人已经拿到了一个面具,面具背后印有的数字,便是你们今晚的编号。"

絮暖翻转面具,果然在背面看见了自己的编号——22号,这个数字还真是符合她的气质呢。除了数字外,镶嵌在面具正面的黑色物体也特别奇怪,从外形看有点儿类似于迷你的摄像头,看来这其中一定暗藏玄机。

安主任很快便解开了她心中的疑惑:"现在我宣布大会的第一项关卡任务——在三十分钟内找到和自己戴有相同面具的伙伴,两个人一同前往下一关卡的出发地——教学楼,完成挑战。寻找过程中不能摘下面具和发出声音,否则面具上的警报器就会发出声响,每个人只有三次机会,换句话说,只要警报响起三次便会被淘汰,不要抱有侥幸心理,警报系统会给我反馈犯规者相应的编号,祝大家好运!大会将在一分钟倒计时后正式开始!"

广播里已经开始倒数,絮暖的大脑飞速运转,刚才在抽面具的时候,她偷偷地往大宝的麻袋里瞄了好几眼，发现那些面具的颜色和造型都差不多，不细看根本辨别不出其中的差别。为了防止交流，大宝把他们的手机都给没收了，看来她只好把面具的造型深深记在脑海里了。

监控室里，多画面分开显示的电子显示屏泛着白色的光，安主任的目光锁定在上面，通过这些画面对每个人的行动了如指掌。

上午在天台上，他目睹了世英贵族学院的开学典礼，奢华的场面简直令人叹为观止。学生们对世英的羡慕和对樱草的抱怨，他都看在眼里，说不在意都是假的，可他也必须承认樱草确实存在着很多不足，如果举办一场别出心裁的活动，是不是就可以让这座"死校"恢复活力？只要有一线希望，他都愿意去尝试。当然既然要做，那就得做得体面，不能太过寒酸，他们这次可是下了血本，为了配合这个奇思妙想，他费尽心思才托人搞到了这批"特殊"的面具，如果这样能给那群孩子带去快乐的话，那么一切都是值得的。

倒数结束，鬼面大会正式开始。

不能摘下面具，更不能发出声音，絮暖时刻谨记着这两条规则，可是天有不测风云，储物室的门才被打开，外面就起风了，一时间吹得屋内尘土飞扬，絮暖感觉鼻子瘙痒难耐，终究没忍住打了个响亮的喷嚏，结果触发了面具上的警报器，刺耳的声音在耳边鸣响，气得她怒吼："有没有搞错，这也行？"说完突然意识到什么，连忙捂住嘴巴，但是为时已晚，警报器再次响了起来。

"22号，你这个倒霉孩子，大会才开始一分钟，你已经触发两次警报了，还剩最后一次机会，省着点儿用啊！"广播里传来安主任的调侃声。

大家被安主任逗乐，都在纷纷猜测这个倒霉蛋是谁。

真是出师不利啊，就这样莫名其妙地浪费了两次机会，絮暖气得暴跳如雷，无处发泄只好把头发乱抓一通，为了胜利她强忍住怒气，打开手电筒冲入夜色中。

樱草学院虽然不算大，但是大家分散在学校各处，寻找起来多少还是有些难度的。

絮暖拿着手电筒逛了一圈却毫无收获，别说人了，竟连个鬼影都没瞧见。她走累了，坐到树下休息，明明四下无风，树叶却诡异地抖动起来，絮暖不禁倒抽了一口气，起身时树上突然垂下一个脑袋来，吓得她一蹦三尺高，早已忘记了惊呼。

但这个"装神弄鬼"的人没坚持多久，便以倒栽葱的方式落到地上，屁股不幸地硌到石头，当下扯开嗓子哀号："哎哟！小爷的屁股疼死了！"这个熟悉的声音，还有说话的方式，让絮暖断定眼前疼得在地上打滚的人就是高富帅。

原本想吓唬别人,谁料偷鸡不成蚀把米,触发了警报,高富帅对此万分懊悔,简直是哑巴吃黄连,有苦说不出。

"可怜的18号啊,你怎么如此想不开,偷袭是个技术活,可不是人人都能干的,你还有两次机会!"

高富帅听到广播,气得在草坪上打滚,絮暖大步流星地走过去,把他脸上的面具仔细瞧了一遍,发现和自己的相差甚大,排除了对方是自己同伴的可能性后,她又狠狠地在他的屁股上踢了两脚以解心头之恨。

高富帅捂着嘴闷哼了两声后怒了,一跃而起朝絮暖步步逼近。

絮暖站在原地双脚分开扎了个马步,朝他勾了勾手指,高富帅僵住,眸子陡然瞪大,指着她的手在风中颤巍巍的,那样的起势动作他怎么会不认得,要知道每次他被揍之前絮暖都会摆出那样的姿势。

高富帅急得直比画,可比画了半天絮暖也没看懂是什么意思。虽然不能说,但是可以写啊,絮暖急中生智,捡了根树枝,指了指松软的泥土。

高富帅心领神会,艰难地在地上写了几个字,字歪歪扭扭的,勉强能辨,约莫是:"絮暖,我是高富帅啊!"

絮暖在心中冷哼一声,心想着这小子还算有点儿眼力见儿,夺过他手中的树枝回复:"既然知道是我,你还敢搞偷袭?吃熊心豹子胆了?"

按现在的情势,高富帅知道要是惹怒眼前的人最后吃亏的一定是自己,只好忍气吞声:"我发誓,这纯属误会,我也是刚才才认出你的!"写完字立刻举手做发誓状,以示清白。

碍于时间有限,絮暖也懒得与他多费口舌,只询问了一句:"你有没有见到和我戴相同面具的人?"

高富帅看着她的面具,越看越觉得熟悉,不知想到了什么,心中一凛,伸出手给她指了个方向,絮暖满脸欣慰地拍拍他的肩,便循着那个方向去了。

高富帅这么一闹,大家似乎发现了新的玩法,纷纷跟风效仿玩起了偷袭,这股歪风邪气蔓延得很快,校园里女生的尖叫声此起彼伏,好好的大会俨然变成了一出校园惊悚剧,淘汰人数也渐渐上升。当然也有几个运气特别好的,已经顺利找到自己的同伴前往下一个关卡了。

听到顺利过关的人越来越多,絮暖心急如焚,她走了很久,中间也遇见了几个学生,却都不是她要找的人,难道是高富帅那小子骗了她?絮暖越想越不对,决定往回跑,谁知半路突然被三个戴着面具的男生挡住了去路,他们昂首挺胸站成一排,一副

"此路是我开，此树是我栽"的模样。

絮暖并不买账，继续大摇大摆地往前走，见她不为所动，他们改变了队形，团团围住她后开始转圈，狰狞的鬼面在手电筒的照射下发出森然的光，他们不断在絮暖眼前旋转跳跃，结果当然是白费心机，不但没把絮暖吓倒，反倒是把他们自己给绕晕了。

路旁的小树林里，顾北寒枕着双手躺在草地上，他本来就觉得这场大会无趣，便逃离了喧嚣，选了一处安静的地方打发时间。被扔在地上的鬼怪面具发出刺耳的警报声，他嫌麻烦只好拿起戴好，睡得迷迷糊糊时，耳边传来窸窣的声响，一道人影突然闪现，企图扯他脸上的面具，可惜力道不够，偷袭不成反被他牵制住双手无法动弹。

情势危急，那个人终于忍不住喊出声来："冰块脸别动手，是我，高富帅！"

听到熟悉的声音，顾北寒终于收手，高富帅抽身而起时警报器也跟着响了，他只能自认倒霉，安主任果然说得对，偷袭是个技术活，不是人人都做得来的。

顾北寒沉着脸站在原地，凛冽的气息让高富帅不禁打了个哆嗦，他知道对方在等他的解释，连忙在心中胡诌了一个理由写到地上："我嫌自己的面具太丑了，所以想和你换一换！"

他心虚极了，但好在有面具遮挡，才能强装镇定。

说来也巧，高富帅出发不久路过走廊时，恰好听到楼下传来的警报声，把脑袋探出窗就看到了躺在草坪上的顾北寒，当时他并没有戴面具，高富帅不禁多看了几眼，而后看到絮暖的面具时，这段记忆瞬间被唤醒了。不知为何，有一种奇怪的心理作祟，他就是不愿看到他们两个人结伴完成任务，于是故意给絮暖指了错误的方向，自己却折回来想趁着顾北寒熟睡时，交换面具。

高富帅的解释看似合理，可是细想又漏洞百出，他一向胆小，怎么会为了个小小的面具冒如此大的风险搞偷袭？顾北寒觉得其中肯定有猫腻，还没来得及对眼前的人"严刑逼供"，此起彼伏的警报声从远方传来。

昏黄的路灯把林荫小道照得透亮，三道身影蹲在路灯下，目光紧紧锁定在路中央的少女身上，只见她向前跑了两步，紧接着一个漂亮的空翻后完美落地。这样专业的武术动作他们只在电视上见过，如今就发生在眼前，只觉得大开眼界，三个人激动地齐齐起身，瞬间掌声雷动，拍手叫好，等到警报声响起，才意识到自己犯了大错。

"20号，21号，23号出局！"

被安主任毫不留情地剥夺了继续战斗的资格，那三个人气愤地丢掉面具，看向絮暖

异口同声地说："都怪你！"

絮暖摊手，觉得自己很无辜，若不是他们先来招惹她，她也不会出此下策。刚才见吓唬她无用，那三个家伙居然摆出各种搞怪的姿态企图引她发笑，如此费尽心思，她觉得自己也该礼尚往来，动粗怕伤了和气，只能小露身手逼他们主动放弃，谁料适得其反，彻底激怒了对方。

高富帅循着声音从树林里走出来，就看到了被三个男生团团围住的絮暖。紧随其后的顾北寒看见高富帅突然加快步伐朝路中央冲去，义无反顾地挡在了戴面具的少女身前。

高富帅的突然而至是絮暖意料之外的，他那样弱不禁风，也不知是哪来的勇气，竟然伸开双臂把她护在了自己身后，小的时候她也曾这样保护过他，如今角色对换，絮暖觉得又好笑又感动。

"臭小子，你这是想英雄救美吗？"为首的男生大手一挥，其余两个男生朝他逼近。

高富帅心里明明怕得要死，却咬着牙没有退缩，关键时刻，顾北寒如同救星般出现在他的身边。有一种人光是那样站着就气势凛然，令人生畏，顾北寒刚好就是那样的人。

眼看局面变成了三对三，没有了人数上的优势，他们也不敢再造次，终于知难而退了。

见人走远，高富帅才如释重负地放下双臂，长吁了一口气，转过身看见絮暖冲他点了点头，似乎是在道谢，他看不见她的表情，但看得出她眼中温暖的笑意。

其实他挺喜欢看她笑的，那眉眼里的光亮像天上的星星，可惜美的东西往往转瞬即逝。絮暖的目光很快从他身上移开转向了顾北寒，看到和自己相同的面具，欣喜若狂地在原地乱跳，也许这就是传说中的踏破铁鞋无觅处，得来全不费功夫！

絮暖径直向顾北寒走去，手却被高富帅抓住，她回眸不解地看他，那个瞬间，高富帅的心中涌起一种非常奇怪的感觉，就好像只要松开手，就会失去什么似的。

他沉默了许久，最后还是摇摇头放开了手。絮暖并没有察觉到高富帅的失魂落魄，见时间紧急，指着面具朝顾北寒比画了几下，也不管对方有没有了解自己的意思，抓起他的手就往前跑。

高富帅呆若木鸡地站在原地，眼睁睁地看着他们消失在视野里。很久之后，他后悔地想，如果那时自己够坚决，没有放开那只手，是不是他们的结局会有所不同？只可惜，人生没有如果。

夜晚的校园，微风徐徐，絮暖的长发被风吹起，在空中扬起漂亮的弧线。顾北寒看着眼前的身影，眼神渐渐迷离。其实在看到高富帅的异常举动后，他就猜出了这个面具少女的身份，尤其在握上那只手的时刻，他几乎可以确定自己的猜测没有错，眼下两个人并肩奔跑的一幕更是似曾相识，一切仿若初见时那样。这个莽撞冒失的女孩，似乎有种神奇的魔力，让他难以拒绝，这个鬼面大会似乎越来越有趣了。

两个人赶到训练场时，那里已经站了不少人，大宝为过关者拆除了警报器，这也就意味着他们可以摘下面具自由说话了。

絮暖跑得满头大汗，没有了面具的束缚，仰着头大口呼吸着新鲜空气。回过神来才发现大家已经和自己的同伴七嘴八舌地聊开了，而她身前的少年却仍戴着面具，一手插在裤袋里，饶有兴致地看着她。

面具下目光灼灼，絮暖被盯得浑身不自在，半晌都说不出话来。刚才跑得急，她并未好好打量眼前的人，如今一瞥，才发现月色把他的身姿衬得清秀挺拔，戴在脸上的鬼怪面具丝毫没有掩盖那份与生俱来的澄澈清冷，就像是山巅夹杂细雪的微风。

不知怎么，她脑海里突然闪过一个名字，这个念头越来越强烈，促使她向前走了几步，唇瓣无声地动了动，吐出两个字来。

少年修长的腿迈出两步，在她身前顿住，微微弯下腰，让两个人靠得更近，絮暖呼吸一滞，心如擂鼓，看见他抬手，动作轻柔地取下夹在她发丝间的红色花瓣。

花瓣飞扬而起，少年摘下面具，俊美的脸呈现在朦胧的月色下，低沉的嗓音拨动心弦："好巧，是我！"刚才絮暖的口型让顾北寒知道，她已经猜到了自己的身份。

"嗯，好巧。"絮暖扬起笑脸回应，那份清冷的气质，只可能是他，别无他人。

可从她摘下面具后对方那并不吃惊的反应来看，似乎早对她是谁了然于心，他又是如何猜到的？这份心思很快被顾北寒看穿："练武之人的手和一般人不一样，所以不难猜。"

絮暖恍然大悟却难掩失落，那层厚茧让她与普通的女孩子截然不同，有时她也会为此懊恼，却从不曾后悔，因为她可以用这双手保护重要的人，这样就足够了。

顾北寒却没有告诉她，其实就算没有那双手，他也能认出她来，那是一种无法言说的感觉，如果一定要形容，或许是在与她目光交错的刹那，内心涌起的悸动之情。

大宝掐着表开始最后倒计时，远远地就看见两个人往教学楼的方向冲刺，通过面具絮暖认出其中一个人是高富帅，紧随其后的是个和他戴相同面具的女孩子。

两个人争分夺秒，一路狂奔，女孩最终还是体力不支蹲在地上，那一刹那，高富帅突然男子力爆棚，不管不顾地就把她扛上肩头，拼命地往终点冲，只可惜还是过了规定

时间，但这种不到最后一刻决不放弃的信念令人动容，而累得瘫在地上的两个人却在一片雷动的掌声中开启了互骂模式。

"你是熊吗？怎么可以这么重！"高富帅撑着地喘气。

被这样羞辱，女孩哪受得了，一把扯下面具奋力砸过去，气得面色羞红地反驳："高富帅谁让你扛着我跑了，而且明明是你弱爆了，你竟然还敢说我重！"

这声音极其熟悉，絮暖定睛一看，才发现竟然是南零落。她腹诽高富帅还真是有本事，竟然能把一向寡言的南零落气得面红耳赤，恶言相向，看来两个人之间似乎发生了什么"有趣"的事情。

絮暖猜得没错，约莫十分钟前，高富帅在一块大石头后面发现了瑟瑟发抖的南零落。起初他们并没认出彼此，女孩面具下的双眼红红的，应该是拜刚才那群恶作剧的男生所赐。

这会儿女孩又被突然蹿出的高富帅吓得仓皇而逃，但没跑几步就一个趔趄摔在地上。高富帅急急跑过去，她像一头受惊的小鹿，无助地看着他，眼角的泪痕更加清晰。

他蹲下，朝她伸出手却被无情地拍掉，女孩撑着地自己爬起来，视线触及到高富帅脸上的面具时，瞬间明白了他的来意，紧绷的心绪放松了不少。

高富帅手里的手电筒一晃，白光落在女孩抓着书的手上，不禁暗暗发笑，感叹学校里竟然还有这样书不离手的书呆子！

不看还好，细看那书名，高富帅一时怔在原地，"行为心理学"几个大字跃入眼帘，令他思绪飞扬，这书对他来说并不陌生，他曾经见过，而会看这样古怪的书的人全校仅有一个。

高富帅急得团团转，迫切地想把自己的身份告诉对方，一支笔适时地递到了他的眼前。

随身会带着书和笔的，应该只有她了，确认了心中的想法，他龙飞凤舞的字落在书纸上："南零落，你不要怕，我是人见人爱花见花开的高富帅哟！没想到我的同伴会是你，咱们还有时间，快跟着小爷我去训练场啊！"

女孩低头一看，身体不自觉地僵硬起来，心虚地摇头，示意他认错了人，转身想逃却被高富帅拦住了去路。

他抓过笔怒气冲冲地写了几行字："南零落，这本书我认得，就是你的，你为什么不肯承认自己的身份，难道是觉得和我一起做任务很丢脸？"

南零落叹气，原来是这本书把自己给暴露了，她确实觉得很丢脸，却不是因为高富帅，而是为自己这副胆小怯懦的模样感到丢脸。

见对方不为所动，高富帅只好威逼利诱，逼她屈服："你要是不和我一起去，我就让全校人都知道你哭鼻子的事情！"

被戳中了痛处，南零落咬牙切齿地朝高富帅挥拳头，她怎么这么倒霉，絮暖还说他没心没肺，如今看来他根本就是很有心机！要面子的她最后还是在对方开出替她保密此事的条件后，不得不委曲求全，答应陪他去完成下一关的任务。

去教学楼的这一路，高富帅得意地走在前面，回头就能看到南零落抱着书闷闷不乐的样子。在他的印象里，她不似絮暖平易近人，眉眼间总是透着淡漠，不熟悉她的人会觉得她是恃自清高，但那或许只是伪装出的假象罢了。她把自己武装得很好，看似无懈可击，却也有脆弱不堪的地方。他突然觉得他们有些地方很相似，比如死要面子活受罪这一点，他想着不自觉地笑出声来。

教学楼前，两个人的骂战才起就被广播声打断："恭喜大家闯过第一关，你们的表现都很棒，但也别高兴得太早，后面的关卡难度升级。学校的各个角落里藏着发光的面具，找到它们获得相关线索，最后拿着真正的鬼王面具到达操场的人，才能把神秘大奖收入囊中。"

任务一出，已经过关的人迅速开启了搜索模式，而那些淘汰者可以提前到终点等待最后的结果。

好不容易可以休息了，高富帅却也没闲着，坐在地上摆了个赌局，吆喝着："我赌五根棒棒糖，最后的赢家是絮暖那组！"

围观的人群却众说纷纭，各持己见。

有个男生说："我看不见得，虽然絮暖那组实力很强，但也不排除有黑马出现的可能！"

听到质疑声，南零落吃力地从人群中挤出身来，手拍在地上，气势十足地说："我再加十根，赌絮暖赢！"

高富帅咧嘴大笑："有义气！"

原以为这场赌局只是高富帅一个人的独角戏，谁料大家兴趣高涨，纷纷下注，眼看赌注越来越大，絮暖那组的呼声最高，高富帅开始担忧这些糖会把他吃得满口蛀牙，瞥到南零落时心中的小算盘打得啪啪作响，就算蛀牙也得拉个垫背的才是！

一想到要找东西，絮暖就头皮发麻，她是急性子，最大的弱点就是缺乏耐心，好在奚言与她性格互补，两个人一静一动，搭配起来倒是恰到好处。

第五章 鬼面大会·神秘奖励

这时突然传来一阵脚步声,听到声音,两个人快速地躲到树后,发现不远处有一组人似乎找到了重要的线索,他们警觉地向四周张望,确定没有人后,才放心地交头接耳起来。

"又是数字,这些发光面具背后的数字到底是什么意思啊?"

"前面是1-9,现在是2-7,两者间肯定有什么关联。"

声音远去后,他们才从树后走出来,见絮暖面色泛红,顾北寒才后知后觉地发现自己竟然还抓着她的手,连忙松开后退一步:"抱歉,刚才情况紧急。"声音里带着难得一见的慌乱。

絮暖轻笑摆手:"我明白的。对了,你知道那些数字有什么用吗?"

"我还不清楚,不过他们说得对,这些数字一定能串联起来,只是我们还没找到那根能把它们串联起来的引线。"

他们运气不佳,刚才兜兜转转半天都没有找到一个会发光的面具,虽然偷听别人对话的行为并不怎么光明磊落,但是运气不够也只能剑走偏锋了。

两个人牢牢地把这两组数字记在心中,没过多久终于得到了幸运女神的眷顾,在那片樱草花海里发现了一个发光的面具,里面果然夹着写了线索的字条,但是这次字条上却不是数字,而是四个字母,分别是:B、I、S、N。

絮暖把字条三百六十度旋转了一遍,都没看出个所以然来,急得抓耳挠腮:"这到底是什么意思?"

"或许这四个字母的顺序根本就是错误的,目的就是想误导我们!"

"你是说应该把它们重新排列?"

顾北寒点头,在心中默算并快速得出结果:"如果把它们重新排列组合,四个字母一共能排出24种不同的组合,其中最有可能的是ISBN!"

"ISBN?"絮暖喃喃道,突然叫出声来,"我想起来了,我在南零落的书上看到过这个词!"

"ISBN是国际标准书号的简称,全称International Standard Book Number,是专门为识别图书等文献而设计的国际编号,由13位数字组成,每一本书都会有这样的编号。"顾北寒为絮暖指点迷津。絮暖茅塞顿开:"所以它就是我们要找的那根引线,这样一来那些数字就能串起来了,1-9,2-7代表了编号的前两位数字分别是9和7,只要再找到后面的11位数字就能找到答案了!"

顾北寒被她逗乐,感叹道:"看来还不算太笨!"

她当然不笨啊,只是懒得动脑子罢了。如果他们的猜测没有错,那个写有鬼王面具的放置地点的重要线索应该就在图书馆，但在此之前他们必须得集齐所有数字才行。

　　为了节省时间，絮暖决定另辟蹊径，见着别的组的人就傻乎乎地冲过去，想要同他们资源共享，结果被视作洪水猛兽，谁也不敢靠近他们。

　　顾北寒笑她太傻太天真，如今这样的境况，在别人的眼里他们就是敌人，谁又会和敌人分享线索，最后絮暖只好认命跟着他踏踏实实地找线索。

　　他们花费了大量时间凑齐数字来到图书馆，根据书号在图书馆的搜索系统里找到了对应的书籍和书籍的放置位置，夹在书中的小纸条告知了他们鬼王面具的放置地点——教学北楼2楼，校史陈列室，3号橱柜。

　　如果不是字条上提供的信息，絮暖甚至不知道还有校史陈列室这样一个地方，安主任从未提及过此处，它位于偏僻的北楼，那是阳光照不到的角落，更别提会有人问津了。

　　陈列室里好几个摄像头都坏了，只有门口那个完好无损，虽然看不到里面的场景，但是安主任通过屏幕看到越来越多的学生踏入校史陈列室，心中还是十分欣慰。其实他把鬼王面具放在那样一个地方是有私心的，他特意把校史陈列室设计在了本次大会里，就是想通过这种巧妙的方式，让每个学生走进那里，好好地了解樱草学院的历史，从而喜欢上这所学校。

　　絮暖和顾北寒来到校史陈列室，拉开木门，灰尘飞扬，四周漆黑一片，怕引起别人注意他们不敢贸然开灯，只能借着手电筒微弱的光照路。好不容易找到3号橱柜，里面却空空如也，积灰的隔层里只留下一个面具形状的痕迹，很显然东西已经被人拿走了，他们还是晚了一步。

　　失败了，絮暖反而松了一口气，其实这样也不错，不必执着于什么胜利，只要享受这个过程就好。顾北寒用手电筒照亮橱窗，不知在找些什么，目光很专注，絮暖跟在他身后，认真地阅读起了墙壁上的文字。

　　校史陈列室，顾名思义，便是为记载学校历史发展设立的展览室，关于樱草学院的信息，絮暖都是从网络上获取的，很多都是片面甚至虚假的。她不知道这所学校从创立之初至今经历过多少大风大浪，也不知道这里曾经走出过多少成功人士。

　　浏览着樱草学院的校史，絮暖忍不住唏嘘：“没想到樱草学院曾经这么厉害！”

　　顾北寒的手指轻轻拂过那些橱窗，声音低沉：“只可惜是曾经。”

　　是啊，两侧橱窗里陈列的樱草学院历年来获得的荣誉奖杯，无时无刻不在提醒着人

第五章　鬼面大会·神秘奖励

095

们这所学校曾经辉煌过，只是如今它却如同这个好久没有打扫过的陈列室一样，到处都蒙上了厚重的尘土，失去了所有光芒。

陈列室尽头的墙壁上挂了很多照片，大部分是老师和学生的合照，顾北寒的目光紧紧地盯在上面，生怕错过任何细节。

"你在找什么人吗？"

他摇头，回答却有些模棱两可："也许吧。"

顾北寒看了一圈，似乎并没有找到自己想要的东西，脸上的失落越发明显。

絮暖却有所发现，连忙喊他："奚言，你快看这幅画。"

顾北寒顺着她的手望过去，看到的是一张照片，照片上的女人长发披肩，眼睛像弯弯的月牙，不惊艳，却有种说不出的温暖，让人移不开视线。

照片下面用黑粗的字体写着：夏樱草（学校创始人）。再下面是对她的一些文字介绍，没有赘述，仅用寥寥几行交代了她的学历背景。

当然絮暖注意到这张照片，并不是因为照片上这个女人有种与众不同的美，而是在这个布满灰尘的陈列室里，唯独这张照片是干净的，这很明显是有人常常擦拭。

"为什么这个人只擦这张照片呢？"

"也许这个女人对他来说是特殊的，就好像那片樱草花海一样。"顾北寒做着大胆的推测。

"夏樱草，樱草花海？"这个女人的名字恰巧就是樱草花，絮暖豁然开朗，"奚言，或许你说得对，她是特殊的，之前我一直以为学校的创始人是陆世安，没想到竟然是夏樱草。"

"我也是刚知道，她和陆世安一样神秘，网上几乎查不到他们的资料。"

想到陆世安，絮暖又仔细地看了一遍照片，却发现身为校长的陆世安，竟连一张照片都没有，好像他从来不曾出现在樱草学院的历史中。

她突然想起一句话："真实的背后，往往隐藏着一场心痛。"

那么这样神秘的他们，又隐藏着什么呢？

絮暖和顾北寒没有在陈列室里多停留，刚走到楼下，就听到楼上杂乱的脚步声。

絮暖抬头，看到三楼的走廊上有人在奔跑，清脆的铃铛声在黑夜里特别清晰。走廊的另一头不知何时又多出一批人，来势汹汹地对他们围追堵截。很快那两批人汇成一团，似乎在抢什么东西，叽叽喳喳聒噪极了。

"鬼王面具在他身上！快抢！"

听到鬼王面具,絮暖心里一震,再抬头就看见一个东西从三楼的窗户掉了下来,而且奇巧无比地落在了她的怀里。她低头,瞬间心花怒放,没想到苦苦追寻的面具竟然就这样到手了,真是天助她也!正所谓鹬蚌相争,渔翁得利,当渔翁坐享其成的感觉真是太棒了!絮暖沉溺其中无法自拔,好在顾北寒还算清醒,拉着她就跑,才避免了一场"厮杀"。

可谁会想到这鬼王面具的周围镶嵌了一圈铃铛,带着它每跑一步都会发出叮叮当当的声响,这无疑给那些追赶他们的人指引了方向。两个人跑累了,只好先找地方躲起来再想办法,谁知兜兜转转竟然跑回了絮暖的出发地。

两个人刚想坐下喘口气,门外便传来了声音,吓得絮暖放松的身体再次紧绷了起来。

"没有铃铛声了,看来是躲起来了,大家仔细找找,肯定就在附近。"

这群"追兵"真是穷追不舍,他们已经绕着学校大楼跑了好几圈了,结果还是一样,看来问题还是出在这该死的铃铛上。

"怎么办?"她压低声音,看向顾北寒。

顾北寒抹了把额上的汗水,低低喘息,前面两关已经消耗了他们不少体力,这场追逐战必须速战速决。

贮藏室很是脏乱,东西也又多又杂,以前学校校庆用的一些道具也都堆放在角落里,他支起身,把手电筒咬在嘴里,在那些道具里翻找着什么。

絮暖靠过去,看到他捧着一串东西转过身来,眼睛发亮:"絮暖,你有没有想过,其实我们可以逆向思维,为什么非要去除铃铛声呢,我们明明可以再增加点儿声音!"

絮暖看到他手中的铃铛时,心中的迷雾霎时烟消云散:"我懂了,增加声音,混淆视听,让他们不知道鬼王面具到底在什么地方!"

"到时候,我会拿着铃铛先跑,把他们引往错误的方向,你再拿着面具去操场就可以了。"

顾北寒的计划明明是眼下最好的办法,可是絮暖内心却有隐隐的不安。

"那你……不会有事吧?"她朝他眨眨眼,语气小心翼翼的。

他轻哼一声,嘴角扬起好看的弧度,摸了摸她的头,自信地说:"当然。"

絮暖透过门缝,看着顾北寒往远处跑去,直到他的身影完全没入夜色,才收回目光。这一招果然很管用,那群人很快循着铃铛声飞奔而去。

她不敢走大路,只好猫着身子,穿梭在重重的树林中,没一会儿又看到一群人

第五章　鬼面大会·神秘奖励

经过。

"刚才有人和我说鬼王面具好像在小池塘那边,咱们人多,到时候来个瓮中捉鳖!"

絮暖偷偷听着,她没想到这么多人联合作战,围堵奚言一个人,心里堵得难受。这一路走来,奚言帮了她很多,既然是同伴,她无法坐视不管,丢下他一个人独自离开。不就是个破面具嘛!大不了不要了!这种想法涌出的时候,她的身体已经比理智先行一步,开始往回跑。

老生熟悉学校环境,作为新生的顾北寒在这点上很吃亏,最后被逼进了一条死路,他打量四周,前有追兵,后无退路,身边只有一处泛着波光的小池塘。

夜晚灯光昏暗,顾北寒把铃铛放在身后,继续迷惑敌人。絮暖赶到时,见他被好几个人围着,心急如焚,只好大喊:"喂,你们要的面具在我手上!"

听到身后传来声音,大家的视线瞬间转移,那个站在路灯下的娇小身影,令顾北寒紧紧蹙眉。

"奚言,你快跑啊!"絮暖朝他用力挥手,明明自身难保,还自作主张地跑回来拼命地想要救他,顾北寒心中五味杂陈,忍不住轻声叹气:"还真是个傻姑娘。"

他上前一步,声音洪亮:"絮暖,你不要为了保护我,引开他们,我把面具给他们就是了,但就怕他们拿不到!"话音一落,那串铃铛就从他手中抛出落到了池塘里。

大家看不真切,只听到铃铛声被水花淹没,全部急切地朝池塘奔去。

顾北寒趁着这个当口,越过人群,抓起絮暖的手就跑,说起来有些好笑,似乎从他们相识到现在就一直在这样奔跑。

抓在手腕上的力道很大,絮暖觉得疼却没敢吭声,因为身旁奚言那张阴沉的脸,明眼人都能看出他在生气。

"你在生气吗?"她试探地问。

"没有!"几乎是斩钉截铁的语气。

"你明明就有,好吧,是我错了。"絮暖嘴上说着错了,态度却很敷衍。

顾北寒转过身,微微眯眼,声音冷冷的:"那你倒是说说,哪里错了?"

她终于情绪爆发,声嘶力竭地朝他吼:"我错就错在一开始就不应该让你去冒险,既然是同伴,我怎么可能丢下你一个人不管呢?"

顾北寒愣住,突然发现自己从未真正地了解过眼前的女孩,他对她的认知从来都是冰山一角,也许真正错的人是他。

"我知道了。"他认真地说,"以后再也不会发生这样的事,任何困难,我们都一起面对!"

这像是一个承诺,掷地有声,重重地落在絮暖的心头。

絮暖向前跑了几步,然后回头说:"喂,这可是你说的,绝对不能食言哦!"

见顾北寒微笑点头,絮暖才放心地咧开嘴笑,银铃般的笑声在顾北寒耳边回荡,久久不散。

两个人拿着面具赶到目的地,就被等待他们凯旋的人围在了中间,欢呼阵阵,其中喊得最卖力的就数高富帅了,没一会儿他又蹦跶着找那些输家讨要"赌金"去了,多亏南零落解释,絮暖才搞明白这是怎么回事。

大宝向他们道喜,声称之后会为他们举办一场隆重的颁奖仪式,絮暖听了感觉受宠若惊,心想何必搞那么大排场,直接把奖品给她就行,做人还是得低调点儿。但大宝很执着,说颁奖台都搭好了,絮暖看了眼那个破木板搭成的奖台,感到莫名心酸。

等人到齐了,大家围成一个圈坐在草坪上,中央篝火熊熊,衬得每张脸都红通通的。广场舞的曲子终了,一个帅气的身影终于登场,安主任甩了甩自己的头发,开始了一场长达六十分钟的演讲,其间絮暖昏睡过去好几回,要不是看在奖品的分儿上,她真的很想一走了之。听到演讲终于进入尾声,她振奋了精神,已经迫不及待地想要知道那份神秘大奖到底是什么了。

"下面有请今晚的获胜者——絮暖同学和奚言同学上台领奖!"

絮暖连忙起身,挺直了自己的小身板,神情特骄傲,心里却有些紧张,直到顾北寒拍拍她肩膀好意提醒,她才意识到自己竟然同手同脚走路了,真是丢脸。

两个人站在台上,安主任和大宝先在他们身上绑了两朵大红花,絮暖那叫一个高兴啊,没想到除了奖品还有花呢,虽然花俗气了点儿,但那是荣誉的象征,是神圣的。而顾北寒不但不这么想,还隐隐有不好的预感。

戴着大红花尴尬地站了半天,大奖还没到手,絮暖终于急了,频频冲安主任使眼色,提醒他忘记了大事,对方见了连忙露出一副了然的样子。

"现在我宣布,今晚要颁给这两位同学的神秘大奖就是……"

众人目光一致地盯着他,竖起耳朵,屏住呼吸。

"就是……正式任命他俩为我们班级的班长和副班长!大家快鼓掌欢迎!"

絮暖感觉耳边响起一阵惊雷,怀疑自己出现了幻听,连忙找顾北寒确认。

对方脸色发黑,浑身散发着一股杀气,扭动僵硬的脖子对她说:"你没听错,他刚

才说任命我们为班长和副班长！"

下一秒，终于搞清楚状况的两个人异口同声地说："我拒绝！"

似乎早知道他们会抗命，安主任连忙冲台下的众人喊："他们要拒绝，你们觉得呢？"

大家果然默契十足地回："拒绝无效！"

紧接着就是雷动的掌声和欢呼声，甚至有人在喊："班长好美，副班长好帅！"

这群口是心非的家伙，明明一个个脸上都写满了："还好不是我！""果然我当初把面具往窗外扔是正确的选择！"

"快听听这欢呼声，你们真是深得民心，看来这个班长和副班长的职位非你们莫属了！"安主任奸计得逞，笑得更欢。他举办这次鬼面大会确实是别有用心的，除了想让学校恢复活力和让学生了解校史外，更主要的是想要解决班长和副班长的人选，说来也是被逼无奈，按去年的情况来看，大家谁也不愿意接过这个苦差事，所以今年他才会把这个作为大会的奖品，这是神不知鬼不觉地坑人哪！

絮暖终于明白鬼面大会其实是个幌子，这根本就是个大坑，她竟然还傻傻地往里跳。

第六章
角色扮演・卧底现身

絮暖自上学以来做得最高的职位就是小组长,还是因为那天班主任心情好,大发慈悲赏赐她的。而今人生的高度被瞬间拔高,就好像是突然逼着她演女主角似的,这让跑了十多年龙套的絮暖感到万分恐慌。

安主任语重心长地说:"絮暖啊,你要坚持住啊!老师需要你!同学需要你!"

同学们却偷偷地告诉她:"你知道前任班长为什么这么肥吗?那是因为过劳肥啊!"

所以说,班长是什么职位?说出来吓死你们!

樱草学院就这么一个班,当上了班长,那可是要带领全校五十多个学生走上人生巅峰的大人物啊!

学校有难,第一个站出来冲锋陷阵的是她!

同学有难,第一个为他们排忧解难的是她!

有值日生偷偷溜掉,最后留下打扫的当然还是她!

絮暖才上任没几日,这样的闹心事层出不穷。无奈她有班长包袱,再苦再难的活她都只能扛在肩上,然后把苦水往肚子里咽。

放学时分,学生一哄而散,只剩南零落一个人趴在桌上写作业。

絮暖握着扫把的手紧了紧,感动地看着她:"南零落,你不用陪我了,先回宿舍吧。"

南零落脸一红,别扭地解释:"谁说我是在陪你了,我只是觉得这里很安静,方便我自习。"深知对方的脾气,絮暖笑着没再说话,转过身就被窗外的景色吸引住了。

一个人如果长得好,即使面瘫,也是不会缺乏追捧者的。

顾北寒就是很典型的例子,这不,才开学没多久,他就凭着高颜值俘获了无数少女的芳心,拥有了一大群粉丝。

站在篮球场上的他穿着黑色的运动装,用逼真的假动作快速带球过人,然后运球来到三分线外高高跃起,球从他纤细的指尖抛出,在空中划过一道优美的抛物线,干净利落地落入篮筐。

絮暖不明白,为什么明明场上有这么多人,她偏偏只看见了他呢?

女生们为他加油呐喊,为他神魂颠倒,他却视而不见,无意间抬头就看见了教学楼窗边的身影,身披霞光的少女,仿若黄昏中最绚丽的风景。

两个人相望时,絮暖没来由地一阵心慌,像是被戳穿了什么心事,心虚地收回目光,往后退了一大步,谁知地上的水渍未干,她脚下一滑,身体失去平衡,摔了个四仰八叉。

耳畔是南零落的惊呼声，眼前却是奚言邪邪的笑容，她虽然看不真切，但就是感觉那家伙在对她笑，而且是嘲笑。

絮暖揉着屁股，心中哀号："老天哪，为什么班长要负责受苦受累，副班长只负责貌美如花，这也太不公平啦！"

早自习，絮暖顶着倦意擦黑板，自从当了班长，她每晚都睡不踏实，这会儿哈欠连天，根本打不起精神。听到女生们的尖叫声，不用回头就知道是顾北寒来了。

平时面对热情洋溢的粉丝时，他都会顶着那张几百年不变的冰块脸，一言不发地绕过人群坐到自己的位置上，今天竟出乎意料地径直向她走去。

絮暖睁大双眼，心中充满疑惑，看见他的嘴角竟缓缓地弯起一个好看的弧度，讪笑着说："班长，请注意自己的形象。"

她不明所以地"啊"了一声，最后还是好心人给她递了镜子，她才后知后觉发现自己的脸颊沾满粉笔灰，羞得想要躲到讲台下，再也不出来。

絮暖洗完脸回班级，身边的几个女生看她的眼神里多了几分敌意。她苦思冥想，终于得出结论，也许就是因为刚才顾北寒对她笑了，她们才会心生嫉妒，可是那怎么能算笑啊，根本就是在嘲讽她啊！

絮暖气呼呼地坐下，捂住双耳，不再去管那些闲言碎语，闷头大睡。

顾北寒倒没想给她添麻烦，只是最近不知道怎么了，总是忍不住想逗她，看她不知所措的样子，心情就出奇地好。

虽然如今学校里只有两个老师，但也分工明确，各司其职。大宝负责教授普通课程，安主任除了掌管学校大小事务外，还负责教授拓展课程。比起身为班主任，每天忙得不可开交的大宝，安主任就悠闲多了，没事就拿着个本子在校园里晃悠，却没什么威信，学生依旧迟到早退，视他如空气。他一着急，絮暖这个班长便临危受命，开始了每天在学校门口蹲点抓迟到生的日子。

时间一到，快要紧闭的大门突然被人一脚踹了开来。絮暖啧啧感叹，这样违纪的事高富帅果然"当仁不让"，而且被抓住了依然神情坦荡，丝毫没有意识到自己做错了什么。站在他身旁的那个身材矮小的男生就没他那么坦荡了，缩着脖子，眼中满是胆怯。她记得那个男生的名字叫梅天里，平时话很少，为人本分，这么老实巴交的人怎么会和高富帅混到一起？看见门口的值日生要把他们的名字记到违纪表上，梅天里顿时慌了，扯着高富帅的衣袖问："大哥，咱们怎么办？"

听到这声大哥，絮暖才想起奚言曾告诉她高富帅最近认了个小弟的事情，据说两个人因为爱好相同一见如故，二话不说就拜了把子，许下了生死相随的约定，昨夜高富帅还去了对方家里讨论料理，现在看来这是聊了一夜才回来的样子呢。

絮暖没想到高富帅净干残害祖国花朵这样丧尽天良的事，在心中默默地为梅天里这朵误入歧途的小花哀悼。

另一头，高富帅当然不会辜负自己小弟的期待，抢过值日生的笔摔到了地上，大有要干架的意味。

梅天里惊呼："大哥就是大哥，连摔笔的动作都这么帅气。"

高富帅被如此一夸，头脑发昏，起了想要撕毁违纪表的念头，还好被絮暖及时制止了。

"高富帅，你别闹了，你现在顶多就是被记迟到，要是真把这表撕了，性质可就不同了，你到底有没有脑子啊？"

高富帅想反驳，却只是"我"了半天，一句在理的话也没说出口。

在旁偷偷观望已久的安主任终于现身，捂着胸口说："絮暖同学说得很对，老师为你们刚才的行为感到痛心疾首，但是孰能无过呢？只要能改就还是好孩子，所以你们俩在今天放学前交一篇一万字悔过书给我吧！"

写一万字的悔过书，如此让人生不如死的事情，高富帅怎么肯干，刚要爆发就被絮暖堵住了嘴，她朝安主任嘿嘿一笑道："主任，你放心，我会监督他们写完的。"

听到絮暖的保证，安主任才满意地离开。

安主任前脚刚走，高富帅后脚就怒了："絮暖，你疯了吗？那可是一万字，按我平时的速度，一年都未必写得完。"

絮暖掏了掏被震痛的耳朵，压低声音，开始给对方洗脑："天将降大任于是人也，必先苦其心志，劳其筋骨，饿其体肤，空乏其身。像咱们这种将来要做大事的人，怎么能受不了这点儿苦？多写点儿好啊，还能练练文笔，省得别人老是说我们没文化，真可怕！"

高富帅被絮暖唬得一愣一愣的，竟吃错药似的觉得她说得很对，很快就不闹腾了，而是拉过身边的人兴奋地说："这个是我刚认的小弟，梅天里！我觉得我们的名字就是天造地设的一对，还可以连起来读哦——高富帅真是帅得没天理！"

见过不要脸的，还真没见过这么不要脸的。

她怎么觉得连起来应该是：高富帅真是倒霉得没天理啊！

算了，絮暖决定不与傻瓜争长短，看了一眼高富帅身边的人，语重心长地说："小梅啊，你别怪姐姐没提醒你，跟着他没前途！"

梅天里却摇摇头:"不会的,大哥对我很好,做的料理也很棒!"

这话不禁让高富帅更加嘚瑟了,絮暖哀叹,高富帅那小子到底给他的小弟下了什么蛊,竟然能让他这么死心塌地地为他说话,果然是没天理啊!

絮暖原以为去门口蹲个点,就能插科打诨,有惊无险地度过一天了,谁知嘴角的笑意还没收拢,大宝就把一沓试卷扔到了讲台上,让她瞬间有种好日子到头的感觉。

最害怕的事情终于还是发生了!

"今天我们进行一次阶段考试,主要是想看看大家近期是否都已经掌握了新学的知识,时间一小时,铃响交卷。"絮暖屏住呼吸,不去听大宝残忍的话语。

刚开始耳边还是哀声一片,但大家拿到卷子后都如打了鸡血般地奋笔疾书起来。顾北寒和南零落就不用说了,连平时最不靠谱的高富帅都在特别认真地答题。

絮暖看着试卷头疼得厉害,选择题完全是靠蒙的,交完卷整个人瘫坐在椅子上。梅天里蹦跶到高富帅面前抱怨:"大哥,刚才的题目好难啊,好多我都不会,不过我刚看到你答题的速度嗖嗖的,不愧是我大哥!"

高富帅这次却没嘚瑟,耷拉着脑袋有气无力地说:"我也希望我会答那些题!"

"啊,那你刚才……"

他咧嘴一笑:"考试的时候,我把一万字的检讨写完了!我是不是很棒?"

梅天里听了满脸惊愕,絮暖更是夸张地从椅子上跳起,愁云惨淡的脸有了神采。把检讨写在试卷上,果然是高富帅的作风,她之前还在担心这次考试她会垫底,现在不用怕了,第一次觉得高富帅原来这么靠谱啊!

结果果然如絮暖所料,高富帅的成绩成功垫了底,而她也牢牢站在了倒数第二的位置。一次可以说是发挥失常,两次可以说是水土不服,直到第三次絮暖似乎再也找不到什么冠冕堂皇的理由来掩盖自己成绩差的真相。

"班长成绩差"很快成为大家饭后的谈资,絮暖走在校园里,头垂得低低的,极力不去听旁人的闲言碎语。上次在"鬼面大会"上因她出局的三个男生趁机打击报复她,逢人就说她的坏话,絮暖全都忍了下来,倒是暴脾气的高富帅竟然带着小弟梅天里找他们去了。

絮暖得知此事和顾北寒一同赶到时,现场的气氛已经剑拔弩张,高富帅抓起了对面带头大哥的衣领,拳头挥到一半就被絮暖抓住。

"高富帅,我很感激你为我出头,但是动粗根本解决不了任何问题。"梅天里觉得絮暖的话在理,点头如捣蒜,也跟着出声劝阻:"大哥,冲动是魔鬼,我们必

须冷静。"

"冷静个屁！"高富帅听不进劝，"你们根本不知道他们的话说得多难听，奚言，你这小子别躲在后面，有本事跟我一起上！"

"自己搞不定，还想找帮手呢，咱们班长可还真是有本事，两个护花使者，一个成绩第一，一个倒数第一！"为首男生的嘲讽声引得围观学生大笑起来。

四周嘈杂极了，看到大家对着絮暖指指点点，顾北寒的眸色渐渐冰冷，沉默中他优雅地卷起袖角，大步流星地走到高富帅身边，冷笑着说："这种以伤害他人为乐的人，确实应该给他们点儿教训。"

有了顾北寒的支持，高富帅劲头更足了，十指被他攥得咯咯作响："奚言，你果然够爷们儿！咱们今天就杀他个片甲不留！"

见两个少年口气笃定，气势凛然，完全不像开玩笑的样子，刚还嘴硬的男生终于慌了，双腿发软，向后退了几步。絮暖眼下也是一个头两个大，不明白事情怎么会演变成这个样子。

就在这时，广播突然响了起来，及时阻止了这场大战。

"紧急通知：请絮暖、奚言、高富帅三位同学立刻前往主任办公室。"

主任办公室外，高富帅停住脚步抖了抖，没骨气地走到队伍最后，其实也不能怪他，因为就连絮暖都感觉到了门内那股冰冷彻骨的寒意，举起的手僵在半空迟迟没有落在门上。顾北寒却果敢多了，二话不说就敲门而入。

办公室里，三个人站成一排，眼前的安主任正襟危坐，神情格外严肃。四人就这么大眼瞪着小眼，谁也没说话。

沉默久了，容易犯困，蒙眬的视线里，絮暖看见安主任笑着朝顾北寒和高富帅分别挥了挥手，示意他们过去，那森然的笑意让她瞬间就清醒了。

"喂，喊你们呢！"絮暖压低声音提醒，推了推身边昏昏欲睡的人。

于是乎刚才远距离的大眼瞪小眼，变成了近距离的大眼瞪小眼。

站在右边的顾北寒仍是顶着张雷打不动的冰山脸，左边的高富帅还是一副没睡醒的样子。

安主任终于啧啧出声："多好看的两张脸啊！可比我年轻的时候帅多了。"

听到赞美，高富帅挤出一个露了八颗牙的笑，嘴角还未收拢，眼前的人就拍案而起，愤怒地说："帅有什么用！你们怎么就对同学这么不友好呢？高富帅你看看你，迟到早退，一言不合就和同学大打出手，体育课一千米跑十分钟的你，有自信打赢谁？还有上次你在考卷上写忏悔书这事儿我还没好好和你算账呢，字数不够就算了，还错字连篇，半点儿悔过之心都没有！"

高富帅面色羞红，心里却固执地觉得一千米跑十分钟没啥好可耻的，最起码数字能整除！还有那忏悔书，他明明写得挺有文采的，只是对方不懂得欣赏。

教训完高富帅，安主任矛头一转，看向顾北寒："奚言你身为副班长，不以身作则就算了，还特立独行，极其不融入集体，还有，在我说话的时候，你能给我换个表情不？"

做表情，这对于一个面瘫来说实在太难了，安主任看他挤眉弄眼了半天，摆出的表情实在惨不忍睹，连忙摆手叫停。

安主任叹气："我看过你们的档案……"话说一半，突然停下，听到"档案"两字，絮暖便预感不妙，顾北寒和高富帅更是互看对方，面色俱变。

"之前的老师对你们的评价很高，尤其是絮暖！"

絮暖心里发虚，不敢抬头看安主任审视的目光，却听到他说："你以前的学习成绩一直名列前茅，可是从最近几次的成绩来看已经不是发挥失常那么简单了。"

"主任……我就是水土不服，因为换了城市，所以需要些适应的时间。"

"那你水土不服的时间是不是太长了点儿，而且专挑考试的日子水土不服？我看你平时蹦蹦跳跳的，可一点儿都不像身体不舒服的样子。"

所谓言多必失，早知如此，她就不该解释，现在倒好，掩饰的意味越发明显。

安主任纳闷，经过这些时日的观察，眼前三人的谈吐举止根本与档案上描述的不符：呆萌可爱的高富帅，阳光亲切的奚言，还有学霸少女絮暖。这些描述和他们本人完全对应不上，他不得不开始怀疑这些档案的真实性了。

安主任按着涨痛的太阳穴，朝他们挥手，示意今天的谈话就到这里："我希望你们都能重视起来，想想今后应该怎么做。"

从办公室里出来，大家都忧心忡忡。从安主任的反应来看他似乎已经开始怀疑他们了，那些档案是Nicole根据当初的人物设定特意做的，谁会想到开学后，他们竟把这档大事忘得一干二净，暴露了自己的真实性格，给安主任留下了把柄。絮暖安慰自己，好在Nicole还不知道这事儿，只要他们及时改正就不算违反合约。

絮暖叹着气回到寝室，南零落就叫住了她："絮暖，我都听说了，安主任他没罚你们吧？"

絮暖没法儿和她明说，摇着头哀号："总之，我感觉我的好日子要到头了！"有人

第六章 角色扮演·卧底现身

说傻子和天才其实就在一线之间,那成绩好和成绩差呢?怎么想都隔着天南海北的距离啊!

南零落不明真相,只觉得是高富帅连累了她,感叹地说:"高富帅真是个闯祸精!"后来又不知想到什么,把手机递给她:"对了,刚才你的手机一直响个不停,看来对方挺急的,你要不回个电话吧!"

絮暖接过一看,脸上血色全无,十几个未接来电竟然全是Nicole打来的,真是怕什么来什么,这是她入校以来,Nicole第一次给她打电话,她预感不妙,抓紧手机,压抑住内心的恐慌,转身若无其事地对南零落说:"我出去下,马上就回来!"

絮暖一口气奔到小树林,左右看了好几遍,确认没有人后,才鼓足勇气给Nicole回了电话。没有意料中的狂轰滥炸,电话那头的Nicole显得很平静,几句轻描淡写的嘘寒问暖,让絮暖悬着的心落了地,谁知这只是暴风雨前的宁静,直到她听到Nicole说:"你们在学校的状态,我知道得一清二楚,我这次打电话来主要是想提醒你们,别忘了合同上的条款,这次我可以给你们改过的机会,但是下次可就没有这么简单了!也请你把这句话告诉奚言和高富帅!"

Nicole的语气很严肃,絮暖当然明白这话中深意,只要一想到那高额的违约金就忍不住胆寒,连忙拍胸脯向对方表决心:"你放心,我们一定会按照当初约定好的来做,绝对不会露馅的!"

Nicole听了,强硬的口气终于软了几分,两个人后面只是简单地闲聊了几句,便匆匆道别。

挂掉电话,絮暖感觉天都塌了,之前他们之所以会如此肆无忌惮地无视条约,完全是因为觉得Nicole不在,没人会约束他们,可是眼下的形势却没那么简单了。

她心中很是纳闷,一个不在学校的人,为什么会对他们的状况如此清楚?Nicole好像就在他们身边似的,想到这儿,她心中一咯噔,看来Nicole在学校里安放了一双自己的"眼睛"来监视他们,但是这个人会是谁呢?事情好像越来越复杂了。

絮暖急切地把此事告诉了其他两个人,大家心中的警铃大响,兹事体大,"改头换面"之事迫在眉睫。顾北寒和高富帅改造起来还容易些,絮暖却茫然无措,谁能来拯救她呢?

"絮暖,关于你的成绩,我或许可以想办法帮你!"顾北寒的话如同一股清泉流入,让絮暖混沌的大脑瞬间清晰,她竟然忘记眼前的人是学霸这件事了,若是有对方的帮助,一定能事半功倍。

絮暖猛点头,想到可以抱学霸大腿,忍不住笑得花枝乱颤,却又听到他说:"当然作为帮助你的交换条件,我希望你也可以帮我……"

顾北寒的话说到一半就没了下文,似乎后面的话特别难以启齿,表情也跟着别扭起来。

絮暖心领神会,快速得出答案,直言不讳地说:"你是想让我帮你改善面瘫吗?"

顾北寒虽不想承认,可眼下也只好委曲求全,认命地点头了。

"好说!只要有我帮得上的,我一定会竭尽全力帮你的!"

高富帅看着眼前两个人一唱一和,完全无视他的存在,暴脾气又上来了:"你们的问题倒是解决了,那我怎么办啊?"

"高富帅,其实有一个人可以帮你,但在那之前还是需要絮暖帮个小忙。"

顾北寒口中的这个能帮高富帅的人其实是南零落,高富帅之所以无法很好地控制自己的情绪,就是因为缺乏情绪管理这方面的技巧,而恰巧南零落在心理学和情绪管理这两块都颇有研究。当然想让南零落出手帮忙,就需要絮暖当这个中间人了。

絮暖告诉南零落,拯救高富帅这个"失足"少年是安主任给她下达的任务,最后费了九牛二虎之力,挤了好几滴眼泪,才说服南零落帮忙。

南零落当然不待见高富帅那家伙,但看在絮暖可怜巴巴求她的分儿上,便安慰自己,全当是行善积德做好事了。

很多事情往往都是说起来容易,做起来似乎又是另外一码事了。

絮暖的"改头换面"之旅格外艰辛,白天要忙着班里的事情,晚上还要跟着顾北寒补习功课,短短几日整个人都瘦了一圈。

两个人每晚都会一起去图书馆自习,这晚顾北寒如往常般在教学楼前等她,对方却迟迟没来,他只好往宿舍楼的方向找,果然在楼下发现了她的身影。

絮暖正准备上楼,就听到有人喊自己的名字,转身看见顾北寒时,愣了会儿,然后懊恼地在原地跺脚:"你怎么在这里,已经七点了吗?对不起,我忙晕了,你等很久了吗?"

路灯的光幽幽地照下来,把眼前的少女笼在暖色调的光里,她神情焦急,似乎刚才走得很急,额上冒出细密的汗珠,左右手各拿了一个白色的锅,歪着头看他。

看着这样的她,顾北寒的眼神不自觉地温柔起来:"没有等很久,就是见你不来,所以过来看看,你手上拿的是什么?"

"这锅是粥,班里有女生发烧了,我就让厨房大妈煮了点儿清淡的想给她送过去,那锅是姜汤,每个人喝一碗可以驱寒。"

十月迅猛的台风来袭，又加上寒潮，班级里好多人都感冒了，絮暖也不幸中招，听着班里充斥着同学们的咳嗽声，她想做些什么，最后只能想到这样的法子了。

"所以你刚才就在忙这个？"

"嗯。"絮暖点头，"奚言你在这里等我会儿好不好？我把东西送上去就下来！"

"好！"

不想让对方久等，絮暖不敢怠慢，迅速地上了楼。

望着那抹背影，顾北寒那张面瘫脸有了微妙的变化，以前他一直觉得絮暖非常粗枝大叶，做事冲动鲁莽不计后果，可是有时候她又比任何人都要心思细腻，在乎别人的感受。

絮暖下楼的时候，顾北寒已经被一群女生包围了。有人挤过去，想和他合影，他一时不知如何拒绝，只能尴尬地站着，眉头紧蹙，满脸冷漠地看着对方，兴许是眼中寒意太重，吓得那女生的手机都掉了。

絮暖看着他不知所措的模样，决定帮帮他，于是躲在暗处扯着嗓子吼："大宝老师来啦！"大宝平时负责查寝，大家一听到"大宝"的名字，条件反射般地往楼里跑，后一看时间觉得不对，这才七点半大宝怎么就来了，回过神时，絮暖和顾北寒已经跑远了。

图书馆里没什么人，两个人刚面对面坐下，顾北寒就把一本厚厚的试题册推了过去："这是我整理的，下次考试80%的考题应该都在里面。"根据前几次考试的内容，他已经摸出了套路，絮暖只要把这些题目做会了，考试基本就能过关了。

絮暖虽然底子差，但是很聪明，只是平时不用功，学习方法不对，这些日子根据顾北寒画的重点学习后进步神速，在顾北寒看来絮暖是一块璞玉，假以时日定能绽放光彩。

昨天对方还没提试题册的事呢，怎么才一天的工夫，就冒出这个东西来了，絮暖瞄了一眼顾北寒的黑眼圈，试探地问："这个该不会是你熬夜整理出来的吧？"

自从"改头换面"以来，顾北寒便戴上了之前Nicole给他准备的黑框眼镜，整个人显得更加帅气养眼，面对絮暖的问题，他有些慌张地推了推镜框，急忙否认："没有，怎么可能！"语气很是斩钉截铁，脸却红了，絮暖瞧在眼里，掩面偷笑。

"其实我也有个东西要给你！"絮暖给他的是一本《笑话大全》。顾北寒看到那书名时，嘴角抽搐，眉眼挑起："你确定这个是给我的？你拿回去，我不要！"

没想到对方回绝得这么快，絮暖却不罢休，理直气壮地说："拒绝无效，从今天开始你要学会微笑，我已经替你看过了，这书真的特别逗。"

顾北寒绷着脸，随意翻了几页，毫不留情地挤对她："那只能说明你笑点低！我觉得这本书倒是非常适合你。"

"行，你不看也没关系，那我每天念一篇给你听！"絮暖不但没生气，还朝顾北寒扮起了鬼脸，她就不信，不能把对方逗笑。

顾北寒不动声色地看她，反过来逗她："喂，你鞋带散了！"

絮暖低头发现自己上当后，气呼呼地抬头，却又磕到了脑袋，疼得嗷嗷大叫。

"扑哧！"谁料她这样愚蠢的举动竟然让顾北寒笑出声来。

絮暖摸着头，满脸无奈："这家伙也太狡猾了吧，明明笑起来这么好看，为什么不肯多笑笑！"

顾北寒也不明白其中缘由，也许是他对别人的防备心太重，但奇怪的是在絮暖面前，他却能放下所有戒备，轻松自在地做自己。

之后几日，絮暖真的兑现了每天念一篇笑话给顾北寒听的承诺，顾北寒原以为她只是随口一说，不料她认真了起来。而她就是有办法把那些枯燥乏味的笑话说得生动有趣，不知不觉中，每天听她给自己说笑话，已经成了顾北寒的一种习惯。

学校年久失修，很多东西都存在隐患，摇摇欲坠的电灯，课桌上生锈的铁钉……

课后，絮暖便和顾北寒一起开展起了修缮的工作。顾北寒从来都不知道一个女孩子做起这些事来会如此得心应手，比起她，自己就逊色多了，他从小到大哪干过这样的活，就连扳手都没拿过，这会儿只能给她打下手，尴尬地站着，满脸局促。

絮暖熟练地换上了新的灯管，拧紧了灯框上的螺丝后，才从椅子上跳下来，拿起小铁锤检查每张课桌的边缘是否有凸出的铁钉。

顾北寒这才注意到她包着绷带的手指，皱着眉问："你的手怎么了？"

"没什么，就是昨天不小心被这些铁钉弄伤的。"其实也就是因为这样，她才会重视起这些小细节，急着要修缮这些东西，怕别的同学也会受伤。

顾北寒叹气，抢过她手中的小锤，有模有样地敲打起来，虽然是第一次做这样的事，但是他悟性高，看过一遍就会了。

絮暖并未拒绝他的好意，心中是满满的温暖。

几个女生见他们忙上忙下，终于凑过来，虽然见到顾北寒有些畏惧，但还是鼓足勇气："班长，副班长，有什么是我们可以帮忙的吗？"

絮暖刚想开口，就见顾北寒转过身，语气和善地说："你们去检查下每个人的课桌，在边缘有这种凸出铁钉的课桌上做记号，我们到时候只要找有记号的课桌就行了，谢谢。"

他说"谢谢"的时候，唇边带着笑，几个女生看呆了，在原地愣了好半天才回过神来。

"天……天哪，奚言居然对我笑了！"

"对啊，我也是头一次见到他笑！"

直到叽叽喳喳的声音散去，絮暖才推了一把认真干活的顾北寒，兴奋得快要蹦起来："奚言，你能正常地对她们笑了，我就说你能做到的吧！"

"嗯。"他淡淡应了一声，抬头看她时，眸中像落满了星光。

或许是受了絮暖的影响，顾北寒发现自己似乎已经渐渐融入了这个集体，自然地和同学打招呼，甚至谈天说地，其实一切并没有他想象的那么难。

而絮暖在学习上也有了很大的进步，顾北寒根据她的特点，因材施教，经过这段时间的魔鬼训练，她的成绩很快便冲上了班级的中上游，彻底摆脱了吊车尾的魔咒，也没人敢说她成绩差了。

但高富帅那边似乎就没有那么顺利了，南零落把在"鬼面大会"上积攒的怨气全部借此机会发泄了出来。她一本正经地告诉高富帅，想要管理好自己的情绪，必须学会忍耐。高富帅对此深信不疑，开始任由对方使唤刁难，成了南零落的跑腿小弟，每每要大发雷霆时，南零落就拿专业书上的内容糊弄他，渐渐地他发火的次数少了，终于变得耐心了许多，别说打架斗殴了，就连迟到早退也很少见了，简直蜕变成了一个乖宝宝。

安主任把他们这些时日的变化看在眼里，心中很是欣慰，果然之前的那次谈话很管用，不禁觉得他们之前的种种异样或许真的只是因为不适应新环境导致的。渐渐地，他放下戒心，心情大好时，却一连打了好几个喷嚏，感觉有人正在说自己的坏话。

他的预感没错，另一头絮暖等人正在讨论他。

这次"改头换面"非常成功，Nicole很快便得到了消息，主动打电话表扬了絮暖。这让絮暖悲喜交加，虽然他们暂时渡过了难关，但是如果不及时找出Nicole安插在学校里的"眼线"，指不定还会出什么岔子。因为改造计划，他们把这事儿耽搁了，现在终于有时间聚在一起好好讨论这事儿了。

"我觉得安主任的嫌疑最大,有好几次我看到他躲在教室后面偷看我们,说不定他就是那时候收集的情报!"高富帅的语气很肯定。

絮暖摇头提出质疑:"可是安主任之前还找我们谈话了呢,而且他眼神里对我们的怀疑不像是装出来的。"

高富帅听了陷入沉思,良久拍着大腿站起身来,一副参透真理的模样:"我知道了,其实那次谈话是一箭双雕之策,一是为了提醒我们别忘了合约上的内容,二是掩饰自己是眼线的障眼法,让我们怀疑不到他!"

被高富帅这么一说,絮暖还真觉得有那么几分道理。

"哎,我说高富帅,最近你不但脾气变好了,连脑子也好使很多啊!"

高富帅沾沾自喜:"别说得我以前很蠢似的好吗?我还发现一件事情,今天我去办公室交作业的时候,看到安主任在看漫画小说呢,而且是少女漫画!"

顾北寒不知想到了什么,突然出声:"你还记得那漫画的名字吗?"

"好像叫啥校园物语的!"

"书名是不是叫《妖怪校园物语》?"

"对对,就是这个名字,你怎么知道?"

絮暖觉得这书名极其耳熟,却又实在想不起,直到顾北寒说:"Nicole的那本漫画就是这个书名!"她才恍然大悟,想起那夜她和他一起夜探Nicole书房的事。

"这样看来,安主任果然嫌疑非常大!"

"等等,什么Nicole的漫画书,我怎么听不懂呢?"感觉眼前的两个人之间似乎有自己不知道的小秘密,高富帅心急如焚。

"这事说来话长,我之后慢慢告诉你,当务之急就是想办法把这个眼线引出来!"

顾北寒的声音沉稳如风,缓缓地说:"引蛇出洞的办法,我倒有一个。"

顾北寒的强大总是出乎絮暖的想象,比如他竟然记下了Nicole的IP地址,轻易地就入侵了她的电脑,打开了她的邮箱。

Nicole邮箱里的邮件很多,大多都是工作上的。他们发现里面有一个叫"小鲜肉"的发件人,每周都会固定给Nicole发邮件,邮件内容非常诡异,由一些数字和字母组成,原以为有什么规律,但是三个人看了半天,都没能勘破玄机。

"X:78、69、75,X:86、90、89……这些数字到底什么意思?"高富帅绞尽脑汁,"难道是坐标轴?彩票号码?该不会是她保险箱密码吧!"说着忍不住笑起来,感叹自己脑洞太大。

"哈哈,我怎么觉得这数字有点儿像我的考试分数呢!"絮暖说完,自己吓了一跳,"不对呀,好像真的是我最近几次考试的分数!你们看X不正是我的姓氏的首字母吗?"

三人连忙核对了邮件内容,发现絮暖的猜想是对的,这个叫"小鲜肉"的人正是用这种奇怪的形式向Nicole汇报他们的情况。现在他们几乎可以断定此人就是Nicole安插在学校的眼线,确认了目标,之后的事就好办了许多。

顾北寒假冒Nicole的名义给对方发送了邮件,声称有要事需要面谈,把他约在了事先就预订好房间的学校附近的日料店里。完事后顾北寒神不知鬼不觉地删除了自己的发送记录,退出了远程操作系统。

现在线已经放出,就等鱼儿上钩了!

周末,学校允许学生有半天的外出时间,三人早早地就去日料店蹲点了。日料店里设有小包厢,他们事先预订了一间,把房间号写到邮件里,到时候那个踏入房间的人,就是他们要找的"线人"。

想到今天所有的费用全部由高富帅赞助,絮暖当然得趁机好好享受了,于是全然不顾对方阴沉的脸,把菜单上好吃的都点了一遍,决定先把自己的肚子照管好后,再把"线人"一网打尽。

约定的时间一到,目标人物果然准时出现了。

怔在门口的男人戴着黑色墨镜和口罩,目光瞥到屋内的两个人时,心里卷起惊涛骇浪,吓得连忙退了出去,才想转身跑,就撞上了在门外恭候他多时的顾北寒,最后还是没能逃脱被抓回房间的厄运。

男人被三人紧紧盯着,老老实实地坐在椅子上,噤若寒蝉,连大气都不敢喘一声。

絮暖摩拳擦掌,咬牙切齿地说:"妖孽,还不快给我现形,露出你的真面目!"

高富帅懒得费口舌,笑得一脸邪恶,直接上手扒对方的墨镜和口罩,面对他的猛烈攻势,男人毫无招架之力,真容终于暴露在了众目睽睽之下。

三人看着眼前那张脸,眼睛瞪得如铜铃那般大,半响说不出话来。

原本意料之中的最大的嫌疑人安主任居然变成了大宝老师!

"原来把我们害得这么苦的人竟然是你!"絮暖痛心疾首,怎么也没想到老实巴交的大宝竟然是Nicole的人!

被这么指责,大宝连忙喊冤:"宝宝才是真正苦的人哪!"

既然身份已经被揭穿,大宝也不再隐瞒,向他们大吐苦水。

一年前，立志成为一名老师的他在毕业后，找工作处处碰壁，机缘巧合下遇到Nicole。正好那时樱草学院的老师集体辞职，急需人手，大宝就在Nicole的帮助下，签了保密协议，稀里糊涂地进了樱草当了老师。

"这么看来，你和我们的遭遇差不多啊，我们是当学生，你是来当老师，目的都是化解樱草学院的危机……"

大宝打断絮暖的话："什么差不多，明明差很多，本来我只要好好地当我的老师就好了，自从你们来了，Nicole就给我增加了工作量，我还得定时汇报你们的情况，大家都是混口饭吃，所以你们也别怨我，我也是被逼无奈啊！"这些日子大宝也是有苦说不出，本以为Nicole约他是要谋什么大事，谁知却着了这几个小兔崽子的道，现在好了，他一时口快，把苦水吐了个干净。

"大宝老师，我们怎么会不懂你的苦呢，咱们现在可是一条船上的人，更应该团结一致，互帮互助啊！"絮暖说着朝高富帅使了个眼色，对方连忙把菜单递过去，谄媚地笑："我们以后还要承蒙您多多关照呢，您看您要吃什么，尽管点，小爷我请客！"

他们这招叫"笼络人心"，只要讨好了大宝，他们以后就不必提心吊胆地过日子了，更不用怕Nicole来找麻烦了。

大宝就算再蠢也明白他们的心思，想着同舟共济，总比孤军奋战强，而且这些时日絮暖等人的改变是有目共睹的，他也不该再为难他们，于是接过菜单，挑最贵的点了一通，得了好处，自然也明白该怎么做。

"你们放心，我之后肯定会在Nicole面前给你们多说好话的。"

有了大宝这句话，絮暖放心多了，料理上桌，大宝就大快朵颐起来，吃到一半突然抬头："我差点儿忘了问，你们是怎么用Nicole的邮箱给我发邮件的？"

高富帅拍了拍顾北寒的肩膀，骄傲地说："咱们有黑客大神在，区区一个邮箱算什么？"

大宝没想到顾北寒竟如此深藏不露，看他的眼神里多了一份崇拜。

顾北寒刚才没说话，一直在心中梳理整件事情的经过："其实，我还有两个地方没想明白，安主任既然不是Nicole的眼线，他为什么会有Nicole的漫画书，难道只是单纯的巧合？"

"被你这么说，我突然想起一件事！"大宝放下筷子，"有次聊天，安主任告诉我自己是Nicole的忠实粉丝，而且我还发现，他所喜欢的漫画人物的设定恰巧就是Nicole给你们三个人的人物设定。"

絮暖却不以为然："这件事情怎么被你们说得越来越玄乎了，我觉得这应该就是个

巧合,没有我们想的那么复杂,Nicole的漫画很畅销,安主任喜欢也不奇怪啊!"

"或许真是我们想复杂了,但是大宝老师,你跟着Nicole的时间比我们长,你知道雇用我们的人到底是谁吗?"这份疑惑藏在顾北寒心中很久了。

大宝嚼着嘴里的生鱼片,轻轻摇头:"别说你了,其实我也想知道他是谁,这个人非常神秘。"

顾北寒原以为能从大宝身上得到更多的信息,看来他和他们一样,一无所知。

第七章
学院危机・同舟共济

好不容易找到"线人"把他变成"自己人",絮暖心头的大石才刚落下,晚上学校就出事了。

同学们用过晚餐回宿舍的时候,发现空气中弥漫着一股刺鼻的气味。

"这什么味啊?"絮暖揉鼻子的瞬间,南零落已经叫出声,"你们看那边!"

远方火光冲天,浓烟滚滚,絮暖记得那个方向好像是他们的宿舍。

火势很大,女生宿舍楼火光四溅,火苗蹿得又高又快,不一会儿就殃及了相邻的男生宿舍楼,升腾的黑烟呛得人几乎睁不开眼,现场乱成一团,尖叫声不绝于耳。

絮暖头一次见到这样大的火,说不害怕是假的。高富帅大约也吓傻了,呆站着一动不动。好在顾北寒是清醒的,及时报警后便开始组织大家灭火。

混乱中,南零落却发疯一般地往火光冲去,被絮暖及时拦住。

"南零落,你知道自己在干什么吗?你不要命了吗?"

"照片!"她的声音沙哑,双肩剧烈起伏,抬头时絮暖才看见她眸中泛起的泪光,"我妈妈留给我的东西还在里面,我必须拿出来。"

絮暖怔住,身后是冲天火光,耳边是横梁坍塌的声响,可她早已顾不得这些,眼中满是南零落的脆弱和无助,将心比心,如果此刻角色对换,絮暖知道自己也会毫不犹豫地和她做出同样的选择。

"我明白了,是那个红色盒子吧。"南零落听到絮暖坚定地说,"我帮你拿回来!"

话音刚落,眼前之人便决绝转身,南零落根本来不及阻止,只能眼睁睁地看着那个娇小的身影消失在火海里。

得到消息赶来的安主任和大宝迅速清点现场人数,确认楼里是否还有被困的学生。顾北寒和高富帅这才意识到絮暖不见了,这样的"不告而别"已经不是第一次了,高富帅怒不可遏:"这家伙竟然又来这招,玩失踪很好玩吗?"

落在顾北寒眸中的火光越燃越烈,一股不好的预感霎时涌上心头。他看见南零落从远处奔来,脸上是从未有过的惊慌和凌乱的泪水,心里忽地一紧,耳边响起她发颤的声音:"对不起,我不该让她进去的,都怪我,她是为了帮我拿妈妈的遗物才……对不起!"南零落红着眼一遍遍说着对不起,身体失去依托,抱着头瘫坐在地上。

"南零落,你说什么?你是说絮暖跑进去了?"高富帅抓着她的衣服,厉声质问,对方的沉默告诉他自己没有幻听。

两个少年几乎同一时间冲向火海,却被一道身影拦住去路。

"简直是胡闹,一个进去送死还不够吗?你们难道还要陪葬?"安主任的声音里夹着怒火,"里面是我的学生,就算要救,也是我去!还轮不到你们这两个小兔崽子!"

高富帅暴脾气上来,谁也拉不住,仍是不管不顾地往前冲,最后被安主任推倒在地。

"都什么时候了还不给我消停点儿!大宝,给我看牢这里的所有人,只要有人进了火场,我就让你滚蛋!"这是安主任第一次放这样的狠话,大宝意识到严重性,立马张开双臂堵在人前。

谁也没想到事情会发展成这样,救援未到,却有人困于火海,一股前所未有的窒息感让同学们恐慌至极,好几个女生都被吓哭了。

安主任没再怠慢,毫不犹豫地举起水桶,冰凉的水从他的头顶往下流淌,瞬间浸湿全身。那一刻他才真正意识到,老师的使命其实不仅仅是授业解惑,更是在学生危难之时挺身而出。

"她们的房间号是203,在二楼左边的第三间。"刚才吃饭时絮暖提到过她的宿舍房间号,顾北寒记在了心里,或许此刻他能做的只有这么多。顾北寒的好心提醒让安主任弯起嘴角:"放心,我们都会安然无恙。"他的口气笃定自信,这是一个老师对学生的承诺。

下一秒,他投身火海,背影坚定又义无反顾。

这次絮暖只身涉险并不是一时冲动,她身手敏捷并且清楚南零落母亲遗物摆放的位置,为了能及时抢救下遗物,她才毫不犹豫地选择一意孤行。

可里面的情况却比她想象的还要糟,火势蔓延很快,断木纵横交错,楼梯随时都会坍塌。絮暖仿佛正处在一个巨大的熔炉里,每走一步都会面临被吞噬的危险。黑烟蹿入口鼻,呛得她不住地咳嗽,她睁不开眼,只能靠着感觉向前摸索。

房门被火烧得松垮,用脚一踹便倒了,好在火势还没完全蔓延进房间,絮暖猫着身子冲进去,快速打开南零落的衣橱,抓起红色盒子抱在怀里,转过身头顶突然坍塌一片。她本能地后退,头却撞上坚硬的衣橱,疼得她龇牙咧嘴地坐到地上。

四周烟雾缭绕,突如其来的眩晕感让她四肢乏力,直不起身,模糊的视线中突然冲入一抹身影,那人身手矫健,目光坚定,越过重重阻碍,径直向她奔去。

等到近时,絮暖才看清安主任的脸,她想开口问他怎么会来这里,才张嘴浓烟就直直灌进了喉咙,根本发不出声音。

"捂住口鼻,别说话!"头顶有呵斥的声音传来,见絮暖乖乖照做,那声音才柔和了几分,"怎么样?能自己站起来吗?"

第七章 学院危机·同舟共济

119

絮暖撑着衣橱艰难起身,才发现自己的双腿是发颤的,她在心中自嘲,到底还是不自量力,给别人添了麻烦,潮湿的手心却在这时被温暖厚实的手掌包裹住。

"别怕,不是还有我在吗?"仰头,安主任的笑脸近在眼前,那沾满灰的黑脸上双眸明亮,唇角上扬露出雪白的牙齿,明明滑稽得有些好笑,却神奇地驱散了絮暖内心的慌乱。

絮暖抓紧他的手,耳边突然一阵轰鸣,来不及回头,身子就被一股外力推了出去,摔在地上。

再回首,远远地只能看见衣橱下露出的一条手臂,絮暖顾不得起身,几乎是连滚带爬地靠近。

"主任,你怎么样?"她跪在地上大喊,双手吃力地挪动衣橱,泪水终于决堤,夺眶而出。半响,地上的人才艰难地动了动,声音难掩虚弱:"哭什么,死不了!"

得到回应,絮暖才松了一口气。安主任撑起身体,衣橱不大,一用力便开始倾斜下滑,再加上絮暖的帮助,安主任很快便抽身而出。

屋内火势蔓延,两个人没再怠慢,一鼓作气地向外冲。到拐角处,絮暖手中的红色盒子不慎掉在地上,藏在里面的相框和信件散落出来,她急忙去捡,却未留意到安主任眸中闪过的诧异之色,不过眨眼间他又恢复如常,帮着絮暖,迅速地把物件装回盒中。

他们冲出去时,消防员已经赶到。两个人互相扶持着走出火场,清新的风扑面而来,絮暖猛吸数口,才缓过神来。安主任不知何时松开了她的手,孤身一人走进人群。周遭嘈杂极了,警车、救护车、消防车齐齐赶到,人潮涌动,车灯闪烁,无疑在告诉她自己还活着。

她身子一软,瘫坐在地上,内心是劫后余生的欣喜。

见到絮暖安然无恙,南零落悬着的心才落地,隐忍的情绪却终于爆发,哭喊着怒骂:"絮暖,你是疯子吗?谁让你跑进去了!万一你有个三长两短,你是想让我一辈子良心不安吗?"

絮暖任由她的双手打在自己身上,半响把护在怀中的红色盒子递给她:"还好救回来了,给你!"

南零落看着眼前发丝凌乱却笑得灿烂的少女,哭得更大声了:"对不起……谢谢你……还好你没事。"她泣不成声,语无伦次,絮暖轻轻拍着她的背安慰:"放心吧,我可是打不死的小强,当然不会有事!"

而之后的事其实不难猜,顾北寒和高富帅对她开启了轮番教育,犯错的人是没有发言权的,只能低头忏悔装可怜。令她意外的是高富帅脾气火暴就算了,怎么连奚言也跟着闹。

对方却恶狠狠地说:"有些人骂一百遍都没用,因为他们的蠢已经渗进了骨子里!"

絮暖朝他翻了个大大的白眼,有些人果然连骂人都不带一个脏字的!

好在救护人员及时出现,拯救了她脆弱的心灵,把她带到救护车上进行身体检查。除了几处地方有轻微的擦伤和后脑轻度撞伤外,絮暖并无大碍。

没有在车上看到安主任的身影,絮暖不免有些着急,若不是他的帮助,或许她根本逃不出来,也不知道他怎么样了。后来南零落告诉她,安主任救她出来后便去协助警方调查了,兹事体大,确实需要查清着火的原因,给大家一个交代。

在消防员的努力下,火势终于得到控制,无人伤亡。好好的两栋宿舍楼一夜间化为废墟,学生们的个人物品不仅被烧毁,就连住宿都成了问题。安主任和大宝腾出了员工宿舍楼给大家过夜,还出校采购生活用品,竭尽全力地安抚同学们的情绪。

絮暖等人的损失不算大,Nicole给他们采办的东西太多,宿舍放不下,她事先就把那些物品和合同放到学校给学生准备的专用储物室去了,顾北寒那把宝贝的玩具手枪是随身佩带的,所以也算是逃过了一劫。

喧嚣退去,校园归于平静。

絮暖躺在床上,毫无睡意,身边的南零落盯着她,一会儿给她端茶倒水,一会儿又对她嘘寒问暖,把她照顾得无微不至。

"我哪有那么娇弱,你该不会真相信高富帅的话,以为我撞傻了吧?"絮暖后脑勺上的大包红肿得厉害,她又执意不肯去医院,大家也拿她没辙。反倒是高富帅嘴巴毒吓唬她说:"絮暖,我听别人说脑震荡不是失忆就是变傻子!"

絮暖骂道:"臭小子电视剧看多了吧!"

谁知高富帅的玩笑话却被南零落记在了心里,当真了起来。她只要一想到絮暖是为了自己才受伤的,就万分内疚,生怕对方有什么闪失,守在床边寸步不离,更是不让絮暖下床。

此刻见南零落去水房打水,絮暖才敢起身,留了张字条放桌上,便溜出了门。谁知她前脚刚走,字条就被吹到了床底。絮暖决定去看看安主任,当面道个谢,想起火场那惊险的一幕,她仍然心有余悸。安主任平时看起来傻傻的,做事更是不按常理出牌,关键时刻显出的那份魄力与胆色,让她惊讶不已,这个老师似乎没有那么简单。

教学楼教师办公室的灯亮着,絮暖发现门虚掩着,透过门缝可以看到一个人影正赤

第七章 学院危机·同舟共济

着上身，宽厚结实的背上一大片红肿触目惊心，除此之外还有一些旧疤痕纵横交错，絮暖吓得抽了一口凉气。

"谁？"房内之人连忙穿好衣服，警觉地看向门外。

絮暖像被抓住的小偷，推开门，心虚道："是我。"

进屋后，她才发现办公室很小，光是桌椅就占去了大片地方，大量的书籍堆在角落，显得凌乱不堪。

男人凌厉的双眸在看见她时柔和了许多，低缓道："这么晚了，有什么事吗？"

"其实，我是想来谢谢您的，今天是我太莽撞了，害您受了伤，实在很抱歉。"

"后来我也听说了，你是为了帮南零落拿妈妈的遗物才冲进火场，也算情有可原。"他笑着，"我一直相信善良勇敢的人运气不会太差，你看，我们不是都好好的吗？"

安主任得意极了，这话一语双关，不仅夸了絮暖还把自己也带上了。

絮暖有些哭笑不得，还是忍不住问："您真的没事吗？我刚才看见您的伤好像挺严重的。"

"没事。"他斩钉截铁地答，后面的话声音很轻，更像自言自语，"枪林弹雨都过来了，这些又算什么呢。"

絮暖不好再说什么，不经意一瞥，视线落在桌椅下的纸箱上，像被人发现了什么不可告人的秘密，安主任突然蹦起来，把她往门外推："已经很晚了，你快回去睡觉吧！"

絮暖不罢休地追问："您和大宝老师把宿舍让出来了，你们晚上睡哪儿呀？"

"小孩子就别管大人的事了，我们当然有地方睡。"安主任口气很是不耐烦，说话时眼神闪烁，絮暖觉得这其中有猫腻，出了门并未离去，而是躲在拐角观察着屋内的动静。

那边南零落打水回来，发现絮暖不见了，顿时慌了，急忙去找顾北寒和高富帅，但他们也没能找到絮暖。还好顾北寒机智，猜到絮暖的心思，觉得她会去找安主任致谢。于是几个人又马不停蹄地跑到教学楼，果然在楼道里发现了蹲在拐角的她。

高富帅拍她的背，絮暖做贼心虚，吓得差点儿惊呼出声："你们怎么都来了？"

见南零落焦急地抓住她的手，她才突然意识到什么："我给你留字条了，你没看到吗？"

南零落摇头，什么字条啊，她根本就没看见，不过好在人总算是找到了。

"我说，你蹲在这里干什么？"高富帅凑过去。

听到门内有动静，絮暖立马做了个噤声的手势，朝众人缓缓吐出两个字："看戏！"

话音刚落，门突然开了，大宝提了个大纸箱先走出来，安主任紧随其后，两个人迅速下了楼。

絮暖大手一挥："走，咱们跟上。"

两个人沿着林荫小道径直向前，路灯把他们的影子拉得狭长，似乎听到什么声音，安主任的脚步顿了顿，猛然回头，絮暖等人快速地躲了起来，见他转身继续前进才蹑手蹑脚地继续跟踪。头一回在半夜玩跟踪，大家格外小心，屏着呼吸，步步惊心。

安主任和大宝并未出校，而是去了操场。大半夜的来操场，难道是跑步？

事情当然没有这么简单，大宝随意选了块地，放下手中的纸箱，把里面的东西搬到外面。安主任慵懒地坐在草坪上，嘴里衔了一根狗尾巴草，不知对大宝说了些什么，对方得令，开始捣鼓手上的东西。

远处的絮暖等人看不真切，最后索性大胆地躲在了安主任身后的灌木丛里，瞪大眼睛，伸长脖子往外看。

高富帅刚占好位置就被突如其来的纸团砸中脑袋，当即暴跳如雷："哪个浑蛋砸的小爷？"抬头就看见安主任近在咫尺的脸，低沉的声音和着晚风袭来，透着些许凉意："是我！"

高富帅吓得一屁股坐到地上，他这么一闹，殃及池鱼，悲剧地把大家都给暴露了，不过也让他们看清了大宝手中捣鼓的玩意儿竟然是帐篷。

"你们今晚要睡帐篷！"絮暖提高嗓音，万万没想到安主任说"有地方睡"竟是睡在这里！

大宝两手一摊，无奈地纠正她的话："不是今晚，确切地说是这阵子！火灾发生后，警方认为这次的火灾这么严重很可能跟学校的设施老化有关，虽然调查结果还没出来，但我们还是请了专业人士把学校的其他地方都检查了一遍，发现办公室和一些不常打理的活动室都有一些问题，明天就要开始修缮，我们啊，连睡在办公室都……"

安主任皱着眉打断他的话："快搭帐篷去，按你现在这速度怕是天亮也搭不完。"

上级发话，下级只好乖乖服从，大宝叹气，继续手中的工作。

其实仔细想想确实只能这样，宿舍重建需要些时日，只能让出员工宿舍安顿学生，办公室和活动室都要修缮，再加上学院经费短缺，抠门的安主任肯定也舍不得到外面住旅馆，为了节省开支，他们只好决定睡帐篷。

"别一个个杵在这儿了,都回去吧!"安主任口气不善,催促他们离开,这帮孩子的突然闯入是他意料之外的,在他的观念里,学生只要负责学习就好了,很多事情他们并不需要知道,就算天塌下来,他也会硬撑起一片天地给他们。

但他的话却被当成了耳旁风,甚至遭到了强烈的无视。大家不但没有离开,反而默契地围着大宝站成一圈,指点起他怎么搭帐篷来了。

耳边的你一言我一语,搞得大宝晕头转向,顾北寒实在看不下去,接过他手上的活儿和高富帅联手固定帐篷的四只脚,絮暖和南零落则在一边给他们打手电筒。

安主任呆立在原地,双腿像被灌了铅那般沉重,迟迟迈不开一步,眸子凝在不远处那几道被光打亮的身影上。眼前的一幕仿佛有种神奇的魔力,把他心头的怒气一扫而空。

人多力量大,没一会儿帐篷便搭好了。高富帅迫不及待地躺进去,这份新鲜感很快便让他赖着不肯走了。大宝哭丧着脸看着里面鸠占鹊巢的人,不知如何是好,好在絮暖过来打了圆场,拉走了死皮赖脸的高富帅。

或许是今天发生了太多的事,大家毫无睡意,搭完帐篷,并不急着走。夜色浓稠如墨,繁星镶嵌其中,美得移不开眼。

絮暖拉着南零落坐在草坪上,顾北寒和高富帅也挨着她们坐下。安主任走过去,酝酿多时的话还未出口就被絮暖先声夺人:"您放心,我们只坐一会儿,就会乖乖回去睡觉的!"

安主任被她引得发笑:"谁说我要赶你们走的。"说着根本不顾什么老师形象,双手随意地撑在脑后躺在草坪上,眉眼里没了之前的凌厉,取而代之的是深深的慵懒和疲惫。大宝见上级有了动作,跟个乖宝宝似的蹲在一边。

气氛一时沉默下来,谁也没有打破这份寂静,晚风静静地吹,树叶婆娑。假寐的安主任终于睁开眼,声音低沉轻缓,语气小心翼翼的:"你们……不怕我们吗?"

这个问题一出,就连平时经常笑嘻嘻的大宝也眉头紧锁,心情复杂起来。

他们渴望听到答案却又害怕知道答案。

樱草学院的恶名让很多人视他们为洪水猛兽,避而远之,得到的永远是学生投来的怀疑目光,如此的伤人刺眼。但今日絮暖等人的举动仿佛让安主任看到了前所未有的希望,或许一切并没有他想的那么悲观。

"不过区区一个'鸟人',根本不足为惧!"顾北寒毫无顾忌地调侃道。

见安主任没有动静,高富帅放大胆子跟着附和:"就是,有什么好怕的,顶多就是一只吃多了的'丘比特'而已!"

安主任终于忍无可忍，挺起身子，双手叉腰，挑高眉毛呵斥道："嘿，我说，你们两个臭小子还真是得寸进尺，有这么损老师的吗？"

絮暖忍不住笑出声，理所当然道："我见到恩人激动还来不及呢，怎么可能会怕！"

安主任觉得有些不可思议，怎么才一天，他就有了这么多的"绰号"，这些熊孩子还真是不容小觑，明明心底有些气，眼角眉梢里却有笑意。

南零落本就话少，酝酿半天终于从牙缝里挤出一句话："总之谢谢你救了絮暖。"这话不仅是因为絮暖，也是为了自己，如果不是他出手相救，或许她也拿不回母亲的遗物。

安主任望着她，不知想到什么，眸中幽暗深远，指尖微微发颤，他压抑住这份别人看不透的慌乱，从裤兜里摸出个葫芦形状的东西来。

"那是什么啊？"好奇宝宝高富帅连忙发问。

安主任并未直截了当地回答他的问题，反是笑着感叹："如此良辰美景，怎么能没有音乐呢？"

"是埙！一种古老的开口吹奏乐器，由陶土烧制而成的。""百科全书"顾北寒很快便为大家答疑解惑。

细看那埙，外观呈葫芦状，色彩浑厚，做工精细，刻在表面的花枝藤蔓栩栩如生，主体上有九孔，顶端还有个吹孔。

安主任朝顾北寒投去赞赏的目光，接着把嘴对着吹孔，手指有节奏地在九孔上跳跃，霎时曼妙的声音从埙中飘出，音色虽没有西洋乐器的那种华美，却低沉浑厚、空灵柔和。

谁也没料到安主任竟然还会玩这样稀奇的玩意儿，诧异中心神又被他吹的曲子吸引，沉浸其中无法自拔。

月色斑驳，夜渐渐深了。

那晚，絮暖做梦了，萦绕在梦中的旋律像是在讲述一个悲欢离合的故事，那份难以言喻的悲伤，压在心头，久久不散。她醒时眼角竟然湿湿的，而窗外却阳光灿烂。

第七章 学院危机·同舟共济

不久，火灾原因终于有了定论，警方判定是因为学校供电设备老化，漏电引起的火灾，排除了人为肇事。消息一出，四方皆动，就像是一个深海鱼雷投入平静的海面，瞬间激起千层浪，沉寂多时的樱草学院再次被推到了舆论的风口浪尖，登上了头版头条。校外，记者们高举相机想要抢得第一手消息，校内却人心惶惶，流言四起。

稍微修整过的教师办公室里，头顶老式的风扇发出"咯吱""咯吱"的声响，却丝毫吹不走屋内的闷热，大宝埋着头把手上的计算器打得啪啪作响，头顶的汗顺着脸颊落下，浸湿写满赔偿数目的纸张，下一秒那纸被捏成团用力地砸向垃圾桶。

安主任气喘吁吁地进门，书桌上的几台座机几乎同时响起，如鞭炮一般在耳边炸开，他深吸一口气，顾不得汗如雨下，皱眉接起，电话那头高分贝的谩骂声声刺耳。

絮暖在门口蹲了会儿，心渐渐沉下去，迈开步子跑下楼。这场火灾的"后遗症"比她想象的可怕，眼下不仅学院的负面新闻满天飞，还有人利用她被困火海大做文章，质疑学校的安全性，而她却只能眼睁睁地看着樱草学院陷入危难而束手无策。

心情糟糕的时候絮暖喜欢爬到树上，眺望远方。在教学楼旁的参天大树上，絮暖可以把学院一览无余。头顶枝叶茂密，隔断灼热的光，她靠着树干纳凉，路过的两个女生的说话声和着蝉鸣传入耳畔。

"我妈说了，要是这个破学校不给赔偿，就让我转学呢！"

"可不是吗，那场火我想着就害怕，听说是设备老化导致的，你说我们现在住的那幢楼破破烂烂的，该不会哪天就塌了吧？"

絮暖蹙眉起身，没想到这时，树叶剧烈晃动起来，她闻声低头正好撞上向上爬的顾北寒，两个人同时号叫出声。

"你是练过铁头功吗？"顾北寒扶着额头，面容扭曲。

絮暖被撞得眼冒金星，当即反驳："我看你才是吧！"

话是这么说，絮暖也自觉地给他让出位置，见对方坐稳了才问："你怎么知道我在这儿的？"

"碰巧路过而已！"他路过时碰巧听到两个女生的对话，一时烦闷便爬上了树。听到他的回答，絮暖晃荡着双脚，目光流连于远方，漫不经心地"哦"了一声。

"怎么？很在意吗？"

絮暖歪头看他，脸上写着不解："什么？"

"在意那两个女生说的话。"低沉的声音落在心头，让她接不上话，心情复杂起来，眼前的少年似乎总能轻而易举地看穿她的心思，在他面前，她无处遁形。

沉默的当口，教学楼前浩浩荡荡地聚集了一群人，声势惊人，他们举着横幅，喊着口号，来势汹汹，大宝孤身一人拦着人群，根本招架不住。

"看样子是来闹事的家长！"经顾北寒这么一说，絮暖连忙起身，身后却传来冷冷的声音，"我劝你最好别冲动，事情没你想的这么简单。"

"怎么说？"絮暖耐住性子，听他分析其中的利害。

"这场大火在媒体的添油加醋下,已经让那些家长开始怀疑学院的安全了,他们这次来除了想要讨一个说法,在我看来最主要的还是想要赔偿而已。"

"赔偿就能息事宁人?"

顾北寒摇头:"只能暂时把事情平息一阵,堵住那些家长的嘴,但是如果媒体依旧不依不饶的话……"他说到这里没了下文,暖风吹来,絮暖只觉得冷。

如果媒体依旧不依不饶的话,只怕会把樱草学院再度推入万劫不复的深渊。

顾北寒说得没错,才过一会儿安主任便从楼里出来,站在人群里点头哈腰地赔不是,并保证会在三日内给出应有的赔偿,终于堵住家长们的悠悠之口,控制住场面。

絮暖看着安主任在那些家长面前卑微的模样,心里很不好受,无论如何她觉得事情会演变成这样,自己也有责任,如果她不贸然进入火场,也不会给那些记者抓住把柄大做文章。

"与其花时间在内疚上,不如多想想补救之法吧。"顾北寒丢下这么一句话,便下了树,渐渐走远。絮暖望着他的背影哑然失笑,这样笨拙的安慰方式果然像他的风格。是啊,内疚有什么用,根本解决不了问题。

另一头,得到安主任保证的家长们渐渐散去,人群里却有一个人与他们背道而驰,偷偷摸摸地潜入了教学楼。絮暖觉得苗头不对,那人怎么看都是要搞事情的节奏啊,情急之下连忙下树,跟了上去。

那女人才走到二楼手机便响了起来,不禁大惊失色,连忙按掉电话调成静音,谁知下一秒手机屏幕又亮了起来,对着屏幕上的名字犹豫了很久,她终于还是蹲在角落里接了起来。

"沐天心,你死到哪里去了?拍结婚照的日子,你竟然敢放我鸽子!"电话那头的男声震耳欲聋,沐天心的小身板不自觉地抖了抖,放软语气解释:"欧阳翼,你听我说,我现在真的有很重要的事情要做,等下我就赶回去!"

但对方显然不买账,仍是气急败坏地放狠话:"到底是工作重要还是我重要?三点前你要是不出现,那就别来了!"

"我……"沐天心之后的话被淹没在了冰冷的嘟嘟声里,她握手机的手紧了紧。新晋女星萧栀然和樱草学院校长陆世安之间的关系是眼下娱乐圈最值得关注的话题之一。自樱草学院陷入火灾风波后,她便得了消息,萧栀然因为担忧陆世安今日会暗访樱草学院。作为当下的人气娱乐记者,沐天心当然不会放过此次机会,扮成家长混进学校,深入现场,企图拍到两个人见面的证据,可刚才欧阳翼的一通电话搅得她心神不宁,她低

第七章 学院危机·同舟共济

头看表正好两点整，还有些时间，看来得赶紧办完正事，再赶回去讨好那家伙了。

絮暖躲在暗处，听到电话那头提到沐天心的名字，总觉得耳熟，一时又想不起在哪里听过，对方起身拐入安全通道，径直上行，絮暖小心地紧跟其后。不坐电梯也不走大门的楼梯，这让她更加觉得那女人身份可疑。

教学楼一共七层，低楼层全都是教室，那女人一口气跑到顶楼才停下。絮暖这才猛然想起顶楼是校长的办公室，但是她来这里干什么，难道是想找校长闹事？转念一想又觉得不对，陆世安从不来学校，这是尽人皆知的事情，就算学校发生了这么大的事，他都未在众人面前出现，反而把收拾烂摊子的任务全部丢给了安主任和大宝，这样的校长也是令人不可思议。

一出安全通道，女人便猫着身子，抵着墙小心翼翼地前进，一双灵动的眸快速转动，反复确认着楼道里监控的位置，发现摄像头并未运作时，紧绷的身体顿时松了松，大步向前。

学院里的设备果然老化得严重，絮暖叹气放轻步子跟着，见她果然在校长办公室的大门前停住，随后把耳附在门上，不料那门竟虚掩着，那女人的身体根本不受控制，一头栽了进去。

"哎哟喂！"沐天心失声叫喊，回神后立马捂住自己的嘴巴，惊慌地环顾四周，好在屋内无人，才大松一口气，同时却有些失望。来这儿之前她不是没有好好猜测过两个人见面的地点，堂而皇之地约在办公室几乎在第一时间被她排除，可是"最危险的地方便是最安全的地方"这句话又强势地挤进她的脑海，最后沐天心思量许久，决定来这里碰碰运气，看来她还是猜错了。

房间内并无特别之处，桌上的物件摆放整齐，就连笔架上的笔也按高矮排列，除此之外，书柜里的书种类繁多，从天文地理到军事管理均有涉猎，书被保养得很好，页角平整没有褶皱。从这几点不难看出房间主人是个心思细腻且十分爱书的人，但这似乎和大家口中的大魔头陆世安相差甚远。

既然来了，怎可空手而归，沐天心快速地按下眼镜框上的按钮，通过微型照相机拍下这里的一切，身后却突然传来门合上的声音，她使劲转过门把，门似乎被什么重物抵着，根本打不开。

这次真是阴沟里翻船，沐天心只好砸门大喊："谁在外面？快放我出去！"

好不容易想到这招"瓮中捉鳖"，怎么能让猎物轻易逃走，絮暖用身体抵着门，学着电视剧里的台词，咬牙切齿道："你别喊了，就算喊破喉咙也没人会来救你的！"说完似乎还不解恨，声色俱厉地追问："你到底是什么人，来樱草学院有什么目的？"

沐天心一听是个稚嫩的女声，大脑快速运转，这学校里总共就两个男老师，而且她刚才一路过来除了看见学生三三两两走在校园里，并没有发现其他人，看来这门外的人多半是学院里的学生。如果是学生的话，忽悠起来应该不难，这么一想立刻好声好气地回："你是这里的学生吗？我是学生家长，我觉得你应该对我有些误会，你先放我出去，我们有话好好说！"

絮暖鼻孔里发出一声冷哼，还真当她是傻瓜啊！当即直言不讳道："我不喜欢别人和我绕弯子，实话告诉你，刚才我亲眼看你鬼鬼祟祟地进了教学楼，你可千万别和我解释说你是迷路才会爬了七楼来到这里。"

"你……"沐天心气结，见好声好气没用，决定放狠话吓吓对方，"你这孩子还真是冥顽不灵！快放我出去，这么大的火灾，校长不管就算了，我倒要好好找教导主任说说，学生竟然把家长关起来，这个破学校教出来的好学生就是这样的？"

她话中讽刺的意味显而易见，絮暖听到"破学校"三个字，眉头皱得死死的，虽然她来这里的时间不长，可当别人诋毁樱草学院时，心里还是极其不舒服的。

"你凭什么这样说？"

"难道不是吗？这学校的老师除了会和我们家长说对不起，还会什么？听说昨晚差点儿有学生死在火海里！"

絮暖提高嗓音反驳："不是这样的！"她咬着唇，声音发颤起来，"其实你说的那个差点儿死在火海里的学生就是我，我比谁都清楚事情的真相。"

沐天心怔住，一时不知该如何回应。絮暖继续说："是我自己太莽撞才会冲进火海的，你一定想不到，最后是安主任奋不顾身救了我！可是这些真相不但没有人知道，反而被那些记者拿来乱写，引起了家长和学生的恐慌。我现在真的不知道该怎么做，才能帮助学校渡过难关。"絮暖也不明白自己为何要向一个可疑的陌生人说这么多，或许是悲伤之情无处宣泄，单纯地想找个倾诉者罢了，至少此刻她觉得应该说出事情真相。

意料之外的真相让沐天心陷入沉默，她突然觉得刚才自己的话有些过分，门外的声音里那份深深的无助令人心疼，她思量了一会儿，决定好心地点拨对方一番："这其实不难过，你有没有听过一句话，'以其人之道还治其人之身'，既然别人可以制造舆论，那你同样可以！"

话中的深意，絮暖一时听不明白："制造舆论？什么意思？"见鱼已经上钩，沐天心轻笑："你先放我出来，我就告诉你！"

絮暖犹豫之际，沐天心明显感觉抵在门上的力量减轻了不少，当机立断用尽全力撞开了门，以迅雷不及掩耳之势冲下楼梯，可絮暖反应极快，紧追不舍。

第七章　学院危机·同舟共济

两个人一前一后跑进小花园时，天色突然暗了，大雨袭来，沐天心终于体力不支被絮暖拦住了去路。

"你……你的脸！"看到对方惊愕的表情，沐天心伸手摸了把脸，这才意识到因为下雨，脸上易容的妆都花了。

絮暖瞪大眸子，不可思议地看着眼前的人，刚才平淡无奇的一张脸在大雨的冲刷下完全变了样，她激动地捂着嘴巴，惊讶地叫出声来："这……这难道就是传说中的易容术吗？"

絮暖从小便喜欢看古装片，对易容术极其感兴趣，原本以为这样的秘术只存在电视剧和小说里，而今真的看见了，心中的震撼程度已经无法用言语表达了。

沐天心当然不会回答她，趁着絮暖发蒙之时，迅速从包里拿出防狼喷雾对她一阵猛喷。

刺眼的气体冲入眼睛，絮暖瞬间便什么都看不见了，缓了好一阵才勉强睁眼，而沐天心却早已逃之夭夭了。

絮暖非常生气，却在地上发现了一个银色的U盘，很显然是刚才那女人慌乱翻包时落下的。或许通过这个U盘能找到一些蛛丝马迹，确认她的身份。这个会易容术的女人到底是谁？她迫切地想要知道真相。这么想着，絮暖去了三楼，学校的机房是免费开放给学生上网查找资料的，平日里人声鼎沸，这些日因为火灾之事，无人光顾，大门紧锁，她只好把U盘小心翼翼地收起来，决定改日再来。

安主任和大宝为了学生的补偿可谓绞尽脑汁，短短几日不眠不休，瘦了好几斤。安主任仿佛经历了炼狱一般，发如稻草，形容枯槁，走路跟游魂似的，怎一个惨字了得！相比下大宝倒是无比乐观，以前他试过各种减肥法子，都不见成效，经这么一闹腾，终于把自己瘦成了一道闪电，他人本来就高，絮暖望过去，像是一根站在风中摇摇欲坠的竹竿。

解决赔偿问题的这日，大宝笑得花枝乱颤，屁颠屁颠地跑到絮暖面前，冲她龇牙咧嘴地笑。絮暖见他心情好，趁机套他话："大宝老师，我听说学生赔偿的问题解决了？"

"那是当然，这样的小事怎么能难倒我们呢？"大宝头仰得高高的，语气里满是骄傲。

"是啊是啊，老师您英明神武、盖世无双、人见人爱的，当然难不倒您啦，那不如给小的说说，你们是怎么办到的啊？"絮暖这马屁拍得正中大宝下怀，他也是藏不住秘密的人，见周围没人，挥手示意她凑近点儿，絮暖会意附耳过去，只听到他压低声音说:"看在咱们是自己人的分儿上,我可以告诉你,但这事不能张扬,你必须得保密。"

她可不是乱嚼舌根的人,能分得轻重,当即点头如捣蒜。大宝见她诚意十足,终于松了口:"虽然这次住宿的学生不多,但也烧毁了不少东西,全部统计下来也是一笔大数目,你也知道咱们学校的经费本就不足,最后安主任只好把自己的积蓄拿来填补空缺,才勉强凑足了赔偿款。"

用自己的钱来凑数,老天啊!这是多么感天动地的行为啊!絮暖惊讶极了,连忙又问:"校长呢,学校出这么大的事他就袖手旁观?"

大宝听到"校长"两个字,脸上的神情突然变了,用特别严肃的语气说:"我也不知道,总之很多事情不是我们可以揣测的,时机到了,一切都会真相大白的。"大宝突然说出如此高深的话,絮暖只觉得他是胆小怕事,便也没再多问。

事后学校根据烧毁物品的数目,给每个学生发放了相应的补偿金,拿到了钱后那些家长果然不来闹了,但如顾北寒之前料想的一样,媒体依旧对樱草学院紧咬不放,各大论坛里仍然充斥着各类批判帖。顾北寒查了那些黑帖的ID,发现是有人故意为之,絮暖不明白对方到底跟学院有什么样的深仇大恨,才会如此处心积虑地黑学校,到底怎样才能摆脱这些黑粉纠缠?她脑海里突然想起那个女人说的话——以其人之道还治其人之身,既然别人可以制造舆论,那你同样可以!她有一种直觉,或许能在那个U盘里解开这句话的含义。

絮暖火急火燎地去了机房,里面的学生不多,她选了个靠角落的位置坐下,插入U盘,刚点开文件夹,数张照片快速跃入眼帘,这些照片的主人公全部是一个女人。那是张格外精致的脸,眉眼如三月春风,笑容如远山烟霞,絮暖总感觉似曾相识,而且这些照片的拍摄角度很奇怪,大多数都是女人的侧脸和背影,感觉像是偷拍的。

文件夹里还有个文档,絮暖匆匆扫了一遍,快速地提取出了里面的关键信息。这是篇写新晋女星萧栀然的新闻报道,看到这个名字,她才恍然大悟,原来那些照片上的人就是萧栀然。絮暖平时不追星,只是因为入校前听闻陆世安和萧栀然的绯闻,所以多留意了几分,况且那张惊艳的脸,确实令人过目难忘。

很快看到结尾,她的目光定格在文章末尾处"报道记者:沐天心"几个大字上,这不就是之前她在那个女人电话里听到的名字吗?絮暖当即打开搜索引擎,敲入"沐天心"三个字,大量信息涌出,原来她的家长身份是假的,真实身份竟然是当下的人气娱记。可是她为什么要这样做?絮暖的大脑飞快运转,从这些照片和报道可以看出,她对萧栀然很感兴趣,又传言萧栀然和陆世安关系暧昧,沐天心易容成家长混入学校应该就

第七章 学院危机·同舟共济

是为了这两个人。这样一想,心中的迷雾顿时散去,可即便得知了沐天心的身份和目的,那天她所说的话对絮暖来说仍然像一团解不开的乱麻。

"照片、舆论、以其人之道还治其人之身!"她对着屏幕上的照片碎碎念着,不知她想到了什么,眸子突然一亮,心中豁然开朗,拔出U盘,飞奔出了机房。

絮暖约了顾北寒和高富帅在学校北面的小竹林里商量大计。竹林僻静,满目翠绿,絮暖到时,顾北寒正躺在石板凳上假寐,脸上盖着一本书,身子浸在细碎的光里,很是惬意。两个人等候多时,高富帅才满脸悠闲地咬着棒棒糖姗姗来迟,絮暖顿时有种到头来只有自己瞎着急的错觉。

她气急,跳上石凳高举双手放声大喊:"小伙伴们,现在已经是樱草学院生死存亡的时候啦!"说着又突然压低声音,提醒他们事情的严重性,"别忘了合同,要是学院倒了,咱们都得完蛋!"

这么一哀号,果然有用,一想到那高额的违约金,高富帅就哆嗦得把棒棒糖咬得嘎嘎作响,急急道:"你不是说想到好法子了吗?还不快点儿说!"

顾北寒则合上书,直起身,摆出一副洗耳恭听的模样。

絮暖清了清嗓,凑近他俩:"你们有没有想过,咱们可以用安主任救我那事制造点儿舆论!"

"我明白了,你是说把安主任捧成网红,我听说现在网红都月入过万,这么一来学校就有钱啦,有钱就能使鬼推磨!"高富帅的神逻辑简直让絮暖甘拜下风。

顾北寒细细掂量絮暖的话,很快便明白了其中的意思:"现在外界对学校的质疑声全部围绕在学校安全上,甚至有人觉得学校的老师不负责任,如果把安主任救学生的这件事情公开,放到各大论坛网站上也许真的有用!"顾北寒果然一点就透,说到了点子上。

"没错!"絮暖附和,"现在网络的力量如此强大,别人可以借机抹黑,我们也可以洗白!我倒要看看到底谁厉害!"

"但是这么做有个很大的漏洞!"顾北寒皱眉,把心中的担忧娓娓道来,"如果只是靠纯文字的帖子是极其缺少说服力的,网友不是傻瓜,不会仅凭着这些只言片语就相信我们。我记得你们冲出火场的时候,我身边有个男生曾拿手机记录下了这个画面,我们倒是可以利用这个照片增加可信度,但这还是不够,若是有资深靠谱的媒体对这件事情进行报道的话,那就真的能力挽狂澜了。"

关于这点确实是个问题,但絮暖却不急,唇角勾起一抹笑:"你们放心,会有媒体报道的!"她很自信,显然是已经有了办法。

　　对于樱草学院被黑之事,顾北寒也思量了好久,却始终没有什么好计策,而絮暖这招"以其人之道还治其人之身"实在是绝,但她向来不是心思细腻的人,今日之举实在不符合平日的行事风格,看来她背后似乎有高人指点,顾北寒这么想着,便试探地问:"这个法子是你自己想的?"

　　絮暖却故作神秘地说:"不完全是吧,总之天机不可泄露,到时候你们就知道了!"

　　高富帅在一边听得晕头转向,总算搞清楚是怎么一回事,跃跃欲试道:"说白了不就是要把安主任救人的事情搞大吗?说起搞事情谁比得上小爷啊!说吧,要怎么做?"

　　絮暖腹诽他,这小子还扬言要搞事情呢,只要不给他们惹事,她就谢天谢地了。三个人围在一起,确认接下来各自需要完成的任务。

　　顾北寒责任重大,负责把撰写的帖子推送到各大网站并且封杀抹黑樱草的ID,高富帅钱多,雇水军顶帖的事情自然落到了他的头上,至于絮暖,她需要跟进后续媒体的报道事宜。

　　不过理想总是很丰满,现实却骨感得可怕,难题接踵而至。

　　谁来撰写帖子成了他们要解决的首要问题,絮暖的文笔一般,实在没有底气挑起这个重担,高富帅那小子更是指望不上了,最后两个人不约而同地把目标锁定在了顾北寒身上。

　　顾北寒自认自己不是什么文人墨客,让他舞刀弄枪就算了,拿起笔杆子写文还是稍欠火候,虽然帮不上忙,却还是给出了宝贵的意见:"其实你们有没有发现,我们折腾了这么久,却唯独没有考虑到一个人。"

　　经他这么一提醒,絮暖才猛然想起自己居然把南零落给忘了,她平时喜欢看书,文采一定不差,当即屁颠屁颠地跑回了宿舍找她,没想到扑了个空。

　　南零落性子孤僻,除了他们三个,几乎不与别人来往,絮暖在走廊上逛了一圈,仍没见到她的身影,在楼下徘徊时正巧碰到大宝,大宝告诉她南零落好像去了教学楼。絮暖一层层找,终于在第六层通向第七层的楼梯处发现她脸色惨白地坐在台阶上。

　　"你怎么了?身体不舒服吗?"絮暖的突然出现令南零落猝不及防,她连忙收起眸中难以言喻的悲伤,笑着摇头:"刚才觉得有些头晕,所以坐在这里休息了会儿。"她说话时咬着苍白的唇,视线绕过眼前的人飘向楼道的窗口。絮暖记得南零落说过,每个人在说谎时都会有自己专属的小动作,她不知道这算不算是,可强烈的直觉告诉她对方似乎有所隐瞒。

第七章　学院危机·同舟共济

谁没有一些不想告诉别人的秘密呢？絮暖并未追问她为何会出现在这里，而是抬头望了望楼上，前几日她才来过这里，清楚地记得那里便是校长的办公室。

絮暖收了好奇心，言归正传道："你没事就好，我来找你，是有件事想找你帮忙。"随后把拯救学院的大计划和盘托出。

"所以你们想要我来写这个洗白帖？"

絮暖拼命点头，她果然还是喜欢和聪明人说话，只用三言两语对方就能明白她的用意，哪像高富帅，跟他怎么说也说不清。

窗口的光洒进冰冷的楼道，落进南零落深邃的眸里，却没有一丝温度，絮暖听到她冷冷地说："对不起，我拒绝！"

"为什么？我不明白，安主任还救过我呢，你难道不想为学校做些事情吗？"

"对我来说，这是两码事，我很感谢你们帮我拿回了妈妈的遗物，但我觉得自己没有能力代表学校写这样的帖子，更何况那些黑帖写得也不完全错，学校确实存在很多问题，不是吗？"

絮暖被问得一时语塞，她没想到南零落会拒绝得这样彻底，根本没有任何转圜的余地，还有她语气里对学院的敌意，让人捉摸不透。

有句话说得好，求人不如求己。

絮暖没再说什么，转身离开时，南零落的声音再次响起："絮暖，你别白费力气了，或许这个学校根本没有你想象的那么好！"

絮暖停下脚步却没回头："我从来不相信别人的闲言碎语，好不好我自己能感受到。"

南零落望着她走远的背影，无声轻笑，这世间有很多事若是真有这么简单就好了，一切从心，怕只怕心有魔债。

虽然没有南零落这员大将加入，但是拯救学院的计划还是有条不紊地进行着。他们决定先把计划告诉此次事件的救人英雄安主任，谁料他请了假不在学校，甚至还把学校的事情全权交给了大宝处理。这个计划对学校百利而无一害，大宝举双手赞成。

有了他的支持，大家更是信心十足，住宿的学生不多，他们很快便找到火灾当天拍照的男生。一打听才知原来那男生是校报记者，拍照是为了积累新闻素材，那天拍摄的照片如今还存在他的手机里。

无论他们怎么软磨硬泡，那男生就是不肯交出照片，顾北寒发现他的目光始终流连在高富帅脚上那双名牌运动鞋上，于是推了推身边的人，使了个眼色。

这次高富帅难得的智商在线，很快领悟，最后用一双鞋换到了照片。事后他却后悔得要死，要知道那双鞋可是限量版的，就算有钱也未必买得到，高富帅哭丧着脸哀号："我这次牺牲这么大，你们必须补偿我！"

　　絮暖敷衍他："好好，事成之后不会亏待你的，小摊上的鞋任你选，多少双都没问题！"

　　果然和一群穷鬼做朋友，他只好认栽了。

　　如今万事俱备，只欠帖子。可是俗话说得好啊，三个臭皮匠赛过诸葛亮，他们几个坚信能搞定这帖子。

　　放眼现在的网络红帖，标题几乎决定了成败，有一个好标题实在是太重要了，可是三个臭皮匠在起标题上就有了很大的分歧。

　　高富帅起了个无厘头版本的标题："天若有情天亦老，舍己救人死得早！"

　　絮暖喜欢文艺风版本的标题："你救我于水火之中，我便许你满世繁花！"

　　顾北寒的版本便比较简单粗暴："火灾真相大揭秘，樱草学院教导主任舍己救学生！"

　　三种不同风格的版本简直是一出精彩纷呈的戏，各有千秋，难分高下。顾北寒提议用扔骰子的方法来做选择，点数最大的胜出，最后幸运女神眷顾了絮暖。

　　絮暖来不及欢呼出声，顾北寒的声音已经响起："正所谓做事做全套，既然已经决定用你的标题了，不如你就委屈一下把正文也写了吧，毕竟你是当事人呢！"

　　"对啊对啊！"高富帅在旁偷笑着附和。

　　絮暖小脸一垮，真没想到眼前两个人会挖个坑给她跳，气归气却又无法拒绝，他们说得没错，她其实比谁都适合来写这篇帖子。

　　"不要有负担，写出自己的真实感受就好。摒弃所有杂念，不需要多么华丽的辞藻，只要用心一定能写好。"顾北寒的这番话为絮暖减压不少，她打开文档，把事情的经过详细地写了下来，其间问了顾北寒和高富帅的意见，又改了好几遍，最后检查错别字和标点符号，确认万无一失才让顾北寒发到了各大热门网站论坛。

　　帖子一发，高富帅雇的水军便出动了，回复量剧增，帖子热度居高不下，可以让更多的人看到，于是才短短几小时，就引发了大家的热议。絮暖是用第一人称写的帖子，其中还特意加了自己被救后的感受，代入感十分强，很快便有人评论文字很感人，羡慕她身边有这么个舍己救人的好老师，当然也有人觉得这是樱草学院为了洗白的炒作行为，甚至还质疑照片的真实性，毕竟现在PS（修图）技术这么强大，合成一张照片简直轻而易举。

第七章　学院危机·同舟共济

这一切都在意料之中,现在只差靠谱的媒体报道了。

"你真的有把握找到媒体来报道?"虽然絮暖之前说得信誓旦旦,但顾北寒多少还是有些担忧。

"嗯,你们放心吧!"她定会竭尽全力平息这场"火灾风波",还大家一个平静的校园环境的。

絮暖回到宿舍时,南零落已经睡下了,絮暖摸黑爬上床躺下,听到下面传来翻身声。

"不好意思,是我吵到你了吗?"

"没有。"南零落的声音在黑夜里越发清晰,"我看到帖子了,写得很好。"

絮暖一时不知如何回应,只能本能地说:"谢谢。"

南零落的嘴唇无声地动了动,最后却化为一声叹气:"早点儿休息吧。"

自从她拒绝参与拯救学院的计划后,一股尴尬的沉默横亘在两个人之间。絮暖心中有很多疑惑,却始终没有问出口,她觉得应该再等一等,等到南零落自愿袒露心声。

第八章
一线生机·扭转乾坤

周末，絮暖偷偷出了校门，却不知身后有个身影追随了她一路。

小巴上人不多，她靠窗坐着，从包里拿出银色U盘。经过深思熟虑，絮暖知道要找媒体报道还是得找这个U盘的主人帮忙，沐天心在记者圈混迹多年，人脉广，找一家媒体帮忙应该不是难事，把遗失的东西送回去，才能和对方谈条件，谁让她说了大话呢？眼下无论成败，只能硬着头皮一试了。

周末出刊日，"天心工作室"上下一片忙碌，编辑们确认着图片和文章的清样。这个工作室用了三年的时间，从创始之初的默默无闻发展到现在的赫赫有名，其间也不乏坎坷波折，就算再难的时候沐天心也从未向身边的朋友寻求帮助，全凭自己一人挺了过来，这股倔强和韧性促使她愈挫愈勇，终于蜕变成了一名出色的娱记，实现了自己的梦想。

可眼下她眉头紧皱，握着听筒的手发抖，极力地压抑着内心的恐慌，开口道："张董，这件事情我会想办法的，如果做不到，天心工作室愿意负全部责任！"得到了对方的暂时信任，她才放下听筒，整个人仿佛刚经历一场生死大战，被抽光了所有力气，只能瘫软在椅子上。

随着工作室的壮大，和资深娱乐杂志合作的机会也越来越多，虽然也经历过不少风波，却从未遭遇过遗失重要文件让杂志开天窗的危机，这次因为她的疏忽，遗失了U盘，让工作室陷入前所未有的危机，沐天心觉得很惭愧。

其实这次新闻稿她做了两手准备，若是她挖掘不到萧梔然和陆世安的新闻，便使用U盘里的备用稿。可是这几天她忙着筹备婚礼的事情，刚刚才猛然发现自己把U盘给搞丢了，她甚至不清楚掉落的位置，稿件可以临时再写，但是那些照片却是独家的。

沐天心一筹莫展时，助理敲门而入，称有个女孩子找她，她哪有什么心思见什么小女孩，刚想回绝，助理又急急补充道："她说自己手上有主编想要的东西。"

絮暖背着双肩包，站在办公室的过道里，眼前人来人往，大家都是一副忙得脚不沾地的模样。

半晌，身穿黑色职业装的女人朝她挥手，把她送到主编办公室门口，然后离开。她深吸一口气，抬手敲门，听到屋内的回应后，才走了进去。

办公室窗明几净，靠门的茶几上放着几盆多肉植物，看起来被主人打理得很好，生机勃勃。再往里走，散落在地的杂志和废纸团随处可见，之后絮暖见到的场面让她瞠目结舌，盘腿坐在椅子上的人，不同外面那些身穿正装的职员，只见她一身休闲装，头发蓬松凌乱，发间还插了一支笔，灰头土脸的模样毫无生气，两只熊猫眼看见她时，瞬间发亮。

絮暖抓着背包的手紧了紧，嘴角扯出一抹笑："好巧，我们又见面了。"

两个人在沙发上相对而坐，沐天心没有料到会这么快再次见到絮暖，虽然上次不过是匆匆一瞥，但这个女孩给她留下了深刻的印象，干净的双马尾十分可爱，眸子清澈，不善于隐藏自己的情绪，就像此刻她尽管挺着腰杆坐得笔直，脸上还是写满了局促不安。

"我今天是来和你做交易的。"絮暖开门见山，直入主题。沐天心依旧懒懒地靠在沙发上，漫不经心地点了点头："你应该知道做交易是需要筹码的吧？"

"当然。"絮暖把U盘放在茶几上，声音洪亮道，"这个还给你！但是它算不上筹码，你告诉我利用舆论造势给学校洗白这招很管用，所以这个U盘算是我还你的人情吧。"絮暖从小性子倔，最不喜欠别人人情，无论如何，沐天心的建议确实帮助了她。

沐天心在见到絮暖的那一刻就心如明镜，知道U盘在她的手上。对方应该是看了里面的内容，才会找到这里，只是她明明口口声声说要交易，语气里却没有一丝威胁的意味，反是如此大方地把东西拱手奉还，还声称是还情，眼前的女孩子果然很有意思，也很聪明，那日她的小小点拨，被她悟得如此通透。沐天心有留意樱草学院的洗白帖，算不得声泪俱下，却也字字诚恳，看得出作者的用心。

絮暖见对方打量着她却沉默不语，心中一急又道："你放心，你假扮家长潜入校长室的事我绝对不会对别人说的，还有你会易容术的事情！"

"哦？我和你非亲非故的，你为什么要替我隐瞒？"

"我不仅会替你隐瞒，还会帮你留意陆世安的动静，当然如果萧栀然和他见面，我也会在第一时间通知你。"如果说交易需要筹码，那么这个才是絮暖今天的筹码，她太清楚沐天心的软肋了，她所需要的，或许自己可以做到。

沐天心被戳中软肋，顿时心中一凛。她确实需要在学校里放一双自己的眼睛，来获取重要的信息，絮暖的提议无疑是诱人的，但世上怎会有平白无故的好处，这个女孩显然是有备而来。

尽管极力地表现出平静姿态，沐天心眸中那一闪而过的波澜，还是不小心暴露了她的慌乱，絮暖看在眼里，心中暗喜，知道自己刚才的分析没有错，心底不禁多了几分底气，可眼前的人不容小觑，同样看穿了她的小心思。

"你很聪明，知道我想要什么，可是你就那么自信，觉得我会帮助你找媒体来报道

老师救人的新闻，答应这场交易？"沐天心挑眉，恢复从容不迫的姿态，好整以暇地等待絮暖的回应，她突然很好奇对方会怎么接招，是会一把夺回那个还人情的U盘逼迫她，还是威胁她要把她假扮家长的事情抖出来，又或者两者皆做？

可是她错了，絮暖什么也没做，不哭也不闹，安静极了，用认真的语气说："没有自信又如何？我只是单纯地想把真相公之于世，这又有什么错？记者存在的意义难道不是把真相说出来吗？"少女的眸子明亮如火，看似在这场对峙中正处下风，却懂得以退为进，一句话点明记者存在的意义和初衷，这让沐天心陷入窘境。

确实是场各取所需的交易，可是沐天心却有自己的顾忌，这些年大家对樱草学院频繁爆出的负面新闻一直持怀疑态度，却无人敢深究，因为只要和它有牵连的媒体下场都十分凄惨。这场交易对沐天心来说是场赌博，如果在这时候和其他媒体公然唱反调，等于是把工作室推到风口浪尖，若是以前她一个人的时候，她定是无所畏惧，然而现在，她觉得自己赌不起。

"很抱歉。"耳边发颤的声音令絮暖期待的心沉了下去，沐天心抿唇，面无血色，"我很感谢你能把U盘还给我，但是你的请求我爱莫能助！"

絮暖站起身，怒气冲冲："沐天心，你真是令我失望，作为一个记者连说出真相的勇气都没有！你有什么资格当记者？"声音太大，助理见形势不对带着保安闯了进来。絮暖被人拉着往门外拽，沐天心没有阻止，始终背对她一言不发。

絮暖气急，顾不得什么形象，继续大呼小叫："我不会走的！你们放开我！"无奈保安身高体壮，她的拳打脚踢全是徒劳，最后还是被悲惨地扔到了楼外。

"沐天心，你给我出来，你要是不答应，我就不走了！"絮暖进不去，只能站在商务楼下一遍遍怒吼着。无人理睬她，路人纷纷侧目，她就像个发疯的小丑，发丝凌乱，双目通红，喊到嗓子发哑才默默地收了声，站在原地休息，却始终不愿离开。

絮暖不是没有想过用伪装家长的事情威逼沐天心，且不说她没有证据，就算是有，凭她这样微不足道的小人物和对方的这样的名记者对抗，结果显而易见，根本不足以对对方构成威胁。所以她另辟蹊径，甚至想用真诚来促成这场交易，可结果根本就是个可笑的闹剧，此刻她能想到的就只有用坚持改变沐天心的决定，别无他法。

午后的日头很毒，絮暖把包放在头顶遮挡阳光，尽管如此，衣服还是被汗水浸湿，站久了，整个人都昏昏沉沉的，身子不禁发虚，眼看要倒下，却被一双手托住。

"你是傻瓜吗？"夹杂着怒气的声音劈头盖脸地落下，絮暖心中本就不快，刚想回骂这个落井下石的人，目光却在触及那张宛若冰山般的面容时，诧异到说不出话来。

顾北寒沉着脸扶她坐到树荫底下，从包里拿出水递过去。

絮暖被晒得口干舌燥，咕噜咕噜喝了几口，混沌的大脑才清明了不少。

眼前的人却看着她冷冷一笑："你这是做蠢事做上瘾了吗？"

"你……"絮暖面色通红，反驳道，"我没有做蠢事，我明明是在做正事。"

"像个傻子一样站在那里，接受别人的指指点点，就是你说的正事？"今日他跟了她一路，看着她走进大楼再被保安赶出来，一个人傻乎乎地站在太阳底下不肯离去。通过网络调查了这栋楼的信息后，顾北寒多少也猜到了絮暖来此的用意，可是这天底下怎么会有她这么蠢的人，什么事都藏在心里，天塌下来了都想着自己硬扛，倔强得令人心疼。

顾北寒的话看似在责骂她，可是也夹杂着担忧，这次絮暖没有选择负气地顶撞回去，而是老老实实地把事情的原委告诉了对方。

"你觉得站在这里傻等，就能让沐天心回心转意？"顾北寒不知道絮暖是真傻还是太天真，这个世界从来都不复杂，真正复杂的是人心。

他抓起她的手："走，跟我回去，我们再想想别的办法。"

絮暖却甩开他的手摇头："或许你觉得这个法子很笨，但是不试试看的话又怎么知道能不能成功！"网络上很多人都说沐天心是个好记者，所以她想再等等。

这么想着，絮暖重新站回原来的位置，顾北寒却没有再去拉她。天气变化莫测，阵雨来得突然，雨点密集地落在她身上，凉凉的，絮暖头顶不知何时多了一把黄色的伞，把她和雨幕隔绝开来。

絮暖抬眸，发现顾北寒撑着伞与她并肩而立，黄色的遮阳伞很小，只能容纳一人。他撑伞的手一垂，让伞面向她靠拢，自己的整个身子几乎暴露在雨里。

"奚言……"絮暖的声音沙哑，喉咙里像是落满了灰尘。

顾北寒没看她，视线径直向前，唇角夹着抹自嘲的笑："我一定是疯了，才会陪着你一起疯！"冷静如他，可是为什么一碰到絮暖，他就会变得不像原来的自己？对此顾北寒不敢深究。

絮暖的心中五味杂陈，她记得这把黄色的小伞是她给他的，原来他一直带在身边，雨丝微凉，心间却荡漾开一抹别样的温暖。

感觉到拉扯自己衣袖的手，顾北寒回头，身边的少女正冲他笑，那笑如山间繁花，耳边的声音似微风吹动铃铛轻轻响起："谢谢你……陪我一起疯！"

拿回了U盘，工作室的危机终于解除，傍晚时分，沐天心才忙完了手上全部的工

第八章 一线生机·扭转乾坤

141

作,刚想松口气就听到敲门声,人未进门声先至:"我们的大主编,还没有忙完吗?"

听出来人的声音,沐天心立马笑着迎上去扶她:"洛欢,你怎么跑到这里来了?"

眼前的女人明眸皓齿,摸着隆起的小腹在沙发上坐下,忍不住打趣她:"还不是怕你贵人多忘事吗?今晚的聚餐你还记得吧?"

沐天心把热茶递过去:"你放心,我当然记得,倒是你一个孕妇这样跑来跑去的可不好!"

"好好好!你说的都对!"怕沐天心继续念叨,洛欢连忙叫停。

两个人是多年的好友,怀孕的明明是洛欢,沐天心却比她还操心,生怕她有一点儿不好。

"对了,楼下那个女孩子是怎么回事?我刚才来的时候看到她站在楼下叫你的名字呢。"

洛欢的话让沐天心为之一震:"什么?那丫头难道还没走吗?"

她连忙走到窗边,果不其然在大楼前的空地上看到了絮暖,雨丝飘摇,却丝毫撼不动那抹娇小的身影,到底是什么让这个傻孩子坚持到现在?

洛欢走过去,视线定格在絮暖身上,幽幽道:"虽然我不知道发生了什么,可是你知道吗?我看到那个女孩子的第一眼就觉得她很像你,尤其是眼睛,那份倔强和固执很像当年的你!"

"像我吗?"沐天心喃喃着。

"天心,你还记得当年的我们吗?"

沐天心轻笑一声,她怎么可能忘记!那段刻骨铭心的旧时光像一幅泛黄的画卷一点一点地在她的脑海铺展开来。

那时的洛欢是红极一时的女星,而她却是个初出茅庐的小记者,受命采访她时免不了处处碰壁,她却不知哪里来的勇气,对洛欢死缠烂打,秉着不放弃的精神,最后两个人竟然"不打不相识",成了好闺蜜。洛欢嫁给季慕言后便退出了娱乐圈,扮演起了好妻子的角色,而她也得偿所愿,有了自己的工作室。

为什么人长大后拥有了成熟,却丧失了年少时的勇气呢?变得世故、胆小、患得患失,丢掉了最初的模样,变得面目可憎!

从絮暖的身上,她仿佛真的能看到年少时的自己,凭着一腔孤勇,披荆斩棘,就算跌得头破血流,也会重新站起来再战!这样的自己她怎么会忘,又怎么敢忘?

她错了,但好在现在幡然醒悟似乎还来得及。

"洛欢,谢谢你,我仿佛想通了一些事。"

对方却突然兴奋地拉住她，没正经道："你看见那女孩旁边的男孩没有？长得真不错呢，不比当年的欧阳翼差，真是天造地设的一对呢！"

　　听到欧阳翼的名字，沐天心的脸霎时红了，哭丧着脸求饶："好啦，你就别再笑话我了，我有些事要办，你在这儿坐一会儿，我马上回来！"

　　"好。"洛欢笑意盈盈，看着她风风火火地出门，回首望向窗外，喃喃着："年轻就是好啊！"

　　雨不知何时停的，霞光柔和地洒在地上，投射出两道狭长的身影。旋转门突然迅速转动起来，一抹身影飞奔而出，看见沐天心时絮暖的眼睛亮了起来，忍不住欢呼雀跃。身旁的少年揉了揉她微湿的发尖，唇边挂着清浅的笑："傻姑娘，看来你还真是傻人有傻福啊！"

　　最后沐天心被絮暖的坚持打动，答应了这场交易。为了保护工作室，她决定以个人的名义报道樱草学院老师救学生的新闻。而絮暖也会遵守当初的约定，帮助她留意萧栀然和陆世安的动静。原以为得偿所愿后絮暖就会离开，谁知她竟然死皮赖脸地不肯走了。

　　絮暖翻绞着手指，支支吾吾地说："那个……你真的会易容术吗？"

　　"会又如何？"上次被絮暖当场抓包，沐天心知道糊弄不过去，也不再隐瞒。

　　"那你缺徒弟吗？我洗衣烧饭打架卖萌全都会，包你满意！"说着连忙半跪在地上，也不管对方答不答应，脸皮厚得跟砖似的，"师父在上，请受徒儿一拜！"

　　沐天心被她逗乐，作为易容世家沐家唯一的继承人，她确实缺个继承秘术的徒弟。

　　"我可没说要收你，而且当我的徒弟可是很苦的！"

　　"我不怕苦，我会努力的，我是真的很想学易容术！"絮暖双眸明亮，语气格外认真，只要是她认准的事，就算拼尽全力也要达成。

　　"你先起来，易容术可没你想象的那么简单，需要花费大量的时间和精力慢慢学习，如果以后你能通过我的考验，我就收你为徒！"

　　絮暖虽然心里有些失望，但沐天心并没有完全拒绝她，说明她还有戏，这么一想，又连忙说："师父，你可别骗我，咱们一言为定啊！"

　　沐天心无奈地笑："但这件事……"

　　"我知道，我绝对不会告诉别人的！"这是她们两个人之间的小秘密。

　　离开时，絮暖由衷地对沐天心说："师父，我觉得你会成为一个好记者的！"

　　对方没说话，看着他们走远，才收回目光，这些年来她曾迷失在很多人的赞美里，

忘记当初为什么会出发,而今日絮暖对她的肯定,会让她带着初心更好地走下去。

这次出门,可谓收获颇丰,不仅顺利解决了媒体报道的问题,絮暖还厚脸皮地拜了师,虽然对方暂时还没承认她,但在她心中已经认定沐天心这个师父了。

此时早过了学校允许外出的时间,絮暖想着都出来了倒也不急着回去了。她来鼎阳市有些时日了,却还没好好逛过街,索性借此机会玩上一玩,便拉着顾北寒穿梭在大街小巷里,漫无目的地闲逛。

鼎阳市比南浔镇大很多,好玩的地方当然不会少。夜幕降临,夜市里张灯结彩,格外热闹。人群熙攘,顾北寒怕絮暖走丢,只好紧紧抓住她的手。絮暖在人群里左顾右盼,似乎看什么都很新鲜,灯光映得她的眸亮亮的,她就像只不知疲倦的鸟,充满了活力。

絮暖在小摊前看小玩意儿,就看见旁边两个穿着世英贵族学院制服的女生往他们的方向指指点点。

"你快看,那个男生好像顾北寒啊!"

"怎么可能啊,顾北寒不是出国了吗?"

絮暖来不及问个明白,就被顾北寒急急拉走了。

"奚言,刚才那两个女生为什么指着你说……顾北寒?"

顾北寒压抑住内心的慌乱,平静地说:"应该是认错人了。"

"我想也是。"刚才那地方光线挺暗的,认错人倒也不稀奇,絮暖便也没有多想。

后来两个人又不知走了多久,絮暖终于累了,肚子里发出"咕噜"的叫声,顾北寒听到声音回头,少女的脸立马红了,支支吾吾起来:"我……我请你吃饭,你想吃什么?"顾北寒今天陪着她跑了一天,她理应请他吃个饭犒劳一下。可话是这么说,当絮暖摸到口袋里那为数不多的几张纸币时,又开始在心底呐喊希望对方千万别狮子大开口,否则她可请不起。不知道是不是小心思被看穿,对方竟然把问题抛了回来:"你想吃什么?"

她想吃什么啊?她当然想吃……便宜的啦!

既然对方都这么说了,絮暖就不客气了,带着他去了一家馄饨小店。店铺窄小,座位间的过道更是拥挤,顾北寒避让了几个人终于绕到桌边时,絮暖已经笑嘻嘻地坐下。四周环境脏乱,桌椅看上去都油腻腻的,他蹙眉从桌上的纸盒里抽出几张纸,把桌椅都擦了几遍才放心地坐下。顾北寒家境优越,从未来过这种路边小店吃饭,这会儿沉着脸，有些坐立不安。而絮暖却截然不同，她小时候就喜欢跟着爸爸在路边摊吃烧烤，在她看来这些小地方的食物比那些大酒店的好吃多了。

絮暖看出他似乎对这家店很不满意，眼角眉梢都布满了厌恶之色，看在他今天帮了自己很多的分儿上，她只好迁就地问："要不要换一家？"

顾北寒摇头："我只是……不大习惯。"不习惯这里的脏乱，空气里的油烟味，还有那些抽烟说脏话的顾客。尽管如此，他也不想扫絮暖的兴，她脸上欣喜的表情是那么明显，让他不忍拒绝。

絮暖觉得自己对他的了解真的少之又少，他说不习惯这里，可是普通百姓应该都会常来这种地方吃饭才对啊！想不通她也不再去深究，食物芳香四溢，令她食欲大振。

"你不知道美食都藏在这种小巷里吗？放心吧，这家绝对不会差的，你看外面还排着队呢！"絮暖极力地安慰顾北寒，想要消除他内心的不安，然后自顾自地拿菜单一瞧，快速做了决定，"我要一碗小馄饨，你呢？"

顾北寒瞥了眼菜单，有气无力道："和你一样吧。"

絮暖连忙起身，对着热气腾腾的厨房大喊："老板娘，这里要两碗小馄饨！"

"好嘞！"得到回应，她才安心地坐下，摸着干瘪的肚子，乖乖等待。

半晌，两碗香气四溢的馄饨被摆上了桌，絮暖端过一碗，大快朵颐起来。顾北寒盯着眼前那碗撒满葱花的馄饨一动不动，絮暖感觉到他的异样："你怎么不吃啊？我刚吃过了，很好吃的！"

顾北寒的眉头皱得死死的，指了指碗里的葱花，满脸嫌弃。

"你不喜欢吃葱？"

看到少年默认时，絮暖忍不住笑出了声："哈哈哈，你又不是小孩子，竟然不喜欢吃葱。"

被这样一嘲笑，顾北寒的面色又沉了几分，絮暖及时收住笑意："你之前怎么不早说，我可以让老板娘不放葱的，要不……再要一碗？"

"算了，我也不饿，你吃吧。"

她又不是猪，这馄饨分量很足，两碗根本吃不下，扔掉又浪费。

"我想到办法了，你不吃葱挑掉就好啦。"见顾北寒显然没有反应过来，絮暖性子急，直接把碗挪到自己面前，拿着筷子低头把葱花一点点往外挑。

她抿着唇，神情格外专注，顾北寒看着竟微微有些失神。

絮暖挑完后才把碗推回去，用期待的眼神看他，没法子，事已至此，就算心中有千百个不愿意他也只能忍着。馄饨没有想象中难吃，反而是意料之外的好吃，那是他从

第八章　一线生机·扭转乾坤

145

小到大都没有品尝过的美味。

　　用完餐后，絮暖依旧兴致高昂，发现夜市上又多了好几个小摊，忍不住逛了起来。人实在太多，才一转眼，两个人就走散了。絮暖的手机却偏偏在这个时候没电了，一直处于关机状态。周遭嘈杂，顾北寒的脑子更是乱糟糟的，心急如焚地逆着拥挤的人群，往回找，逛了几圈，终于在小摊前看到了熟悉的身影。絮暖转身，两个人的目光正好撞上，她先一愣，然后笑着用力朝他挥手："奚言，这边这边！"

　　他大步流星地走过去，愤怒的话还没来得及说出口，絮暖就把一个东西塞到他手里，笑语盈盈："快试试看，这个合不合适！"

　　那是个手枪皮套，皮质柔软，做工相当精细，顾北寒怔住，刚才怒意翻滚的心此刻却一片柔软，眼前的人似乎总有法子，左右他的情绪。

　　他拿出一直别在腰间的玩具手枪，套上皮套，尺寸大小竟出奇地一致，就跟量身定制似的。

　　絮暖刚才闲逛时被这一个卖模型枪的小摊吸引住了，看见有卖玩具手枪皮套的，就想起了顾北寒那把视如珍宝的玩具手枪，这会儿见尺寸合适，更是在心中打定主意要买下来，于是转身继续和老板杀价，最后以五十元的低价收入囊中。

　　"这个送给你，可以保护手枪，减少磨损。"

　　顾北寒一时不知如何回应，只能呆站着点头道谢，目光恰巧落在絮暖手中的袋子上，感觉到对方灼热的目光，絮暖晃了晃纸袋，解释道："我给大家都买了礼物，这个是给高富帅买的厨师帽，还有送给南零落的钢笔！"

　　这样的一视同仁，竟让顾北寒的心中升腾起一股说不清的失落感。

　　"絮暖！"他的声音让前方的人顿住脚步，"你就不怕，我找不到你？"

　　她几乎脱口而出："当然不怕啊，你那么聪明，怎么会找不到我！"事后，絮暖自己都诧异怎么会说出这样一番话来，这样聪慧的少年，无论她处在何种境地，他定会想方设法找到她的吧？可是是从何时起自己对他有了这样的信任？

　　絮暖理所当然的语气，让少年窃喜，人影憧憧，却没有人注意到他嘴角的笑意。

　　月色朦胧，两个人并肩而行，投在地上的影子像互相依偎一般靠在一起。

　　已经过了门禁的时间，樱草学院大门紧锁，归途中絮暖用顾北寒的手机给高富帅打电话，交代了自己今天的丰功伟绩，顺便让他帮忙留个门，但现在看来他们还是得靠自己了。

　　两个人才踏上铁门栅栏，就见大门旁的草丛里蹿出个黑影，絮暖被吓得一屁股坐到了地上。

"别叫,是我!"高富帅灰头土脸地从草丛里慢慢地爬了出来。

絮暖回了神,没好气道:"高富帅,我让你留个门,可没让你吓人!"

"我确实给你们留了门啊!"

"门呢?"

只见高富帅突然蹲下身,用手扒开草丛,指了指里面,神情特骄傲地说:"在这儿呢!怎么样,不错吧?我好不容易发现的。"说完扬起下巴,等待表扬。

絮暖和顾北寒默契地互看对方一眼,什么话也没说,撩起衣袖开始翻越铁门。

"喂,我都给你们留门了,你们怎么不领情啊?"

"那'门'你还是留着自己用吧!"絮暖缩了缩脖子,心中感叹那哪是门啊,确切地说更像一个狗洞,这份情谊太重,她受不起啊!

学校铁门虽高,但是有落脚点,絮暖和顾北寒的身手都不错,三两下就爬到顶端,借着一边的大树躲过了警报器。

见两个人就快翻过铁门,高富帅又气又急,抓着栏杆也想向上爬,可是臂力太差,最后只好放弃,一头栽进了"狗洞"。

两个人落地后等了会儿,高富帅才慢悠悠地从洞里爬出来,顶着一头杂草般的头发,看上去十分可怜,絮暖忍着笑:"今天查寝,老师没发现我们不在吧?"

虽然心有不悦,高富帅还是耐着性子回答:"大宝老师可是个比我还好糊弄的人,怎么可能发现啊!倒是……"说到这里突然噤声,意味深长的目光顿在顾北寒的身上,"你们两个怎么会在一起?"

气氛一时有些尴尬,"总之说来话长啊,"絮暖敷衍道,继而生硬地转移话题,"看在今天你帮我们躲过老师的分儿上,这个就当作奖励吧!"

听到奖励,高富帅暗淡的眼眸一下子亮了,接过絮暖手中的厨师帽,如同收到糖果的孩子,整个人都欢呼雀跃起来:"这是送给我的吗?"

絮暖抓着头,突然有些不好意思:"在夜市上看见就买了。"

一路上,絮暖走在最前面,高富帅故意放慢脚步和顾北寒并肩而行,其间还时不时地在身旁人的眼前晃动帽子,趾高气扬的模样像是在炫耀自己的胜利。顾北寒却不动声色,唇边噙着冷冷的笑,取下腰间的玩具手枪,裹着枪的精致皮套在月光下泛着耀眼的光。

高富帅的嘴角冷不丁地抽了两下,硬着头皮问:"这个……也是絮暖送的?"

"你觉得呢?"

刚才还得意扬扬的人此刻如同泄了气的皮球，面色灰败，顾北寒却笑意更浓，加快步伐向前走去，高富帅不甘示弱，冷哼一声，急急追上去。

很快沐天心就转载了絮暖写的帖子发在自己的微博上，她业界的好友和粉丝也纷纷帮忙转发，一夜间转发量破万，引起了无数网友热议。

之前质疑学校安全性的舆论被瞬间扭转，大家的关注点纷纷转移到了老师救人上面，樱草学院火灾事件终于渐渐平息下来。

第九章
记者专访·阴谋诡计

絮暖每天都会跑到帖子下看评论，见这几日支持樱草学院的人越来越多，心中窃喜，觉得他们之前做的一切没有白费，便想把这件喜事和大宝分享。

谁知还未进办公室的门，絮暖就听见了里面震耳欲聋的争吵声，透过门缝，絮暖看见大宝缩着脑袋，一声不吭地站着，另一头的安主任好似凶神恶煞，不知道因为什么事情，气得浑身颤抖。

"总之，这件事情我是不会答应的！"最后他恶狠狠地丢下这么一句话便摔门而出，不料和站在门口的絮暖撞了个正着。

絮暖看着他，尴尬地后退了一步，她从未见过安主任发这样大的火，也不知道他是何时回来的。几日未见，他消瘦了许多，眼眶都凹了下去，面无血色，憔悴极了，絮暖甚至还注意到他手背上的针眼和淤青，大宝之前说他请了假，见这情形，难道是病了？

絮暖在心中斟酌着如何开口时，安主任也陷入沉默，深邃的目光里满是复杂，嘴唇微微动了动，却始终没有发出声音，最后绕过她径直下了楼。

屋内，瘫软在椅子上的大宝显然惊魂未定，絮暖喊了好几声，他涣散的眼眸这才找到了焦点。

"到底发生什么事情了，安主任怎么会发那么大的火？"

大宝支起身叹气："自从你发的帖子有媒体报道后，就有记者打电话来约安主任和你的专访，我刚和他说了这事，谁知他大发雷霆，还说那些记者都不是好人，让我立刻回绝他们。他还怪我自作主张，不该不和他商量就纵容你发了帖子，你说奇不奇怪，我们做的一切明都是为了学校好，安主任怎么就不领情呢？"

"确实奇怪！"从安主任刚才的反应来看，他非常排斥媒体，但是为什么会这样呢？难道有什么难言之隐？絮暖在心中做着各种猜测，疑惑却像滚雪球般越来越大。

"大宝老师，那你准备怎么做？真的回绝记者吗？"

大宝垂着头摊手："那还能怎么办？"

絮暖却心生一计："既然安主任不肯接受采访，你觉得我去怎么样？好歹我也是火灾事件的当事人之一，安主任总不能剥夺我接受采访的权利吧？"

大宝听了眼睛立马亮了起来，如今网上对樱草学院的舆论已经逐渐转好，他们更应该趁热打铁，接受这次专访正好可以让樱草增加曝光率，宣传学校的正面形象，这么好的机会，为什么要放弃呢？

"说吧，你想怎么做？"大宝明白了絮暖的用意，决定义无反顾地支持她。

絮暖嘿嘿一笑，压低声音："这件事不宜太过张扬，咱们可以偷偷地进行……"

于是，大宝按照计划答应了记者的专访。

那日正逢周末，大宝和絮暖一大早便偷偷摸摸地到校门口恭候来专访的记者了。原以为对方会摆架子让他们好等，谁知时间一到记者准时现身，此次来专访的一共有三人。为首的女人着了黑色的职业装，一头短发显得格外干练，身后紧跟着她的助理和摄影师。

大宝见对方走来，立马带着絮暖迎上去，哈着腰说："欢迎。"

女人那张铺着厚重粉底的脸上露出标准的职业笑容，优雅地递上自己的名片："你们好，我是前几日约贵校进行专访的教育电视台的记者辛晨。"

大宝立马挺直腰杆，进行自我介绍："你好，我是樱草学院的老师，秦大宝，这是我的学生絮暖，也是本次火灾事件的当事人。"

听到絮暖的名字，辛晨的眉角不自觉地挑起，上下打量身前的女孩子，眸中闪过一丝不易察觉的狡黠，但是很快又恢复刚才的笑容。

絮暖凝眉沉思，隐约地感觉到对方的笑容并不那么真诚，反而夹杂着几分虚假和不屑。她来不及多想，大宝已经带着他们进入了校园。

因为这次专访是瞒着安主任偷偷进行的，大宝只好随意地带着他们参观了几处，不敢太过招摇。

这几年樱草学院逐渐淡出众人视线，大家对它的现状更是充满好奇，媒体自然不会放过拍摄的好机会，辛晨带来的摄影师一路上都高举着照相机拍摄照片，企图收集更多的素材。

大宝特意挑了处僻静的小花园作为专访地点，看着摄影师开始架机器，絮暖终于紧张起来。辛晨见状，踩着高跟鞋走到她面前："絮暖同学，你不要太紧张，就把它当作一次普通的聊天就行，这是今天专访的提纲，上面有我等会儿会问的一些问题，你先准备一下！"

絮暖接过稿子，僵硬地点头，不断地做着深呼吸，企图平复紧张的心情。辛晨转过身，嘴角弯起一抹诡异的笑，走到助理身边与她附耳交谈。

大宝看见絮暖满头大汗，也跟着忐忑不安，拍她肩嘱咐道："絮暖啊，樱草的命运就掌握在你的手里了，你千万别认怂，给我争口气啊！"

"我也想啊，可是我一看见那镜头……我……我就结……结巴！"絮暖是头一次接受这样的专访，这种前所未有的慌乱感让她手足无措。此刻她宁愿上阵杀敌，也不愿对着镜头说话。

大宝用一副恨铁不成钢的模样说："这可是你自己选的路,你就是跪着也得给我走完!"

是啊,当初确实是她自己提议要接受专访的,如今真的是箭在弦上,不得不发了。絮暖咬牙,决定豁出去了,连忙低头阅读专访的大纲,在心中整理等会儿要说的话。

半小时后,准备工作都已就位,看到摄像师做出"OK"(准备就绪)的手势后,辛晨拿着话筒转过身向絮暖示意专访正式开始。

"观众朋友大家好,我是记者辛晨,前不久樱草学院发生的火灾事件引起了各方的关注,本次事件让许多家长和学生对学校的安全产生了极大的质疑,可此后一条澄清的帖子又让这次事件发生反转,相信大家一定都非常想知道事情的真相到底是怎样的,今天有幸采访到发帖的学生絮暖,为大家讲述事件的原委。"

流利的叙述,优雅的微笑,辛晨对着镜头,尽显记者的专业风范。

"絮暖同学你好,你可以向大家具体说一下当时火灾现场的情况吗?"镜头转向絮暖,她的身体不受控制地僵硬起来,喉咙干涩地发不出声音,目光看到远方帮自己加油打气的大宝,絮暖终于压抑住慌乱,把刚才在脑海里反复演练过的回答,背书一般地道了出来。

万事开头难,几个问题回答下来,她慢慢克服了紧张感,回答得越发流利,神情也放松了许多,变得自信起来。

大宝见絮暖渐入佳境,兴高采烈地到一边给高富帅打电话。

怕安主任得知采访的事后前来阻止,以防万一,他们事先便派了顾北寒和高富帅拖住安主任,不让他离开办公室,直到采访结束,才算完成任务。

为了不负使命,顾北寒和高富帅也是费尽心思,决定投其所好,熬夜看完了Nicole的漫画书,拖着安主任讨论漫画剧情,这招很管用,几人聊得格外投机,完全没有露出破绽。

大宝来电时,他们上半场刚聊完,见安主任去了厕所,高富帅才偷偷地跑到走廊里接电话。

"大宝老师你放心,安主任可是一点儿都没怀疑我们!"高富帅说这话时,安主任正好从厕所里跑出来拿纸,他见高富帅笑得嘚瑟,又听到和他对话的是大宝,觉得不对劲儿,放轻了脚步,躲在后面偷听。

"你就不用担心我们了,让絮暖好好接受专访……"高富帅的话说到一半,眼前就突然蹿出个人影,朝他大喊:"什么专访?你这个臭小子是不是有什么瞒着我?"

高富帅吓得手机掉到地上，眼见人高马大的安主任朝他步步进逼，张牙舞爪的模样似乎要把他生吞活剥似的，他立马认怂了，把什么都招了！

顾北寒撑着下巴才打了个小盹，门就被人一脚踹开，把他惊醒了。安主任怒气冲冲地闯进来，一把抓起角落里的大扫把就往外冲，嘴里还振振有词道："臭大宝！竟敢瞒着我搞专访，看我怎么收拾你！"

顾北寒看见站在门口缩着脖子、一脸心虚的高富帅，就猜到发生了什么事。怕安主任砸场，两个人只好跟着他跑。

安主任动静太大，途经之处引起了同学们的围观，大家纷纷抱着看好戏的心态紧随其后，于是阵仗越来越大。

安主任知道大宝必定会找隐蔽的地方进行专访，樱草学院的安静之所无非就那么几处，一处处转下来，终于还是被他找到了。

幽静的小花园霎时挤满了人，大家看见记者和摄像机，兴奋地交头接耳起来。

看见怒气冲冲的安主任时，大宝六神无主，之前的问题絮暖都回答得很顺利，此时只要答完最后一个问题就能完成这次专访了，正逢关键时刻，绝对不能前功尽弃。

大宝鼓起勇气，朝顾北寒和高富帅吼："你们两个，快给我拦住他！"说着自己冲了上去。

三个人围成一道人墙，拦住了安主任的去路，他拿着扫把的手抖了抖，咬牙切齿地说："你们疯了吗？大宝你给我松手！"

经安主任这么一闹，越来越多的人被吸引了过来，絮暖以为专访会被打断，可是辛晨却丝毫没有受影响，神色从容，一副志在必得的模样，对她抛出了最后的问题。

"前几日，我们特意去了南浔镇，原本想了解你的情况，却很意外地得到了一个视频。"絮暖皱眉，她记得刚才稿子上并没有提到什么视频，内心涌起了强烈的不安。

辛晨的助理把事先存在笔记本电脑里的视频打开，然后将画面调到最大，霎时喧嚣退去，所有人的目光都聚集在了屏幕上。

眼前的画面刺得絮暖眼睛生疼，她感觉身体仿佛正在一点点变冷，心脏好像被捅了个大窟窿，有冷风不断地灌进来。

"这个画面上的人是你吧？"辛晨逼近她，镜头前的絮暖面色苍白，慌乱无措，视频把她的脸拍得非常清晰，她偷偷摸摸地爬进高家，那样的一举一动落在别人眼里就像是个潜入别人家的小偷。絮暖不明白这段原本就该销毁的视频，怎么会出现在这里？但看着辛晨嘴角的笑，她几乎可以断定这个女人来者不善，这根本就是次别有用心的专访。

好戏才刚开始,辛晨怎会轻易放过絮暖,提高嗓音继续质问:"你的邻居告诉我们,你是因为这段视频才会背井离乡潜逃到鼎阳市的,是这样的吗?"

絮暖没法接受这样莫须有的指控,坚定摇头:"不是这样的,这段视频其实是个误会!"

"误会?"辛晨眼中尽是嘲讽之色,"我相信大家都能看明白这到底是不是误会,视频里的人不就是你吗?"

"我……"絮暖怔住,她发现大家看她的眼神都变了,那些私语灌入耳朵,令她不寒而栗。

辛晨看向四周:"你们相信这个视频只是个误会吗?"

喧闹归于平静,沉默令人窒息,絮暖自嘲地笑了。

是啊,很多时候人们似乎更愿意相信自己的眼睛,以为看到的便是真相,她的话语此刻是那么苍白无力,可笑至极。

"我的学生,我为什么不相信!"安主任的声音冲破人群,坚定有力。

"我们也相信!"顾北寒、高富帅还有大宝紧随其后,几乎异口同声地表明立场。

谁也没料到,事情会演变成这样,刚才还对立的几个人,默契地统一战线,这一刻那些伤害絮暖的人,便是他们共同的敌人。

絮暖转身,看到他们四人正朝自己走来,安主任走在最前面,怒气冲冲地举起扫把就往辛晨等人的身上挥:"你们这帮浑蛋,给我滚出去!"

安主任的举动很快让现场乱作一团,混乱中顾北寒把絮暖护在身后,那宽大挺拔的背就像是一把伞,仿佛可以为她阻挡所有风雨。

他说:"你站在这里不要动,其他的就交给我们!"

絮暖重重点头,看见他冲入人群。顾北寒的目标很明确,就是要抢下笔记本电脑和刚才的采访视频,绝对不能让这些视频流出去。

高富帅明白他的用意,两个人强强联手,终于夺下笔记本电脑。对于絮暖,高富帅充满了愧疚,刚才看见视频时,他就知道这事和自己的母亲脱不了干系,而当下他能做的也只有这么多了。

辛晨被突如其来的变故吓得花容失色,身边的摄影师更是心慌意乱,不知如何是好。为了保住摄像机里的采访视频,两个人一路狂奔,摄影师半路摔倒了,她也不拉他,反是抢过摄像机抱在怀里疯了一般地从后门逃了出去。对她来说这个专访视频极其重要,电视台如今每况愈下,能不能翻身,就在此一举。

好好的专访最终以闹剧收场，等待絮暖的却是更残酷的精神折磨，仅仅一夕之间，她的身边却发生了翻天覆地的改变。曾经亲密无间的同学变得格外冷漠，质疑和谩骂如惊涛骇浪般从四周涌来，将她吞没。絮暖故作坚强地走在校园里，心却起起伏伏地疼，是她高估了自己，众口铄金，人言可畏，原来言语真的可以变成一把尖刀，"杀人"于无形。

自入学以来，絮暖从没有逃过课，但是这堂自习课，她却失踪了。门卫的大叔称并没有见到她离校，可大家几乎找遍了校园的每一处地方，都没有发现她的身影。

高富帅自责不已，情绪失控，双手握拳狠狠地砸向树干，咆哮着："絮暖，你到底跑到哪里去了？"事发后他就给高母打了电话，高母听出高富帅如此生气，才惊觉事情可能到了难以收拾的地步。她承认自己没有信守承诺，原来那段视频她一直没有删除，前几日有记者来调查絮暖的情况，高母气高富帅为了絮暖离开南浔镇，便把视频给了记者，才会让记者抓到这样的把柄。如果他早点儿发现高母并没有删除视频，或许就不会发生这样的事情了。

看着双目泛红的高富帅，南零落心里也很不好受，自上次她拒绝了撰写帖子的请求后，她与絮暖之间似乎就有一层无形的隔阂，她不善言辞，也从来都不是主动的人，只能眼睁睁地看着彼此渐行渐远。可是时刻用笑容温暖着她的絮暖，拼命为她拿回母亲遗物的絮暖，昔日的一点一滴在她脑中浮现，南零落又何尝不气自己，在对方最难过的时候自己却没能陪在她的身边。

"都怪我，我真的很怕那家伙会干什么傻事。"高富帅声音沙哑，手背被粗糙的树干磨破，渗出血丝，点点猩红，格外刺眼。

"不会的，絮暖没有我们想的那么脆弱。"南零落的声音却引得他发笑。

"一切都只是虚张声势罢了，坚强的外表只是她的保护色。"

经过这么多年的朝夕相处，他或许比任何人都要了解她，只是他不愿点破，把很多东西都默默放在了心里。

南零落从未见过这样的高富帅，仿佛只有在提及絮暖的时候，这个少年才收起以往的玩世不恭，眸中满是认真和坚定。

一阵急促的脚步声由远而近，顾北寒的出现让两个人瞬间打起了精神。

因为他说："我想我也许知道她在哪里！"

第九章 记者专访·阴谋诡计

絮暖晃荡着双脚坐在树干上眺望远方，天气阴沉得就如同她此刻的心情，灰暗无光，没有一丝色彩。她拨通了爸爸的电话，却在听到对方的声音后，如鲠在喉。

"小暖,你怎么不说话,是不是发生了什么事情?"听筒那边的絮胜焦急难安。

絮暖心中五味杂陈,吸了吸发酸的鼻子,哽咽道:"老爸,我就是想你了!"

"傻瓜!想我就多给我打电话啊!"

"那……那你可别嫌我烦啊!"

"我怎么可能会嫌弃自己的宝贝女儿啊,对了,新学校好吗?老师同学对你好吗?"

絮暖明明心里委屈得要命,却违心地笑:"当然好啊,大家都对我很好,我还当上了班长呢!"

听到絮暖当了班长,絮胜喜出望外,笑声阵阵:"果然是我女儿啊!班长责任重大,你可得好好干,千万别给我丢脸!"

"嗯!"絮暖说话时鼻音很重,絮胜听着不对,"你的声音怎么怪怪的,感冒了吗?"

"就是有点儿小感冒,老爸,我先不跟你说了,马上要上课了!"絮暖不敢和他多聊,生怕对方听出异样,连忙挂了电话。

絮暖从小习武,强悍的外表总会让人产生一种错觉,以为她是打不倒的女战士,可是就算是战士,受伤了也会疼,她只给自己一节课的时间来平复伤口,收起悲伤,然后振作起来,重回战场,迎接挑战。

"絮暖!"听到有人喊自己的名字,她才发现树下不知何时多了三道身影,他们的目光里,有焦灼,有担忧,更有愤怒。

下树后,她坦然地走到他们身前,为自己的任性道歉:"对不起,让你们担心了。"

她挤出的笑容让顾北寒的心中掀起了惊涛骇浪,他走过去按住她的双肩,呵斥道:"你知道我们为了找你几乎翻遍了整个学校吗?你知道因为视频的事情高富帅有多自责吗?你知道作为你室友的南零落是怎么被同学说的吗?"

"我……"絮暖眼眶通红,无言以对。

"你什么都不知道,我要说几遍你才会明白,永远都不要觉得自己在孤军奋战,好好地看看你的眼前,我们一直都在啊!"顾北寒想骂醒她,此刻他宁愿看见她悲伤哭泣,也不愿见到她压抑自己,强颜欢笑。

南零落走过去抱住她:"絮暖,难过就好好哭一场吧,我们都陪着你。"

所有的坚强终于在那一刻崩溃,絮暖含在眸中的泪,如瓢泼大雨,倾泻而出,这是她第一次在这么多人的面前毫无顾忌,放声哭泣。

南零落轻轻地拍着她颤抖的背，听到她断断续续地说着："对……对不起。"

她以为独自躲起来舔舐伤口，一切都会好起来的，可她只看到了自己的委屈难过，却忽略了那些关心她的人的感受。

是啊，她从来都不是一个人，当所有人都质疑她时，是眼前的他们选择义无反顾地相信她，这份情谊，她该好好珍惜才是。

"为什么要说对不起？絮暖你有什么错，该说抱歉的应该是我，我为我母亲的所作所为向你道歉！"眼前的少年弯下腰，郑重其事地向她鞠了一躬，絮暖怔住，干涩的喉咙发不出声音。高富帅是多么骄傲的人哪，此刻却卑微地低下头，一点儿都不像她认识的高富帅。

絮暖即使心中再气，也能辨清是非，又怎么可能把错归咎到什么都没有做的高富帅身上。

"你不用自责，视频又不是你传播出去的。"

都是因为他固执地要来读樱草学院，才会激怒高母，致使她把视频给了记者，身为男子汉，高富帅觉得自己理应承担责任。

他握紧拳头，认真地说："我一定会还你清白，向大家说明真相的！"

收拾好心情，絮暖等人回到教室，刚才还人声鼎沸的教室瞬间静了下来。

在众人复杂的目光中，他们注意到了黑板上用红色粉笔写的一行字："罢免絮暖班长投票大会。"描粗的红色字体，又大又扎眼，絮暖却显得格外平静，仿佛一切都在预料之中，只是这一次，无论结果如何，她都决定坦然面对。

"我还以为咱们的班长大人躲起来不敢见人了呢，既然人都到齐了，那投票就开始吧！"和絮暖敌对的三个男生大摇大摆地走上讲台，摆出一副盛气凌人的模样。

见高富帅有所行动，絮暖怕他冲动干傻事，连忙伸手阻拦，对方却笑："放心，打他们我怕脏了我的手。"

他径直走上讲台，声音里有着前所未有的坚定："我想在投票前说几句话，关于视频的事情，我必须在这里澄清真相，絮暖是被冤枉的，一切就像她之前所说的那样，这是场误会。那段视频里的房子是我家，其实那晚她是来给我送药酒的，并不是你们想象中的入室行窃。"

"高富帅，谁不知道你和絮暖的关系呀，你谎称那是你的家，在这里帮她说好话，谁会信呢？"男生里的带头人继续搬弄是非，毫不退让，这把"火"一点，大家果然被煽动了，议论纷纷。

第九章 记者专访·阴谋诡计

絮暖走上讲台，鼓起勇气说："我絮暖问心无愧，是我做的我不会抵赖，但是，不是我做的我也绝对不会承认！"

"我相信絮暖的人品，她是什么样的人，你们真的不清楚吗？她做班长以来默默地为大家做了多少事？你们真的一点儿都看不到吗？"南零落充满愤慨的质问声回荡在教室里，刚还在窃窃私语的人们纷纷陷入沉默。

"其实想要证明我说的是不是真话很简单，我手机里有我们一家在家门前拍的合照，只要拿出视频一对比，真相自然就会水落石出，我现在就去拿视频。"高富帅冲到门口就迎面撞上了推门而入的大宝。

他咧开嘴笑："安主任让我把电脑搬来了，看来我来得正是时候。"

待大宝插好电源，打开笔记本，安主任这才大摇大摆地走进教室，目光瞥到黑板上醒目的大字时，眉毛高挑，讪笑道："哟，没想到好好的自习课倒变成了投票大会了！不过我一直都相信自己的眼光，絮暖既然是我选定的班长，那我也应当给大家一个交代。事发之后高富帅便和我说明了事情的原委，我也调查过了，视频里出现的确实是高家，我希望大家仔细对比辨别后再告诉我是否还要继续这个投票大会！"

絮暖是怎样的人，安主任很清楚，会傻到全然不顾自己安危闯进火场拿同学母亲遗物的人怎么可能是大家口中的"小偷"？明明是单纯善良的女孩，骨子里却有股倔强，有时傻起来简直让人心疼，他又怎么可能眼睁睁地看着她受委屈呢？

安主任淡淡的几句话却重重地敲在絮暖心头，如暖流般温暖了她。她万万没有想到，在自己一筹莫展时，安主任会如此毫不顾忌地力挺她，只因为自己是他的学生，这份信任与支持，她绝对不能辜负。

大家凑在电脑前，又仔细地看了一遍视频，发现絮暖当时潜入的确实是高家，作为当事人的高富帅都力保她，称她不是小偷，大家似乎更没有立场去谴责絮暖偷了东西，同学们的内心开始动摇。

"我家当天确实没有丢东西，絮暖当天送我的特制药酒我也一直保存着，如果大家还不相信我也可以劝说我妈来澄清，还絮暖一个清白。"高富帅想尽一切办法为絮暖辩护。

听到这儿，终于有女生站出来为絮暖发声，"我相信班长是被冤枉的！"她低着头，满脸羞愧，"刚才南零落说得没错，班长默默地为我们做了很多事情，我们怎么可以怀疑她！我生病的时候，是她给我送的粥，把我照顾得无微不至……还有很多很多的事……"她说着哽咽起来。

"班长对不起，我们不该怀疑你！"

"我相信班长！"

"我也相信！"

"……"

越来越多的人改变立场，站在絮暖的身后。她平日为班级的付出，大家有目共睹，那些看似平凡无奇的小事，却一点点在他们心中聚沙成塔，汇江成海，不知不觉中她已经成为班级里不可或缺的核心人物。

"你们……"絮暖咬着唇，眼眶泛红，心中感慨万千，大家信任的话语是对她最大的激励，"谢谢你们选择相信我！"

南零落激动地抓住她的手："絮暖，你可千万别哭，这种时候应该笑才是。"

絮暖努力地逼退眶中的泪重重点头。

信任其实是个很奇妙的东西，它需要一个日积月累、互相取暖的建立过程，安主任相信经过这次风波后，大家会比从前更团结。

"既然事情已经真相大白，我不希望以后还有人提及此事！"安主任的声音铿锵有力，不容辩驳，刚才闹事的男生面面相觑，不敢滋事，默默地擦除了黑板上的字。

大宝也没有怠慢，连忙删除了笔记本电脑里的视频。

此时此刻，絮暖内心的感动无法言说，千言万语，唯有一句感谢："安主任，大宝老师，谢谢你们。"

大宝嘿嘿笑着，挠着脑袋有些不好意思，安主任却打趣道："有什么好谢的，若真想谢我，就好好地把这个班长做下去，别让我失望！"

"我一定会的！"这是她的承诺，势必遵守。

顾北寒默默地看着被簇拥在人群间笑若桃花的女孩，她就像是黑夜里的一道光，点亮黑暗驱散寒意，跟着她仿佛自己都会跟着发光发热起来，她凝聚起所有人，让他感受到了什么叫真正的团体，找到了从未有过的归属感。

"哈哈哈，絮暖你笑起来简直比哭还难看，丑死了！"高富帅突然指着絮暖大笑起来，气得对方跳脚，举着拳头就追着他跑。

高富帅非但不惧怕，反而笑得更大声，又能见到这样充满活力的絮暖，真好。

窗外夕阳渐渐落下，教室里却笑语盈盈。

虽然得到了同学们的谅解，絮暖却还是忧心忡忡，害怕那日来闹事的记者会拿着她的专访视频再生事端，谁料好几天过去了，外面竟连一点儿风声都没有。大家都觉得不可思议，既然他们煞费苦心地来学校闹事，又怎么会善罢甘休？

第九章 记者专访·阴谋诡计

比起众人的提心吊胆，安主任却一切照旧，神采奕奕。他甚至还安慰絮暖，信誓旦旦地称这次樱草有高人庇佑，会安然无恙的。

絮暖当然觉得他是在胡扯，没放在心上，只是时间一天天过去，还真的像安主任说的那样，风平浪静。既然如此，他们只好静观其变了。

高富帅这些天却有些惨，视频里出现的房屋装饰明眼人都能看出价值不菲，他富二代的身份一曝光，瞬间引起了大家的好奇，毕竟就读樱草学院的学生都是些穷人家的孩子，那么家境富裕的高富帅又怎么会来这里呢？除此之外，对他奉承巴结的人也不少，小弟梅天里也是才知道他的身份，跟着他招摇过市，很是得意。

得知高富帅被安主任叫去谈话，絮暖果然不淡定了，找到他的时候谈话已经结束，高富帅满脸轻松，用十拿九稳的口气对她说："安主任被我三言两语就糊弄过去了！"

"真的假的，他真的没怀疑？"

"当然，我唬人的功夫可是一流的！"高富帅仰着头，心里却有些发虚，他没有告诉絮暖，当安主任质问他为什么会来樱草的时候，自己是如何回答的。

可就算一切能从头再来，他还是会告诉安主任："是为了一个重要的人而来。"

当时安主任只是神色复杂地看着他，脸上挂着几分了然的笑，只说了一句"我知道了"，便让他走了，他不知道这算不算蒙混过关了。

絮暖见安主任之后没再找高富帅麻烦，才相信对方没骗自己，心头的忧虑终于消散。

沐天心对樱草的恩情絮暖不敢忘，作为回报，调查陆世安之事她也时刻谨记在心，只是被这些日子发生的事给耽搁了，如今终于得空，她快速地投入到调查中去。

放眼整个学校，安主任无疑是离陆世安最近的人，可无论她怎么旁敲侧击，对方始终讳莫如深，最后只得了几个重要的信息：1.安主任也没有见过陆世安本人；2.只有在学校发生大事的时候，他们才会通过邮件进行交流。

陆世安为什么不肯在众人面前现身？他究竟有何不可告人的秘密？以絮暖一人之力，当然无法勘破真相，于是她找了顾北寒相助。

顾北寒一直觉得樱草学院会走到如此境地，最大的问题还是出在陆世安身上，而学校里最有可能留下陆世安线索的地方就是校长办公室。

两个人夜深时偷偷潜入了校长办公室，房间里空当当的，只有一张书桌和靠墙的书橱，乍看之下似乎并无特别之处，但这可是魔鬼校长陆世安的房间，怎会如此稀松平常？

絮暖随意地翻着书橱里的书，灵机一动，眸子亮起来："你说这个房间会不会就是个障眼法，古装剧里不是都这么演的吗？那些所谓的名门正派的房间里都会有一个暗室！"话音刚落，她发现手中的书竟然拿不下来，像是粘在木板上，用力转动，耳边响起"咔嚓"一声，

书橱竟然往旁边移动了数米，密室的门就这样展现在了他们眼前。

顾北寒笑："看来还真被你说对了！"

絮暖惊呆，捂着嘴愣在原地，见顾北寒进去了，才急急地跟上去。

密室不大，只有一把摇椅，但相比起外面的尘土飞扬，这里却一尘不染。

顾北寒的指腹划过椅子边缘，眸中渐渐深邃："看来有人经常来这里打扫。"

谁会来打扫陆世安的密室？难道说……絮暖被自己的念头吓到："难道是陆世安他自己？可是他从来没有在学校出现过，又或者是另有他人？"

"可是你有没有想过，如果真是他本人常来打扫的话，那有多可怕。"

顾北寒的推测让絮暖陷入恐慌，如果真是如此，那只能说明陆世安一直隐藏在他们身边，光是这么想想，就会令人不寒而栗。

但这不是最可怕的，他们走近墙边才发现四面墙上挂满了照片，照片上的人物，絮暖不久前还见过。

"竟然全都是夏樱草！"她忍不住惊呼出声。

每一张照片无论是从光线还是构图上都能看出拍摄者的用心，画面里的女人笑容灿烂，美丽动人。

校史陈列室里的照片、樱草花海还有现在密室里的这些照片，之前零散的信息瞬间串联起来，絮暖几乎可以断定陆世安和夏樱草的关系不同寻常。

"你说他们到底是什么关系？"

顾北寒目光深沉地落在那些照片上，并没有直接回答她的问题，而是反问她："你还记得樱草花的花语吗？"

絮暖点头："不悔，除你之外，别无他爱！"

话音落时，刚才的问题似乎便有了答案。

耳边却突然传来声响，两个人警觉地往外看，才发现外面起风了，窗户被吹得啪啪作响，并未注意到躲在门外的黑影。

虽没有找到关于陆世安的直接信息，但他们或许可以从这个夏樱草入手调查，今晚倒也不算一无所获。

絮暖回到宿舍，洗漱完毕，南零落才回来。

见她气喘吁吁的，絮暖把水递给她："你怎么这么晚才回来？"

她换了鞋，接过水咕噜咕噜地喝了几口，才说："刚在图书馆自习，看书看入迷了，忘记了时间，只好跑着赶在门禁前回来。"

絮暖点点头，视线触及她夹在书里的钢笔时，唇角弯起，有些不好意思地问："钢笔还好用吗？"

"嗯，写起来手感很好！"南零落向来说话直，也不会刻意讨好人，她会这么说，说明是真心喜欢。

絮暖听了心里喜滋滋的，和顾北寒逛夜市时买的钢笔，她之前一直没找到机会送出手，后来两个人关系缓和了，她才鼓足勇气给了对方。

"你喜欢就好，我先睡了，你也早点儿休息吧。"絮暖脱鞋时发现南零落放在床边的鞋上沾满了泥土，既然是去图书馆，怎么会把鞋子弄得这么脏？当时的她沉浸在喜悦里，并没有多想，倒头就睡了。

南零落呆坐在书桌前，一向爱书的她，却把手里的书页抓得变了形，目光深沉看向窗外，不知在想些什么。

翌日，絮暖在去教室的路上，远远地就看见教学楼旁的草坪前挤满了人。她挤进去，入眼之处满地狼藉，花海里的樱草花竟然被人连根拔起，泥土被翻搅得到处都是，乍有风起，残破的花瓣更是飞扬开来，无端生出一种凄凉的气氛。

周遭嘈杂，大家都在纷纷猜测这是谁搞的恶作剧。

絮暖觉得此事蹊跷，为什么那个搞恶作剧的人不破坏别的地方，唯独要破坏这片樱草花海呢？

大宝和安主任闻声赶来，见状气愤不已。破坏花草从表面看似乎并不是什么大事，可这种行为更像是对学校的公然挑衅，大宝勃然大怒："这是谁干的？必须彻查！"

安主任却蹲在花海前沉默不语，眼底藏着别人看不懂的悲伤，他伸手捡起一片花瓣放在眼前，轻轻叹息："真是可惜了。"

脑海里突然闪过的凌乱画面让他眸色一沉，转身冷冷地说："花没了可以再种，这件事我希望到此为止。"

"可是主任……"

安主任语气决绝："别再说了，大家都散了吧，马上就要上课了！"

大家一哄而散，絮暖却看到安主任孤身一人在原地站了很久。

自从上次夜探校长办公室后,絮暖用邮件的方式向沐天心简单地叙述了夏樱草的事情,结果对方却约她和顾北寒见面详谈,地点是在沐家老宅。一想到能去参观易容世家,絮暖就兴奋得过了头,彻夜未眠。

人潮涌动的街上,走在前面的女孩顶着双熊猫眼,哈欠连天,一个走神差点儿撞上迎面而来的自行车,顾北寒眼疾手快地拉过她才算躲了过去。

絮暖意识到自己的错误,头埋得低低的,恍然间才发现顾北寒已经把里道让给了她,自己走在外道上。

"絮暖,"她闻声抬头,看见他唇边挂着邪邪的笑,一本正经地说,"出门可以不带钱,但是不可以不带脑子!"

"你……"平时伶牙俐齿的絮暖在顾北寒面前完全没了辙,面红耳赤,根本无从反驳,只好在心中生闷气,甚至不明白沐天心为什么要这个毒舌的家伙与她一起赴约,却不知自己脸上多变的表情让顾北寒心情大好。

两个人随后去了商场挑选上门礼,沐家老宅靠海,路途遥远,需要乘车前往。小巴缓缓驶出喧嚣的市区,窗外霎时一片碧海蓝天,听着悠悠的海浪声,絮暖终于抵不住倦意,脑袋随着车辆的颠簸摇摇晃晃,最后一歪倒在顾北寒的肩膀上。

顾北寒并没有推开她,任由她那么枕着,用眼角的余光小心翼翼地瞥了一眼她的睡脸,也不知对方梦到了什么,竟连嘴角都带着笑意。

阳光洒进来,暖得人心神荡漾。

三层的古宅爬满了翠绿的爬山虎,显得古老又神秘。絮暖难掩激动,掌心微微出汗,握拳的手落在门上轻轻叩了几声。

来开门的是个年轻的男人,长相帅气,身材修长,十分养眼,只是他驼色毛衣外的粉红色围裙不禁让人大跌眼镜。

一双凤眸上下打量他们后,眉梢高高挑起,试探地问:"你们是来找小心心的吗?"

絮暖嘴角抽搐,显然被"小心心"这个称呼吓得不轻,顾北寒更是扶了扶镜框,满脸黑线。

"欧阳翼,你活得不耐烦了吗?"沐天心听到声音,急急地从屋里跑出来,揪着男人的耳朵不放。

欧阳翼连忙哭丧着脸求饶:"女王大人,我错了!"

听到对方认错,沐天心才作罢,笑着看向门外的两个人:"不好意思,让你们看笑

第九章 记者专访·阴谋诡计

话了，别站在门口了，快进来吧。"

屋内装修普通却格外温馨，到处是女孩喜欢的精致小摆件，就连沙发上都有玩偶。沐天心端茶水来的时候，见絮暖爱不释手地把玩偶抱在怀里，连忙解释："这些东西可不是我放的，都是那个幼稚鬼的！"她撇嘴，眼角眉梢却有笑意。

欧阳翼闻声大步流星地从厨房里出来，搂住她的肩更正，"什么幼稚鬼啊！"说着朝他们扬起一个大大的笑脸，"我觉得有必要好好介绍一下自己，我是沐天心的丈夫欧阳翼！"

"确切来说，只是未婚夫！"沐天心羞红着脸补充说明。

"喊，反正都是早晚的事。"

絮暖在心中无声感叹，眼前的两个人真是秀得一手好恩爱啊！

欧阳翼很快被沐天心赶回了厨房，大家坐在沙发上聊起了正事。

"絮暖，你给我发的夏樱草的照片，我已经收到了，我拿着照片调查到了一些她的信息。"沐天心说着从茶几底下拿出一份报纸。那报纸颜色发黄，字迹模糊，看上去有些年头了。

"你们看这条新闻。"他们循着沐天心手指的地方看去，粗黑的标题还能依稀辨认，"人民教师惨死匪徒之手……"

"这是好多年前的新闻了，我费了好大劲儿才发现，新闻里的人民教师就是夏樱草，据说那时候这件案子闹得很大，特种兵都出动了，却还是没能救下她！"沐天心放下茶杯，淡淡地说，"更令人意外的是，当年的特种兵里就有陆世安！"

"什么？"絮暖惊讶地叫出声来，"你是说夏樱草已经死了，而且陆世安是特种兵？"

沐天心点头："其实陆世安之所以如此神秘，都和他早年是特种兵有关。"

顾北寒连忙询问："你是说兵种里最顶尖的，专门负责执行特殊任务的特种兵吗？"

"因为他们执行任务的特殊性和危险性，国家会对他们的信息保密，旁人很难知晓，再加上陆世安从不在媒体前露面，这也是大家都对他的背景信息不太了解的原因，我也是通过以前当兵的朋友才得知此事。"

"天啊，特种兵啊！我以前只在电视里看见过，没想到陆世安竟然那么厉害。"絮暖惊叹不已，对她来说特种兵就是神一般的存在，救人于水火之中，伟大又隐秘，她实在难以把魔鬼校长陆世安和这种神圣的存在画上等号。

顾北寒摸了摸腰间的玩具枪，脑海里闪过当时救他的男人的身影，神情复杂。

"这样一来，似乎所有的事都能说通了，也许就是因为夏樱草是人民教师，所以陆世安才会转行创办了樱草学院！"

顾北寒也觉得絮暖说得有理："确实很有可能是这个原因。"

"絮暖，其实还有一事，我觉得有必要让你知道。"絮暖抬头，听到沐天心说，"前几日，教育电视台的记者是不是借着专访的名义来学校闹事？"

"你怎么知道？"

"你们学校的主任来找过我，他知道之前是我转发你的帖子，恳求我帮忙调查来专访的记者。我对那个辛晨做了调查，发现她在圈内的口碑很差，这次应该是想借着热点炒作，才会对你用了卑鄙的伎俩。于是我稍稍地警告了她一下，如果她做假新闻，我也自然有办法揭穿她的真面目，到时难堪的还是她，她也算识相，便放弃了。"

竟然是这么一回事，难怪外面一点儿风声都没有，原来是沐天心暗中相助。

"原来安主任口中的那个高人就是你，真的很谢谢你。"

沐天心笑着摇头："我不过是举手之劳，你真该感谢的是你们主任，悄悄地做了这么多，可谓用心良苦，絮暖，其实你很幸运。"

絮暖心中感动满满，沐天心说得没错，她是幸运的，她知道安主任不太喜欢媒体，为了她却来恳求沐天心帮忙，能在樱草遇见这样一直在背后默默支持、帮助的老师和朋友，她很珍惜。

"看来主任是怕我们担心，才会隐瞒这件事情。"之前，外界把樱草学院的老师贬低得一文不值，人们总爱捕风捉影，只听了别人的寥寥数语就对从未亲眼看到过的事情乱下定论。顾北寒来到樱草学院后，才发现这个背负骂名的学院处处充满着温暖，这让他更加肯定樱草学院会走到如此境地，是有人在背后捣鬼！

"只不过……"沐天心皱眉，"辛晨虽然没把专访视频发出去，但是她当时和我说了句话，让我有些担心，她说她似乎在视频里发现了更有趣的事情，虽然不知道是什么，我觉得你们还是得多加小心。"

絮暖喃喃自语："更有趣的事情？"

这事怎么越听越玄乎了呢？絮暖对这句话没有头绪，决定静观其变，又抬头感激地看着沐天心："你已经帮了我们很多的忙了，之后的事我们会静观其变的。"

顾北寒心中却有一种不好的预感，但眼下确实只能走一步算一步了。

几人后来又闲聊了几句，沐天心把絮暖带到了另一个房间，显然要说一些女生间的

第九章　记者专访·阴谋诡计

悄悄话。被拒之门外的顾北寒很快被欧阳翼拉进了厨房做苦力，可他什么都不会，只能帮忙洗菜。

顾北寒性子冷，本就话少，对初次见面的陌生人除了礼貌性的语言外，几乎一言不发。

欧阳翼却截然不同，似乎对他充满好奇，说起话来就没完没了。

"你叫什么名字？"

"多大了？"

"有喜欢的女孩子吗？"

问出最后一个问题时，顾北寒的脸竟然有些微微泛红，欧阳翼火眼金睛，嘴角一挑，继续追问："是和你一起来的那个女孩吗？"

对方沉默，他却来劲了："嘿嘿，看你这小样，我就知道没猜错。"他走过去拍拍顾北寒的肩，口气认真起来，"看在你和哥哥年轻时一样帅的分儿上，作为过来人我好心提点你，珍惜眼前人，千万别等错过了才后悔。"

顾北寒心里一紧，半晌终于出声调侃对方："你这么有感慨，是差点儿错过吗？"

"我啊……"他双眼微眯，看向远方，淡淡地笑，"好在我聪明，紧紧抓住了她。"

对方的表情很幸福，像是陷入了一场甜蜜的回忆，顾北寒怕惊扰他，也跟着陷入沉默。

房间里，絮暖对着琳琅满目的易容道具，欣喜若狂。

"师父，你终于要教我易容术了吗？"她跳起来欢呼。

"今天只是先带你了解下这些道具，至于什么时候教你易容术，得看你的造化了，通过了考核，才能算是我真正的徒弟。"

她当然会全力以赴应对这场考核，既然已经认定，那就勇往直前吧。

絮暖一边认真地听着沐天心的讲解，一边做着笔记，她从来都不知道原来光是道具就有那么多种类和花样，果然想要真正掌握这门秘术，得更努力才行。

讲解课程结束后，絮暖觉得收获良多，不虚此行。

欧阳翼做的晚餐格外丰盛，刚才在闲聊时絮暖才知道他有自己的公司，如此有为的青年才俊竟肯放下身段为沐天心洗手做羹汤，看得出他是真的很爱她。

灯光缱绻映照下的两张面容，是那样般配，絮暖痴痴地望着他们，有些出神，并未注意到身旁顾北寒投来复杂的目光。烛火把絮暖的小脸映得红红的，可爱又动人，让他的心不自觉地漏跳了一拍，慌忙地转移视线。

这顿饭，两个人的心情截然不同。

经沐天心提醒，絮暖害怕辛晨又整出什么幺蛾子，时刻关注着网上的信息，但好在之后的一段日子都风平浪静。

第九章 记者专访·阴谋诡计

第十章
拓展训练·聚沙成塔

脱线萌星易容记 II

天气逐渐转冷，起床变成了一件特别艰难的事情，迟到率一增加，絮暖的工作量也跟着上升，日子变得苦不堪言。

而唯一让她精神大振的便是，按惯例，每年樱草学院都会在这个时候进行为期一周的拓展课程训练，同她一起跃跃欲试的还有顾北寒，不可否认，这也是他一直留在这里的原因之一。

樱草学院的拓展训练是业内有名的，作为学校特色一直保持至今，也正因如此，才为军警界输送了大批优秀人才。

但是在这种寒冷的天气下进行训练，对于大家来说绝对是种折磨，得知消息的学生们怨声载道，想着各种法子逃避训练，最后却都因为学分被逼无奈选择参加。

这学期的拓展训练一共分为两项内容，分别为体能训练和射击训练。光听内容，絮暖就感觉热血沸腾。

体能训练的前一夜，下了好大的雪，整个樱草学院银装素裹，一片雪白。小道上的积雪很厚，走起路来举步维艰，絮暖有些担心训练是否能照常进行，半路正好碰见大宝，便向他打听情况。

大宝满脸倦意，看起来特别累，无精打采地说："放心吧，昨天我和安主任铲了一夜的雪，训练如期进行。"

絮暖听了，有些感动。

训练场外，大家站在寒风中瑟瑟发抖，安主任立在人前，面色有些憔悴，声音沙哑："我知道大家现在一定很冷，很不情愿参加这次训练，但作为樱草的学生，我希望你们可以坚持下来！今天的体能训练，两个人一组，可以自主挑选同伴，半小时内闯过训练场所有障碍到达终点的同学可以获得学分，用时越短，学分越多。这次训练的难度在于，途中你们会被锁在一起，唯有齐心协力，才能取得成功！"他真的很想看看这盘散沙，经过这次试炼，能不能聚在一起，迸发出巨大的能量来。

拿到道具后，大家纷纷开始挑选自己的同伴，锁住他们的道具是一副手铐，高富帅觉得好玩，勾在手指上甩了起来，不料用力过猛，手铐擦过他的鼻子飞了出去，一股温热的液体从他鼻尖滴落在手背上，吓得他尖叫起来："啊啊啊，血啊，我流血了！"

南零落从未见过如此蠢的人，自上次"鬼面大会"后，她深刻地意识到有一个靠谱的队友是多么重要，不想重蹈覆辙，在心中快速做出决定，谁料高富帅想的亦是如此，两个人几乎在同一时间向絮暖奔去，然后默契十足地开口："絮暖，我要和你一组！"

说完互看对方一眼,眸中杀气腾腾。

絮暖愣在原地,面露难色,左边是高富帅可怜巴巴的小脸,右边则是南零落充满渴望的眼眸,她被夹在中间很是为难。

就在这时,一言不发的顾北寒终于按捺不住走到她身边,用手铐锁住了彼此的手,举起来得意地在他俩面前晃了晃:"抱歉,她是我的同伴。"他的声音轻得像一阵风,却能撩人心弦。

如此霸道地宣告主权,让眼前两个人面面相觑,高富帅当然不肯罢休:"冰块脸,不带这么玩的,你凭什么替絮暖做决定?"

大宝的声音却在这时插了进来:"按规定,只有完成训练才能解开手铐,所以既然已经铐上了……嘿嘿,你懂的!"

高富帅气得声音都拔高了几个调:"这个规定你刚才怎么不早说!"

大宝委屈地撇撇嘴:"你刚才又没问我!"

"我……好吧,你赢了。"这下高富帅彻底抑郁,悲伤地躲到角落里画圈圈去了。

从刚才就一直魂游天外的絮暖,完全没有注意到周遭的喧闹声,那手铐仿佛被人施了魔法,让她无法移开视线,奇怪的是她不但不讨厌顾北寒的自作主张,反而觉得有点儿欣喜,这个念头涌出的时候,自己都下了一跳。

大家迅速地组队,只剩下南零落和高富帅两个人,南零落只好咬牙认栽和高富帅组成一队参加训练。

体能训练用的场地平时不对外开放,絮暖来樱草学院这么久了,也是头一次见到它的庐山真面目。大门一开,众人皆呆。

跑道上摆放着各种千奇百怪的障碍,错落有致的梅花桩、高低起伏的平衡木、需要徒手翻越的高墙、考验臂力的吊环、陡峭崎岖的斜坡……越到后面,难度越大。

絮暖兴奋地睁大眼睛,眼前这种视觉的震撼,不禁让她想起以前在电视里看到的特种兵训练的场地,她很早就想挑战这样的障碍跑道了,顿时摩拳擦掌起来。

顾北寒没说话,唇边却挂着极浅的笑意,跟着她一起做着热身运动。

和他们的胜券在握相比,周围却是怨声载道,甚至还有人质疑安主任的要求太过苛刻。

"半小时怎么可能完成?而且我们两个人锁在一起,安主任你不能用你都做不到的事来要求我们!"人群里有个男生嚷嚷着,很快引起骚动。

安主任走到他面前,认真地说:"如果我十分钟内完成的话,我希望你可以收回刚

第十章 拓展训练·聚沙成塔

才的话,好好地完成训练!"

男生仰着头,口气笃定:"若是那样,我当然会好好训练,但我更相信你完——不——成!"

这么多障碍,十分钟内完成简直是不可思议,大家都觉得安主任在信口雌黄。

可想要堵住悠悠众口,安主任必须亲自上阵,他脱下大衣丢给大宝:"给我计时!"

"安主任的脸色很差啊,他真的能行吗?"高富帅摇着头,预感不妙。

絮暖却看着远处的身影,淡淡地说:"我相信他,既然说了就一定能做到!"就像之前他信任她一样坚定不移。

听到大宝的出发口令,安主任如离弦的箭一般蹿了出去,速度惊人,轻松地越过重重障碍,动作干净利落,几乎完美,无可挑剔。

絮暖之前在火场见过他的身手,当时就觉得惊叹,今天的他更是令絮暖深深折服。最初他不过是洋相百出的"鸟人",是爱管闲事的教导主任,可越到后面越觉得他深藏不露,就像是一杯酒,每次品尝,都有不同的滋味。

这样的速度和身手,惊叹的又何止是絮暖一人,大家目瞪口呆地看着那道快如闪电的身影,震撼无比,难以想象那个竟是平时看上去弱不禁风的安主任。

"安主任一定接受过专业的训练!"顾北寒心中的欣喜胜过惊讶,他的激情彻底被点燃,越发期待之后的训练课程了。

大宝见安主任冲过终点线,立马按下手中的计时器,低头一看瞪大双眼,一脸的不可置信,转过身声音颤抖地说:"用时6分35秒!"

大家凑过去,亲眼确认后,尖叫声四起,纷纷用崇拜的眼神看向如王者归来般的男人!

高富帅激动地大叫:"主任,你真是太帅了!从今天起你是我的偶像!"

南零落虽然没有表态,眸子却亮亮的,难掩心头悸动。

"主任,我就知道你没问题!"絮暖走到他面前,安主任冲絮暖一笑,帅气地穿上大衣,在大家心中的形象又高大伟岸了几分。

如此一来,刚才叫嚣的男生瞬间没了气焰。

安主任精彩的个人秀后,没人再有异议,训练正式开始。

那些障碍对于絮暖和顾北寒来说根本不在话下,可是对高富帅和南零落来说简直比登天还难,两个人倚着墙双腿发软,虽然害怕,最后还是狠了心咬牙站到起跑线上。

发令枪响,大家齐齐冲了出去,碍于手上的禁锢,每组人都必须齐心作战,迈着相同的步伐前进。这一关似乎是为絮暖和顾北寒量身定制的,两个人优势明显,遥遥领先。

他们踩过盛满沙土的轮胎、抓着粗绳爬上木质斜坡,顾北寒的速度很快,为了迁就絮暖,放缓动作,牵着她的手,耐心引领。她就这样跟着他一路披荆斩棘,任掌心的温度蔓延全身,驱散内心所有的不安。

高墙前,两个人终于顿住脚步,絮暖身材娇小,想要徒手翻越有些难度。她试了几次,速度和力道都不够,很快滑了下去。

愁眉不展时,顾北寒晃了晃两个人铐着手铐的手,絮暖抬头,额前凌乱的发丝被他别到耳后,声音和着风传来:"快点儿打起精神,我们一起想办法!"

陷入困难从不懂得呼喊求救的她,其实只是习惯了自己扛起所有的事,而这种习惯却让人感到心疼。

顾北寒靠着墙蹲下,对她说:"你踩着我肩膀先上去。"

絮暖点头,他的肩膀很厚实,轻轻把她托到墙头,举高铐着手铐的手,方便她借力控制身体平衡。见她站稳了,他才轻松一跃爬了上去,两个人再齐齐跳入沙坑,几个障碍过来,配合得相当默契,势如破竹。

他们身后却场面混乱,好几组人因为配合问题吵得不可开交,半路分道扬镳的比比皆是。

高富帅和南零落起初还能看见絮暖的身影,但渐渐地,除了眼前层层叠叠的障碍物和漫天的尘土外,便什么也看不清了。

南零落早就跑不动了,可是求胜心切的高富帅却强拽着她往前走,动作野蛮至极,终于把她的耐心消磨殆尽。

"高富帅,你够了!"声嘶力竭的声音让高富帅迷离的视线清晰了几分,他回头看见南零落坐在地上,头发凌乱不堪,衣袖不知什么时候被扯破了,更可怕的是手腕上那些纵横交错的勒痕,格外触目惊心。他突然觉得自己很浑蛋,只自私地考虑自己,竟没有顾及同伴的感受。

高富帅像个犯错的小孩,垂着头在她身前蹲下,抽出口袋里的丝巾包在南零落受伤的手腕处,声音沙哑道:"对不起。"

南零落没想到高富帅会突然放低姿态向自己道歉,心中酝酿已久的怒骂和怨气一时间哽在喉咙里,只能沉默地别过头去。

高富帅知道南零落怒气难消,不肯原谅自己,只好哭丧着脸说:"如果你不原谅我……那我只能哭给你看啦!"说罢装模作样地扯开嗓子哭了起来。

哭声嘹亮,很快引起了众人的侧目,南零落脸皮薄,忍受不住旁人异样的眼神,咬牙切齿道:"高富帅,你真的是个无赖!"

明明是辱骂,听在高富帅的耳里却跟赞美似的,他抹了把泪,嘿嘿一笑:"好说好说,人家明明是个很帅的无赖!不过你骂也骂过了,气也该消了吧,难不成还要打我?但事先说好,别打脸就成。"

见他抱头捂脸的逗趣模样,南零落终于笑了,没好气地踢了踢他的脚催促道:"快走吧。"

虽然没有直说原谅他,但高富帅知道对方的气应该已经消了。

重新出发后,高富帅仿佛跟变了一个人似的,格外迁就南零落,两个人互相扶持着走过独木桥,由于刚才落后太多,身边已经看不见什么人了,可他们却没有放弃,继续一步一个脚印地向前走。

远方的高台上,絮暖和顾北寒已经可以看见近在咫尺的终点了,只要拉住眼前的绳子荡过水塘到对面,就可以把胜利牢牢握在手中。

絮暖却突然停住脚步往回看,追赶他们的人有很多,但是中途放弃的也不在少数。她看见很多人爬上高墙却掉了下去,他们跌倒了又爬起来,一遍又一遍地尝试着。高富帅和南零落拖着疲惫的身躯艰难地前进着,克服了眼前种种的不可能,累了就休息会儿再继续向前。

这一刻,絮暖才意识到能不能拿到第一已经完全不重要了,重要的是享受挑战自我的过程。真正的强者不应是站在荣耀之巅,冷眼旁观那些落于自己身后的人,而是在队友危难之际懂得伸出手的人。这不是彰显自己的伟大,也不是出于温柔的怜悯,只求并肩前行,危难与共。

"奚言,你知道我现在在想什么吗?"絮暖看向身旁的少年。

对方莞尔一笑:"我明白,走吧!"

或许有一种默契,无须言说,只要一个眼神就能心领神会。

谁都没有料到他们在快要达到终点的时候放弃绝对领先的优势,折回去帮助那些落后的人。

南零落和高富帅这一路下来已经用尽了所有的气力,爬斜坡时更是力不从心,怎么都过不去,几次下来,南零落的手掌被粗绳磨破渗出血丝来。就在她痛恨自己的无能时,坡顶突然伸出一只手,她仰头就看见了絮暖的笑脸。

"南零落,谢谢你坚持了这么久,我来了!"

双手相握的瞬间，南零落才突然明白自己为什么没有放弃，或许是那个暖洋洋的午后，眼前的女孩曾对她说："上学的最大乐趣应该是享受集体生活才对，等将来老了，还能拿出来回味自己当初的蠢样……"

这一刻，她也想同她一起去创造那样的回忆，即便是愚蠢的，也都是好的。

高富帅爱面子，虽然不情愿别人帮忙，但为了照顾南零落，只好勉强地抓住了顾北寒的手。

得到"援兵"相助，原本看似艰难险阻的道路，变得平坦了许多。

四个人肩并肩相互扶持，有了彼此的陪伴，勇气倍增，早就忘记了之前的所有苦累，遇见落后的人群，他们再次伸出援助之手，前进的队伍越来越壮大，大家就这样手牵手，一路高歌猛进，勇往直前。

安主任被眼前的画面感动，在最美好的年华里，遇见一群美好的人，是幸运的，也是幸福的。

他和大宝奔到他们身边，给落后的人加油打气，鼓励他们重新站起来，最后如同奇迹一般，竟无人掉队，全部顺利跑完了全程。

小时候老师教大家唱："团结就是力量"，后来这话也常被人挂在嘴边念叨，可是今天当所有人团结起来的时候，絮暖才真正明白了这句话的意义。

她环顾四周，看见大家气喘吁吁，东倒西歪倒在地上，有的人已经倾尽全力，甚至累得连说话的力气都没有了，明明这么累，她却无比快乐，觉得每一个人都很伟大，傻傻地笑出声来。

大家呆呆地看着她，然后跟着笑起来，寒风凛凛，心中却充满炙热，有时候结果并没有那么重要，享受努力的过程其实也是一种幸福。

"如果不去尝试，你们永远都不会知道自己有多强大！所以请记住无论何时都不要轻易放弃！我为你们感到骄傲！"安主任笑着说，"我希望你们可以为自己的坚持鼓鼓掌！"

下一秒掌声雷动，每个人都在今天收获了不一样的自己。

体能训练后，原本一直和絮暖对着干的三个男生终于决定和她休战，不再处处找她麻烦了，或许是因为训练时受了絮暖的帮助，这也算是对她最好的"报恩"方式了，全班一派和谐景象，凝聚力比之前更强了。

安主任成了学校女生的新偶像，走在校园里回头率极高，存在感爆棚，当事人也非常得意。但令人意外的是自己粉丝后援会的会长竟然是高富帅，每天被他和一群"粉

第十章 拓展训练·聚沙成塔

丝"尾随，安主任难得的好心情一扫而空，这样的状态竟然一直维持到了射击训练。

练习用的枪支是自动步枪，大家头一次摸枪难免兴奋，尤其是男生，高富帅把枪背在身上，顿感自己又帅气了几分，顾北寒却十分镇定，仔细地观察了枪的构造，分析着它的重量、长度和射程。

对于新手来说，射击前的必修训练就是卧姿瞄靶了，看过安主任的示范动作后，大家趴在草坪上，手持步枪，瞄准靶心，随后他在每个人的枪上放了一枚空包弹，快速下达命令："卧姿瞄靶三分钟，记住我刚才说的要领，呼吸均匀，三点一线，子弹掉落者需要重新来。"

瞬间哀号声四起，保持瞄靶的姿势实在太累了，大家的手臂不自觉地颤抖着，见到有人的子弹掉到地上，无论男女，安主任都冷酷无情地让他们重新来。

"我真是看错安主任了，他就是个魔鬼教练！"高富帅心中愤懑，谁会知道平时看起来平易近人的他，一到训练就翻脸不认人，他已经重新来了三次，足足九分钟的瞄靶，害得他手臂酸痛。

"真不知道训练这个有什么用，枪不就是用来打的吗？又不是用来瞄的。"

"瞄靶对于一个狙击手来说很重要，长期保持同样的卧姿，可以让肌肉形成记忆，这样无论何时何地，只要拿起枪就有可能进行有效的射击。"顾北寒气定神闲地趴在地上，姿势格外标准，枪口上的子弹几乎纹丝不动，令高富帅佩服不已。

絮暖的腿功还不错，手臂力量却差了点儿，硬撑了很久，还是没能逃脱重来的厄运，与她同病相怜的还有南零落，几次操练下来大家都心烦意乱起来。

安主任感觉到众人的焦躁，语重心长地说："瞄靶除了是为射击做准备外，更重要的是磨炼一个人的意志和耐心。"他说着坐到地上，摸出埙吹奏起来，低缓的旋律萦绕在耳畔，大家躁动的心渐渐归于平静，感觉似乎并没有前面那么难熬了。

大家哪知道安主任还会这玩意儿，休息时围着他七嘴八舌地讨论，起初他还笑语盈盈一一回复着，可突如其来的头痛却让他面色煞白，抱头蹲在地上，大家见状顿时慌了，大宝连忙把他扶到边上休息。

他按着太阳穴在椅子上休息了好一会儿，疲倦的面容才恢复了神采。

絮暖把热水递过去关切道："主任，你没事吧？"

他握着水杯的手紧了紧，抬头微笑，"只是有些头疼，没有什么大碍。"目光又落在神色焦急的大宝身上，"今天下午的训练照常进行，你先去准备下场地吧。"

大宝的嘴唇无声地动了动，无奈地点头。

熬过了艰难的瞄靶训练,终于迎来了振奋人心的打靶射击。

安主任手把手地教会每个人射击的要领和强调注意事项后,在示范时打出了5发48环的好成绩,再次刷新大家对他的认知。

虽然枪里是练习用的空包弹,但是好几个女生依然很害怕,絮暖穿梭在人群里安慰她们,高富帅故作镇定,射击时直接被震得耳鸣,吓得哇哇大叫。

自由射击的成绩自然是惨不忍睹,大多数人都悲剧地脱靶了,南零落运气好,最后一发竟然打了个"擦边球",中了一环,这让得了个鸭蛋的高富帅心里更加郁闷了。

絮暖虽然是首次接触射击,好在要领掌握得当,对于自己20环的成绩还是很满意的。但最令人意外的莫过于顾北寒的成绩了,听到大宝报出45环时,众人皆呆。

絮暖知道对方爱枪,却不知他的射击技术竟然如此精湛。

顾北寒对大家的赞美视而不见,始终紧紧地盯着安主任,双手握拳,似乎做了什么决定,起身走到他面前,自信满满地说:"安主任,我想挑战你,有没有兴趣和我比一场?"

对方唇角上扬:"我很喜欢你的自信,我也知道你能力很强,既然要比,增加难度怎么样?"他快速拆除手中的枪,"30秒内蒙眼组装枪械,然后进行快速射击,环数高的胜出!不知你敢不敢?"

先不说射击的准度,组装枪械就会花费很长时间,而且是蒙着眼睛,如此高的难度系数,在旁人看来几乎是无法完成的任务,大家的目光齐齐地落在顾北寒的身上。

立在人群中的少年脸上却毫无惧色,铿锵有力地吐出两个字:"当然!"顾北寒等这一刻已经很久了,能挑战高手对他来说是荣幸至极的事情。

这场比赛让同学们瞬间热血沸腾,两个人的支持者各自站队,在旁加油呐喊。

"你觉得谁会赢?"南零落的发问让絮暖陷入沉思,她看着远方的两个人,"我只希望他们都不要输。"可只要是比赛就会有输赢,这样的回答让她自己都觉得有些好笑。

高富帅连忙凑过来,信誓旦旦地说:"当然是安主任啦,毕竟姜还是老的辣!"

絮暖听了心里一怔,发现顾北寒突然转身,目光在人群中快速穿梭,最后定格在她的身上,笑容爬上唇角,絮暖连忙握拳冲他做了个加油的手势。

拓展训练·聚沙成塔

高手过招,气氛格外紧张,大家屏息,目光专注。首先出场的是安主任,他半蹲在地,快速记下地上各个零件的位置,随后用布蒙住眼睛,点头示意开始,大宝按下秒表,不过是眨眼的瞬间,那些零件已经组装完成。安主任扯掉布条,卧倒瞄靶,众人反应不及,只听到五声枪响,回神时他已收枪起身。

大宝急急地跑去检查靶位，嘹亮的声音清晰传来："安主任用时20秒，五发49环！"

耳边霎时响起雷鸣般的呐喊和掌声，这几乎是不可超越的成绩，顾北寒微微皱眉，压力越大越让他斗志昂扬。

一切准备就绪后，顾北寒示意大宝计时，虽然他的动作又快又熟练，但比起安主任还是稍逊一筹，顾北寒自己也意识到这点，或许是太想赢了，他握枪的手有些发抖，呼吸也变得急促起来。

安主任沉稳的声音却在这时响了起来："记住，你的敌人不是我，而是眼前的那个靶位，注意呼吸、风向和光线的调整，瞄准你的敌人，然后干掉它！"

顾北寒迅速调整呼吸，在心中默念着他的话，扣动扳机射击。

"奚言用时29秒，五发48环！"大宝一锤定音宣布比赛结果，"安主任以一环优势险胜奚言！"

如此精彩的比赛，让大家大饱眼福，顾北寒的成绩在外人看来虽败犹荣，要强的他却觉得自己输得彻底，难掩心中的失落。

安主任一直很看好顾北寒，在这些学生中他无疑是优秀的，但这种优秀如果不能以正确的方式展现出来，很容易剑走偏锋，他迫切地希望这次的结果可以让他更好地认识自己。

看到失魂落魄的他，安主任走过去："知道自己刚才为什么会输吗？就是因为你心中杂念太多，求胜心切导致姿势走样，一个优秀的狙击手是不会犯这种低级错误的，他们需要强大的能力，更需要过硬的心理素质！"

顾北寒怔住，眸子渐渐睁大，回忆如潮水般涌来，令他想起很多年前有个人对他说的话："一个优秀的狙击手除了要有强大的能力，更要有过硬的心理素质！"

恍惚中，眼前的人竟神奇地与记忆中那道模糊的身影渐渐重合，见安主任转身，顾北寒急忙上前一步问："主任，你以前是不是当过兵？"

对方的脚步顿了顿，没有回头，语气坚决地说："没有！"

顾北寒不罢休，拦在他身前，拿出一直佩带在腰间的玩具手枪："你认得这把枪吗？"

看到枪时，安主任的眸子陡然沉了几分，下一秒，他顿感眼前一黑，身体不受控制地倒在地上，失去了知觉。

那日安主任昏倒后，便住院了，大宝带回消息，称他是疲劳导致的高烧不退，需要好好静养一段时间，絮暖和顾北寒代表班级前去探望。

其实絮暖很讨厌去医院，小时候和她非常要好的邻居小妹妹得了重病，进了医院后就再也没能出来，还有她的母亲……在她的观念里，医院里充斥着疾病、死亡和悲伤。孩子的哭声、雪白的墙壁以及刺鼻的药水味，压抑得让她喘不过气来。

她咬着唇，腿好像灌了铅似的，手中的香水百合被她攥得死死的，顾北寒察觉到她的异样，拉着她走了安全通道，远离了喧嚣的人群，她心中的不安才渐渐平复。

"谢谢。"

"没什么，很少会有人喜欢这个地方，可是换个角度想，这里虽然充斥着死亡，却也充满着希望不是吗？"

除了死亡，每天还会有很多新生命在这里诞生，悲伤与快乐往往都是相对的，却又形影不离。

絮暖想着，释然一笑。

安静的病房里，安主任半靠在床上，低头不知在本子上写着什么，听到脚步声，他迅速把本子藏到枕头底下。看见推门而入的絮暖和顾北寒时，他眼中有掩饰不住的欣喜，激动地起身招呼他们。

床上的人穿着大大的病号服，整个人都瘦了一圈，强撑起精神，笑容灿烂，这样的安主任让絮暖鼻子一酸，伸手把他按回床上，没好气地说："主任，你就不能消停会儿吗？不要乱动！"

"好！"他笑着乖乖照做，撑着下巴看絮暖忙前忙后，一会儿插花，一会儿削水果，屋外寒风呼啸，屋内却暖意融融。

顾北寒静静地站在床边，转动把手为他调整病床高度，安主任吃着水果笑得灿烂，絮暖削的水果很甜，仿佛甜进了他的心里。

"主任，你的身体真的没事了吗？医生有说什么时候可以出院吗？"

安主任摆手，语气云淡风轻的："我当然没事啦，就是累的，只要你们这几个小兔崽子不惹事，我就不用整日操心了。"

絮暖是第一次见到有人累到住院的，她难以想象安主任和大宝这些日子是怎么撑过来的。

"学校的事你就不用担心了，我们也绝对不会惹事的！"絮暖举手做发誓状的动作把他逗乐，几人又随意聊了会儿。

离别时，顾北寒突然顿住脚步，转身喊了声安主任。

"嗯?怎么了?"

话到嘴边,他却摇了摇头:"没什么,好好休息。"

不知道为什么,顾北寒有一种奇怪的直觉,觉得安主任很像他记忆中的那位故人,但眼下时机不对,还是决定等他病好了再找机会确认。

等他们走远了,安主任才收起笑容,满脸痛苦地抱着仿佛要撕裂的脑袋,急促喘息……

第十一章
魔鬼校长・片场风波

絮暖和顾北寒才回到学校，就发现大家都急急地往教学楼的方向奔跑，似乎出了什么大事，高富帅逆着人群跑到他们身前，上气不接下气地说："陆……陆世安，来学校了！"

"什么？"絮暖惊愕地张大嘴巴，提高嗓音问，"你是说那个神秘的魔鬼校长来学校了？"

见高富帅点头如捣蒜，她才确认自己没有听错。

从不现身的人突然堂而皇之地出现，顾北寒觉得太不寻常，三个人跟着人群上楼，发现校长办公室的门敞开着，大家全部拥挤在门口看热闹。

看到班长现身，同学们主动给絮暖等人腾出地方，有了位置上的优势，他们终于看清了办公室里的情况。

身材修长的男人在书桌前正襟危坐，西装革履，却透着肃杀之气，令人望而生畏。那张面容确实和媒体早年拍到的陆世安一样，只是眼前的人更显成熟老练，眉宇间多了几分阴戾。

面对大家的指指点点，他置若罔闻，对着大宝颐指气使，态度很是嚣张。

"大宝，水凉了，给我换杯热的！"

"这里多久没打扫了，怎么这么脏？给我擦干净！"

"你怎么那么笨，这点儿小事都做不好。"

"……"

大宝忙得脚不沾地，满头大汗，面对越来越多的无理要求，胆小的他不敢反抗，只好默默隐忍。絮暖觉得陆世安实在太过分了，才想阻止就被顾北寒拉住了手臂。

他压低声音："你还记得安主任的嘱咐吗？先不要冲动，我觉得这个陆世安似乎来者不善！"她当然记得不能惹是生非，可是看着大宝受委屈，她又怎么做得到忍气吞声！

"陆校长！你这样做是不是太过分了？大宝是老师，并不是你的用人！"人群里突然蹿出一道身影说出了絮暖的心声，她回眸，发现那人竟然是南零落。

无数道目光霎时汇聚到她身上，她却旁若无人地走进办公室，眸中的愤怒是那么明显，甚至还夹杂着几分无法看懂的恨意。

絮暖觉得这样的南零落很反常，根本不像她平日的作风。

陆世安起身走过去，居高临下地看着她："这位同学，我不过是在指点我的下属干活，怎么算过分呢？"明明唇边还挂着优雅的笑，声音却冷得吓人。

"你……"南零落反击的话还未说出口就被大宝拽到身后，他笑着朝陆世安点头：

"校长，您吩咐的我等会儿就会做好的。"而后转身驱赶那些看热闹的学生，"都别站在这里了，快回教室看书去！"

人群散去，南零落紧握双拳，眸子紧锁在陆世安身上，极不情愿地离开了办公室。絮暖陪她一起回了教室，一路上她却始终沉默不语，看不出到底在想什么。

陆世安的"首秀"便让"魔鬼校长"的形象深入人心，大家视他如洪水猛兽，绕道而行。然而噩梦似乎才刚刚开始，没过几日他便向媒体发出邀请，决定召开一场记者招待会。

从来不在媒体上露面的人竟然主动提出接受采访，瞬间引起各方热烈的响应，除了教育界的新闻记者，八卦记者们也纷纷闻风而来。

招待会的排场有些大，陆世安要面子，特意让大宝租了一家五星级酒店的大厅，还雇了些人布置场地，酒水点心，一应俱全。大宝和安主任这段时间省吃俭用下来的钱就这么被用了个底朝天，不过好在那天不是周末，他要上课，不必在现场伺候着了，也算是躲过了一劫。

那天刚下课，大家便用手机围在一起看记者招待会的直播。

屏幕里，陆世安被十几个记者簇拥在中间，神情从容，丝毫不怯场。

敏感尖锐的问题接踵而来，他却很聪明，挑了几个无关痛痒的回答，言辞极为官方，听得大家有些乏味，絮暖打了个哈欠，她本以为能听到什么新奇的事，毕竟陆世安之前是那么神秘。只是他原本从不与媒体打交道，突然愿意接受采访，一切都显得不可思议，这背后的目的似乎更耐人寻味。

轮到娱乐媒体发问的时候，局面就截然不同了，陆世安突然显得非常有耐心，几乎每个问题都给出答案。

"陆先生你好，之前就有传闻说你和女星萧栀然的关系很不一般，对于这点，你有什么想说的吗？"

当所有人都以为他会避而不谈时，陆世安却直言不讳道："对于这个问题，我只能说无风不起浪，时间会证明一切！"

记者听了，连忙追问："你这句话的意思是承认你们的关系不一般吗？"

这次他却没有说话，但脸上却挂着暧昧的笑容，在旁人看来这更像一种默认。

全班瞬间哗然，没人料到陆世安竟然以这样的方式间接默认了传闻。

"有没有搞错啊，他怎么能这样回答呢！"絮暖拍桌而起，她曾天真地以为陆世安举办这次记者招待会是为了维护学院的形象，现在看来根本不是她想的那样，他的所作所为更像是在把樱草学院往火坑里推！或许明天樱草学院就会因为这条八卦新闻再次被

第十一章 魔鬼校长·片场风波

183

推到舆论的风口浪尖上。

"确实很奇怪。"顾北寒看着屏幕，经他观察，陆世安在回答之前的问题时都显得很匆忙，仿佛是有意加快提问速度，就等着那个娱乐记者发问似的。

高富帅头脑简单，当然不明白他们的忧虑，不以为然地说："有啥好奇怪的，我还嫌弃他不够爷们儿呢，有本事就直接大方承认，搞什么默认啊！"

喧嚣中，南零落脸色煞白地站起身，只说了句："我先回宿舍了！"便头也不回地跑了。

近日的她总是心事重重的，絮暖试探过几次，对方似乎不愿多说，她也就没再问。

记者招待会临近结尾的时候，陆世安向前来采访的记者表示感谢，还丢下了一句十分意味深长的话语。

"近期，樱草学院会发生很大的变动，至于是什么，请大家拭目以待！"

陆世安口中的"变动"在校园里引起了轩然大波，搞得人心惶惶。不仅如此，他和萧栀然的绯闻也是愈演愈烈，对此萧栀然那边却极力否认，这让两个人的关系变得更加扑朔迷离。絮暖本想去找安主任商量大计，又怕打扰他休息，决定还是先静观其变，悄悄地留意着陆世安的一举一动。

记者招待会后，陆世安却没消停下来，整顿起了校园环境，最倒霉的当然还是大宝，时常因为他的一句话而忙得不可开交。絮暖碰见他时，他正抱着个纸箱往垃圾桶里扔，问了才知道，陆世安竟然嫌校史陈列室里的东西太多，让他把墙上的照片都扔了。

两个人才闲聊了几句，就听到陆世安叫大宝的名字，把他吓得脸色铁青，一溜烟儿地跑了。

絮暖无意间瞄了眼纸箱里的照片，却被某张照片吸引住视线，她连忙拨开覆盖在上面的垃圾，伸手去拿，用袖子擦干净表面，照片上的女人仍旧明艳动人地笑着。

陆世安密室里到处都是夏樱草的照片，这说明这个女人对他很重要，可如今夏樱草的照片竟然被扔在了垃圾桶里。这和他之前的所作所为明显是自相矛盾的！实在是太奇怪了！絮暖一时理不清思路，只好先把照片收了起来。

当晚絮暖和沐天心通了电话，说了这些天陆世安的境况，对方听了也是一头雾水。

"萧栀然近日接了一部校园偶像剧的拍摄，明天会有场戏在世英贵族学院取景，到时我也会去现场，絮暖，我有种预感，陆世安有可能会去。"

絮暖没接话，心中充满了矛盾，一方面她很想帮助沐天心收集信息，另一方面又不希望陆世安出现，若是那样樱草学院肯定会再次陷入危机。

"我懂你的顾虑，我也只是猜测而已，你别放在心上。"

絮暖没想到沐天心会反过来安慰自己，心里更是闷闷的："师父，对不起，口口声声说要帮你的是我，现在我却……"

最初因为合约，她费尽心思想要解除学校危机，帮助沐天心是为了回报她对樱草学院的恩情，可是有很多事絮暖没法预料。她不曾想到自己会在樱草学院结识这么多的朋友，更没想到自己会喜欢上这个地方，从而发自内心地想要保护它。

所以当神秘的陆世安出现，堂而皇之地默认绯闻后，她惶恐不安，甚至不知所措。

"傻瓜，我懂，每个人都有想要保护的东西，而且你已经告诉我很多信息了，不是吗？"沐天心知道她是重情义的人，也不想勉强她违背自己的内心。

翌日，絮暖一整天都心神不宁的，时刻关注着陆世安的动向，直到黄昏日落都未见异样，提着的心才落下。天色渐暗，路灯盏盏亮起，把林荫小道衬得越发静谧悠长。絮暖迈着急促的步伐往教学楼的方向跑，她和顾北寒约去图书馆自习，奈何她这几日睡眠不好，吃完饭休息了会儿却不小心睡过了头，怕对方等急了便抄了捷径，谁知刚走出小树林就看见一抹黑影闪过。幽光打亮了那人的脸，絮暖的眸子不自觉地睁大，那张冷厉的面孔分明就是陆世安。

他的身影笼在夜色里，径直向校门走去，絮暖心里一紧，连忙跟了上去，边走边拨通顾北寒的电话。

"奚言，陆世安出学校了，我怕他要去世英，我得阻止他出现在媒体面前！"

电话那头的声音急切起来："我觉得那个陆世安不简单，你千万不要轻举妄动，等我来，听到没有……絮暖？"他连喊了她几声，回应他的却只剩下冰冷的嘟嘟声。

絮暖本还心存侥幸，想着对方或许只是外出，却在目睹了他的行进方向后，仅剩的理智也荡然无存，哪还听得进顾北寒的嘱咐。她心中只有一个念头，快点阻止那个疯狂的男人，但事与愿违，她跟出去时，陆世安已经到达对街，她却被红灯困住了步伐，只能眼睁睁地看着他大摇大摆地进了世英。

絮暖的心神全在陆世安身上，根本没注意到尾随其后的黑影，见她走远，黑影抵着墙摸出手机。

"是《八卦周刊》吗？我发现了一些你们感兴趣的事……"鬼魅般的声音吹散在风中。

今天因为萧梔然的到来，世英门口的警力比平时多了不止一倍，除了挂有工作证的

剧组人员和世英的学生，闲杂人等一律不得入内。怕影响学生晚自习，就连记者都被统一安排在休息室内，需要等到九点剧组收工后，才能进入场地采访拍摄。

絮暖看着校门口的通告，心中充满疑惑，既然今天世英戒备森严，那陆世安刚才是怎么混进去的？她亲眼看见他俯身对门卫不知说了什么，对方朝他点头，便让开了道。

自从陆世安出现后，他的行动都很奇怪，他不但不澄清绯闻，反而乐此不疲地想要向世人证明绯闻是真的，全然不顾樱草将会面对怎样的困境。

絮暖突然很害怕，她有种强烈的感觉，陆世安今天去世英不仅仅是想见萧栀然那么简单，似乎还有别的阴谋诡计。她决不能坐以待毙，低头看了眼表，离九点还有两个小时，应该还有时间去阻止，可是如何进入学校成了眼下最为紧迫的事情。

絮暖躲在学校旁的小巷里偷偷观察，恰巧一道人影从巷口的另一头蹿进来，那人用肩膀夹着电话，两手各拿着件用衣罩套好的校服，似乎很赶时间，步伐急促，高跟鞋被踏得嗒嗒作响，好听的女声渐渐传来："王组长你好，我是新来的实习生，我已经拿着衣服在赶来的路上了，马上就到……"

女孩接完电话，突然眉头紧皱，捂着腹部蹲在地上，絮暖见状连忙上前询问，对方却已经痛得说不出话来，情势紧急，絮暖只好送她去了附近的医院，最后医生诊断是急性阑尾炎，需要马上开刀，女孩一听当场就慌了，一方面是心里害怕，另一面是还有重要的事没有完成，最后只好把希望寄托在热心肠的絮暖身上了。

在进手术室之前，她拉着絮暖的手苦苦哀求："我很感谢你送我来医院，你能不能再帮我一个小忙？代替我把这两件衣服送到世英学院去，这件事情真的很重要，希望你可以答应。"

絮暖听到"世英学院"四个字，眸子立马亮了起来，她正愁该怎么混入世英学院呢，没想到这次乐于助人倒解决了这个难题。

絮暖询问了她的大致情况，知道女孩在一家影视公司实习，负责服装道具的统筹工作，实习机会来之不易，她万分珍惜，这次上级让她送服装到剧组，她很是看重，可是疾病来得突然。絮暖决定帮人帮到底，好在对方才实习没几天，没什么人认得，她冒名顶替送个衣服，应该能顺利蒙混过关。

既然要顶替，当然得伪装得像模像样才行，两个人快速交换了衣物，絮暖拿着要送的服装和工作证便离开了。她是第一次穿高跟鞋，显然不得要领，走路歪歪扭扭的，跟踩高跷似的艰难。她咬着牙，决定豁出去了，脸上露出一副慷慨就义的模样。发带被她解开，波浪卷发披散在肩上，乍一看，原本就俏丽的脸上倒真的多了几分成熟。絮暖拎着衣服走到校门口，表面上泰然自若，心里却多少有些发虚，看到她的工作证，守门的人顺理成章地给她让了道。

　　进了校园，絮暖如释重负地吐出一口气，紧张的情绪刚消散絮暖就沉浸在了周遭绝美的景色里。虽然对世英早有耳闻，可当自己真的置身其中时，还是难掩心中的震撼。

　　鳞次栉比的教学楼风格迥异，在絮暖眼前不断变换，时而是欧式复古风的大楼，时而是中国风的飞檐翘角和红砖绿瓦。走过偌大的教学楼区，眼前又是另一番景象，朦胧的月色下，小桥流水叮当，已是寒冬，道路两旁却栽种着名贵的花草，风起，覆在花骨朵上的霜雪簌簌落下，露出绚烂的红，美不胜收。

　　世英很大，絮暖走了很久，一路上都静谧无声，别说陆世安了，就连半个人影都没见到，到达中央花园时，才听见此起彼伏的喧嚣声，走近后，她更加确定萧栀然今天的拍摄地点就在这里。

　　入眼处灯火炫目，人头攒动。从沐天心那得知萧栀然的新戏后，絮暖也关注了新闻，知道萧栀然所拍的校园偶像剧，今日要在这儿拍一场游园会的戏。剧组各部门的人员正在做最后的设备调试，拍摄的场景早已搭建完成，环顾四周，两边货摊林立、彩灯绸缎飞扬、食物芳香四溢，絮暖惊叹于道具的栩栩如生，半晌没回过神来。除此之外，这次跑龙套的人员更是规模壮大，其中，世英的学生最多，有的穿着校服充当群众，还有的穿着布偶的服装，拿着五彩的气球站在人群里。

　　絮暖是第一次来到拍摄现场，拿着衣服东张西望，有些不知所措。或许是大家都忙得不可开交，她清闲地站着，反衬得她越发显眼。离拍摄地不远的地方是临时用帐篷搭建的演员休息室，一个身着工作服的中年女人掀帐而出，瞥见絮暖后，沉着脸大步流星地朝她走去。

　　"你就是新来的实习生？"女人挑高眉眼，上下打量她，语气里带了几分责备，"刚才电话里不是说马上到吗？怎么这么久才来？"

　　听这口气，絮暖就猜到对方是之前女孩口中提及的王组长，连忙装模作样地弯腰道歉："王组长对不起，我刚才迷路了，所以才……"

　　见她态度诚恳，时间又紧迫，王组长懒得再追问细节，催促道："快拿好衣服跟我来。"

第十一章　魔鬼校长·片场风波

　　演员休息室在外看着挺小的，进去才发现里面竟然还隔成了里外两间，外间虽小却格外亮堂，途经之处，造型师们正在给一些小演员上妆。大大的梳妆镜被灯光打得明晃晃的，非常耀眼。屋内开了暖气，絮暖被风吹得发僵的身体终于暖和了过来。

　　她一路跟着王组长进了里间，相比外面的嘈杂，里面显得幽静许多，各种摆设也非

常讲究，空气里甚至还有一股淡雅的清香。

梳妆镜前有两个人，一个人静默地坐着，眉眼低垂地看着手中的剧本。关于萧栀然的信息，絮暖全是从新闻报道中得来的，这次因为角色需要，萧栀然只梳了干净的马尾辫，露出光洁饱满的额头，妆容很淡，气质却如兰花般清丽。站在她身后的是个年轻的女孩子，看上去应该是她的助理。

女孩闻声转头，脸上难掩怒气："你们怎么搞的，拿个衣服花这么长时间！"

王组长连忙哈腰赔不是："这次确实是我们的失误，才会出现了服装上的纰漏，这不刚让实习生送来，谁知这丫头不认路，所以才给耽误了！"说着大手在絮暖背上一按，力道很大，害得她身体不受控制地向前倾去。见王组长满脸焦急地朝自己使眼色，絮暖只好识相地跟着喊："是我的问题，请您不要责怪我们的组长！"眼神哀怨，演得格外逼真。

对方见状，接过衣服，倒也没再说什么，当絮暖以为逃过一劫时，怒气冲冲的声音又再次响了起来："等一下，这是怎么回事？"

两件衣服劈头盖脸地朝她们扔来，借着光细看，她们才发现裙摆的地方沾了泥土。王组长怒不可遏，抖着唇看向絮暖。这两天刚下过雨，地面泥泞，应该是刚才那个实习生肚子疼蹲在地上时，衣服不小心落在地上沾到的。

完蛋了，絮暖如临大敌，一时没了头绪，王组长虽气，但也知道现在就算责骂絮暖也无济于事，在心中想着应对的法子："我马上让人拿去换，应该来得及！"

脚还没踏出门，始终沉默不语的萧栀然放下剧本站起身来，目光流连在那两件校服上，淡淡地说："我看着还好，脏的地方都在裙摆上，晚上灯光昏暗，穿着应该也看不出什么，一来一回也挺费时间的，王组长就不劳烦你了！"

助理听了，面色沉了下来："栀然你……"

"好了，就这样吧！"

危机解除，王组长欣喜地连连道谢，絮暖朝萧栀然弯了弯腰，说了声"谢谢"。

对方冲她莞尔一笑，便坐下继续看剧本。

退出演员休息室后，絮暖难逃王组长的一顿臭骂。

"好在萧栀然脾气好，否则我看你怎么死的都不知道！"王组长叹气，"你给我在原地待命，不要乱跑，听到没有？"

絮暖乖巧点头，王组长前脚刚走，她后脚就溜之大吉了。以前她以为演员被众星捧月惯了，一定是高高在上的模样，可萧栀然今日的举动让她诧异不已，纵使置身于复杂的娱乐圈，她仍保持着初心，待人接物淡然处之，完全没有明星的架子，这样的人真的会如传闻所说的，和陆世安有着不寻常的关系吗？

完成了女孩托付的事情，絮暖便伺机离开了，她不知道陆世安到底在哪里，只能像个无头苍蝇般在校园里乱找。走了会儿，远远地就看见路灯下有人在打电话，絮暖听着熟悉，循声探去，便和那人打了照面。

看清来人后，沐天心挂掉电话，出声喊她："絮暖，你怎么在这里？"

"师父！"絮暖愣住。

对方的目光在她身上逡巡着，质问道："混进来的？"

看她的打扮还有胸前摇晃的工作证，沐天心就猜出了一二。

气氛一时有些尴尬，絮暖在心中纠结着是否该把陆世安的动向告诉眼前的人，看到沐天心佩戴的记者证时，还是没勇气说出口，胡诌道："我……我就是有点儿担心，所以想进来看看。"她不擅长说谎，心虚地避开对方探究的视线。

沐天心看出端倪，却不生气。其实她们都没错，只是立场不同罢了，她为了保护学校奋不顾身，她身为记者也有自己的使命。

"絮暖，我们都只是在做自己认为正确的事情罢了，我之前在电话里也说过，你不用觉得抱歉。"

絮暖如鲠在喉，又听到她说："不过有件事，我还是想告诉你，刚才好几家媒体都接到了爆料，爆料人称自己看见陆世安进了世英，更奇怪的是爆料的人竟然有两个，现在记者休息室里已经乱作一团，大家都在等九点，企图拍到萧栀然和陆世安的同框照片。我说这么多，你应该明白我的用意吧？"

絮暖当然明白，她是在告诉自己，记者已经知道陆世安来世英的事情了，她必须得赶在记者发现前阻止他。只是她没想到沐天心竟会把如此重要的事告诉她，心里更是惭愧，对方如此信任她，可她呢？

"对不起，师父，刚才我说谎了，其实我就是因为看见陆世安进了世英才来的。"絮暖低着头，心里难受极了。

沐天心却什么也没说，轻轻地拍着她起伏的肩膀，这种无声的安慰，仿佛能驱散寒意，令人温暖。等她情绪平复了，沐天心才笑着说："我很高兴，你能和我说实话，时间不多，去做你认为对的事情吧。"

沐天心的话让絮暖更加坚定了自己内心的想法，无论结果如何，至少她曾努力过。不合脚的高跟鞋把她的脚后跟磨破，每走一步都钻心地疼，她索性脱了鞋，赤着脚往前走。世英比想象中要大很多，兜兜转转还是没能发现陆世安的踪迹，沮丧的絮暖不知不

第十一章 魔鬼校长·片场风波

觉便走到了一栋别墅前，它坐落在后花园里，相比之前的一些建筑，造型装修更显别致，看来住在里面的人也绝对不一般。

絮暖鬼使神差地想去一探究竟，到了门口，突然被两个穿着世英校服的女生出声制止："喂，你谁啊？不知道这个地方不能随便进的吗？"

絮暖摸着头装傻："啊，这样啊？真是不好意思，我是剧组的工作人员，刚不小心迷路了，你们知道中央花园怎么走吗？"

"好像是有工作证！"

"可是看着鬼鬼祟祟的，而且她还没穿鞋，要不要叫保安啊？"

眼前两个女生交头接耳起来，絮暖顿感不妙，摸着墙，一点点往外挪。

"哇！"刺耳的尖叫声吓得絮暖一激灵，眼前两个女生不知见到了什么，突然往前飞奔而去。絮暖定睛一瞧，才看见个身穿棕色布偶熊装的人站在小道上，两个女生凑在他身前又摸又瞧的。人形布偶熊晃悠着硕大的身体，憨态可掬，特别可爱，还把手上的气球送给了那两个女生，成功地分散了她们的注意力。

絮暖见状，趁着这当口逃之夭夭了。

得到了气球，女生满怀欣喜地离开。

身穿布偶熊装的少年才拿下头罩，露出一张俊秀的脸来。顾北寒喘息着，额前的发丝被汗水浸湿贴在脸上。知道絮暖进世英后，顾北寒心急如焚，在世英，他不能露面，只好靠着这套布偶装混了进来。可是衣服太重，步履蹒跚，还好他及时找到絮暖，解除了刚才的危机。

但一波刚平一波又起，听到一阵脚步声响，他感觉危险的气息正在朝自己靠近，却根本来不及逃脱，电光石火间，前后的道路已经被几个高大的黑衣人堵死了。

"少爷，老爷等你很久了。"

絮暖没有头绪，只好折回中央花园。正逢剧组开饭时间，工作人员正坐在花坛边上吃着热气腾腾的盒饭。

王组长火眼金睛，一眼就望见了站在人群里发呆的絮暖，气急败坏的话还未出口，对方就委屈地捂着肚子装可怜："组长对不起，我刚才肚子疼，就去了厕所。"

这招还挺管用的，让王组长的脸色缓和了不少，指着远方正在派饭的队伍说："给你个将功补过的机会，我特意订了两盒饭给萧梔然和她助理，你过去拿下，然后给她们送去，好好送！听到没有？"尾音特意提高，絮暖只好点头。

王组长的心思显而易见，她刚才得罪了萧栀然的助理，确实也该向她们示好一下。

剧组在周边的餐馆统一订了盒饭，足足好几箱，餐馆还特意派了店员来这里帮忙派发。派发的是两个男人，其中一人虽然相貌平平，却特别会说话，很快就和现场的工作人员攀谈起来。另一人相比下却显得格外冷漠，大大的口罩把整张脸捂得严严实实，身形高大，却瘦骨嶙峋，一副营养不良的模样，却让她有种似曾相识的感觉。

轮到絮暖的时候，她按照王组长刚吩咐的话说："麻烦给我两份盒饭，是给萧小姐的。"戴口罩的男人猛然抬头，淡漠的眉眼在见到她时流露出一丝诧异和惊慌，愣了好一会儿才从旁边的塑料袋里拿出两盒饭菜出来。

因为是王组长为了讨好萧栀然和她助理特别定制的，这饭的包装和菜色和那些普通的盒饭相比，档次一下子高了很多，絮暖接过便往休息室里走。

絮暖走到门口，发现门虚掩着，屋内只有萧栀然一人。她轻轻叩了两下门，萧栀然闻声抬头。

"萧小姐，这是你们的晚餐。"絮暖小心翼翼地把饭放在梳妆台上。

"谢谢！"萧栀然起身，瞥到塑料袋里的饭菜时，苦笑着说，"其实你们不用这么煞费苦心，我不喜欢搞特殊，给我普通的盒饭就行了。"萧栀然心如明镜，平时剧组派发的都是普通的盒饭，眼下这饭菜一看就是有人特意送的。

絮暖怔住，如果把饭菜拿回去，王组长那恐怕不好交差，只好说："今天确实是我们的失误，这饭就当是我们向您赔不是，希望您能收下。"

见对方不肯拿回去，萧栀然拿起装盒饭的塑料袋想还给絮暖，谁料一动，里面的汤汁就洒了出来，她皱眉抓起袋中的纸巾来擦，擦了几下，不知看到什么，目光一沉，刚才强硬的态度突然有所转变，语气也缓和了几分："我知道了，你出去吧。"

絮暖虽然觉得奇怪，又不知是哪里出了错，只好离开。

见人走远，萧栀然立马摊开手中的纸巾，眸子紧紧地盯着上面熟悉的字迹，面色惨白。就这么反复看了好几遍后，又快速地撕碎纸巾扔进了垃圾桶。

神经大条的絮暖只顾拿饭，却忘了还有汤，在王组长的督促下，只好硬着头皮再去送一次，走到门口就看到萧栀然正神色慌张地用化妆水喷脸，然后蜷缩着身子蹲在地上，瑟瑟发抖，假装出一副痛苦的模样。

"你怎么站在这里？"萧栀然的助理突然走近。

絮暖显然还未从刚才的画面里回过神，惊慌地"啊"了一下，又快速解释："我是来送汤的。"

助理没说话，推门而入就看见蹲在地上的萧栀然，吓得声音都变了调："栀然，你

第十一章　魔鬼校长・片场风波

怎么了？"

萧栀然五官扭成一团，脸上渗出细密的冷汗，只能呢喃："肚子……好疼。"

要不是絮暖目睹了刚才的一幕，她肯定也会被萧栀然精湛的演技糊弄过去，可对方演这场戏的目的到底是什么呢？

助理见萧栀然疼得喘不过气，连忙朝絮暖吼："这样下去不行，得去医院，你快去叫人！"

现场因为萧栀然的突发情况乱作一团，虽然会耽误拍摄进程，可是演员的健康安危始终应该放在第一位，萧栀然最后在助理的陪同下去了医院。

记者们见专访泡汤，纷纷不淡定了，一窝蜂地冲到了拍摄现场，对导演围追堵截，想讨个说法。

"你说，该不会是咱们给萧栀然订的饭有问题吧？"

"组长你就别多想了。"絮暖安慰身边的人，心里却有几分窃喜，刚才她听几个路过的记者在议论萧栀然的事，有人说萧栀然可能是故意避开陆世安才装病的，现在细想，絮暖觉得真有可能，不过无论如何，只要这两个人不同框，对樱草就是好事，就算之后他们发现了陆世安，这事也不会有太严重的后果。

后花园的小别墅里确实住着不同一般的人，世英的董事顾森经常会在那儿办公，时间一长，这座别墅便成了他的私人区域。

顾北寒苦思冥想都不明白自己是什么时候暴露了踪迹，但听对方的口气，似乎已经恭候他多时了，人多势众，他的挣扎全是徒劳，像被押解的囚犯一样被推着上了楼。

朱红色的雕花大门并未完全合上，里面隐约传来声音。

"顾董，我很期待我们三天后的合作！"

"我也是！"

两个男人说着互相握手，以示友好。

从顾北寒的角度望进去，只能看见两道模糊的身影，顾森的声音他很熟悉，还有一个是谁他看不清。

"顾森，你快叫你的人放开我！"顾北寒喊着，企图用脚去踹眼前的那道门，却被身后的黑衣人拉开，没有得逞。

站在暗处的男人讪笑道："看来顾董还有事要处理，那我就不打扰了。"

闻声，顾森的身体略微发僵，脸上却仍挂着从容的笑意："确实有些家事要处理，那我就不送你了，请便。"

男人从另一道门离开，顾森瞬间沉下脸来："把他带进来。"

昏暗的屋里，父子俩相对而立。

顾北寒有些时日没有见到眼前的男人了，却发现他一点儿都没变，保养妥当的面容依旧俊朗，眉飞入鬓，眸如黑潭，深不可测。

顾森看着穿着布偶装的顾北寒，顿时怒意横生，语气带着明显的嘲讽："看看你现在都成什么样子了！"

顾北寒冷笑着反问："那你觉得我应该是什么模样？品学兼优的高才生，还是做个没有心的傀儡，任你摆布？"

"放肆！"顾森大怒，手掌拍在书桌上，震得桌椅颤动，他上前一步，声音冰冷至极，"你以为换个名字就能躲一辈子？我的傻儿子啊，你也太天真了！"

"你到底是怎么发现我的？"

"嗬，不得不说你隐藏得很好，我派出去的人一无所获，直到前些日子突然有个记者来找我，声称有你的下落，我在一段采访视频里看见了你！"

记者，采访视频，顾北寒混沌的思绪渐渐明朗，怪不得沐天心说那个辛晨似乎在视频里发现了更有趣的事情，原来如此。而之后的事情其实不难猜，顾森只要利用自己的人脉，轻松一查就知道他一直在用奚言这个假身份藏在樱草学院里。

顾北寒早年跟着顾森也参加过不少大大小小的专访，有记者会认识他倒也不奇怪，而辛晨的目的似乎更显而易见，无非是想利用视频向顾森讨要点儿好处。

顾北寒想着突然笑出声来："让我来猜猜我亲爱的父亲是怎么解决这件事情的，花了钱买下这个视频作为封口费吗？"

顾森默不作声，怒意却在眸中翻腾，浑身散发着阴戾的气息，令人不寒而栗。

"是50万还是100万？"顾北寒眯着眼，挖苦道，"确实啊，比起让别人知道自己的儿子不仅没有出国，还去念了樱草学院，这么点儿封口费好像也不算什么。"

顾森是好面子的人，又怎么会让别人知道这件事情。

"你说得没错，我确实花钱买了视频。"顾森也不避讳，坦然承认，转身拿起书桌上的档案袋扔向眼前的少年，唇角勾起诡异的弧度，"不过，我也发现了一个有趣的人。"

顾北寒打开档案袋，里面的照片悉数掉了出来，他蹲下身子，看着照片上笑靥如花的絮暖，手指发抖，脸色苍白，声嘶力竭地喊："你到底想怎么样？"

"尽快离开樱草，给我回来，否则我不敢保证自己会不会伤害这个女孩子。"顾森很了解顾北寒的脾气，从视频里不难看出，这个女孩对他很重要，利用这一点，他便能

第十一章 魔鬼校长·片场风波

掌控大局，让顾北寒自己乖乖回来。

顾森的阴狠话语，瞬间在顾北寒的心中掀起巨浪，他眸色血红，低吼道："你敢！"

"我给你三天的时间考虑，到时候你看我到底敢不敢！不过就算那时候你还是不肯回来也没关系，反正樱草的气数已经剩不了几天了！"

顾北寒抖着唇问："什么意思？"

对方笑意森然："你很快就会知道！"

顾北寒不知道自己后来是怎么走出别墅的，寒风拂过，锥心刺骨。可是冷的又何止是身体，心脏更像是结了冰，失温麻木。顾森的警告让他陷入前所未有的恐慌，以前因为孑然一身，所以无所畏惧，而今因为在乎，所以不知所措。

他到底应该怎么办？

中央花园里挤满了记者，导演被簇拥在中间无法脱身。

絮暖在旁看了会儿热闹，人群里不知谁突然大叫起来："你们看，那不是陆世安吗？"众人循声望去，果然看见陆世安正慢悠悠地朝这边走来，下一秒记者迅速转移目标，朝他涌去。絮暖还未回神就被人群撞倒在地，手掌压到了石头，磨破了好大一块皮，疼得她直抽气。大家的注意力全部集中在了突然出现的陆世安身上，根本无人注意到狼狈的她。

一抹巨大的身影却在她身前停下，向她伸出了手，确切地说那并不是手，而是一只毛茸茸的熊掌，絮暖抬头，眼前竟是那个刚才帮助她脱离危机身穿布偶熊衣服的人。

絮暖握上他的手起身，内心却涌起一股奇异的熟悉感。

她充满感激地说了声："谢谢。"

对方却什么话都没说。

顾北寒站在原地，深深地看着眼前的女孩子，周遭如此嘈杂，可他的眼中只有她。

他想，其实他的心中早有了答案。

絮暖，无论如何，我都不会让你有事的！

另一头却早已炸开了锅，场面混乱至极。所有人都想拍陆世安和萧栀然的同框照片，谁料萧栀然突然进了医院，现在好不容易逮到了陆世安，记者自然不会放过他。

可当事人却一副意料之中的模样，脸上无一丝慌乱之色，面对接踵而至的问题，回答得游刃有余。沐天心挤进人群，先声夺人："陆先生，你来这里是来见萧栀然的吗？"

陆世安的回答却有些含糊其辞："是，倒也不是！"

"你可以说得清楚一点儿吗？你知道萧小姐突发疾病送医院的事吗？"

陆世安听到萧栀然进医院，明显愣了一下，眉宇紧皱："我并不知道，其实我今天来世英，除了想来凑热闹看下拍摄现场，还有另外一件重要的事情。"

絮暖听了心里咯噔一下，她就猜到陆世安来世英目的不简单，众人听到他这么说，都屏息聆听，等待他接下来的话。

"我刚和世英的顾董达成合作，世英贵族学院将会正式收购樱草学院，收购的签约仪式将在三天后举行！"絮暖被这番话震得脑袋一片空白，后面他们所说的话她一句都没听进去。

收购樱草，那不就意味着樱草将不复存在了吗？这怎么可能？絮暖捂住耳朵，拼命摇头。

顾北寒却怔在原地，顾森刚才的话仍旧清晰地回荡在他耳边："樱草的气数已经剩不了几天了！"他怎么都没想到，这句话竟是这个意思。

迷离的视线中，絮暖看到墙角有一抹孤影正朝暗处走去，有那么一瞬间，这个凄凉的背影让她觉得很像一个人。

夜幕低垂，这漫漫长夜，注定无眠。

第十一章 魔鬼校长·片场风波

第十二章
签约仪式·真假主任

　　短短一日，樱草又成为舆论的热点，陆世安夜会世英顾董、萧栀然入院、世英收购樱草的新闻激起千层浪，旁观者对此津津乐道。

　　对于世英收购樱草之事，大家并无过多的惊讶，毕竟去年世英便有意收购樱草，只是最后不了了之，被众人遗忘，如今再提及，大家只觉得是陆世安没本事，樱草气数已尽。

　　此时的樱草学院里正举行着一场以絮暖为首发起的抗议示威活动，就连胆小怕事的大宝也加入抗议队伍。大家蹲守在陆世安的办公室外喊口号："坚决反对世英收购樱草！"

　　外面喊得热火朝天，当事人却不以为意，悠然自得地坐在办公室里喝茶。

　　大家喊累了，高富帅便自掏腰包，给他们买好喝的饮料，补充完能量，又开始新一轮的"狂轰滥炸"！

　　下午，陆世安办公室的大门终于开了，絮暖怒气冲冲地跑到他面前，愤慨道："陆世安，樱草是我们大家的，你不能自作主张卖掉它！"

　　陆世安连眼都没抬，径直绕过她，看向众人："你们都给我听着，把你们的父母叫来，我会给你们三倍的赔偿金，上完这学期，你们就去读别人的学校吧！"

　　听到三倍赔偿金时，絮暖明显看到大家的眸子亮了起来，对于穷苦人家的孩子来说，这样的条件是非常诱人的，离开学校他们其实并没有太大的损失，又能拿到钱，何乐而不为呢？大家很快动摇了。

　　"陆世安，你实在是太卑鄙了，樱草是你的学校，它如今变成这副模样，你难道一点儿都不难过吗？"絮暖咬牙切齿地看着眼前的男人。

　　"有什么好难过的，不过是一所破校而已，能卖出去赚回点儿本钱，我高兴还来不及呢！"

　　"你……"

　　"说得真好！"南零落突然拍着手从人群里走出来，"同学们，这样一所破校确实没有什么好留恋的！还是早走为妙！"

　　絮暖无法相信南零落会说出这样的话，压抑着升腾的怒意质问她："南零落，你怎么了？难道你对樱草一点儿感情都没有吗？"

　　南零落双手握拳，闭着眼不看她，决绝的话从薄唇中溢出："没——有！"

　　陆世安开出的条件，果然让好几个学生的家长心动不已，他们拿了钱便答应让自己的孩子离开樱草，其他人见了也按捺不住，纷纷缴械投降。

眼见抗议的队伍被渐渐削弱，絮暖难受极了，她多想在樱草生死存亡之际，挽回大局。

可直到这一刻她才知道自己是多么无力，但更让她心寒难过的是南零落，她非但不与她同仇敌忾，反而煽动学生离开，这到底是为什么？此时她已无暇深思其中的原因，只想尽快想办法阻止三日后的签约仪式。

大家绞尽脑汁，都没想出什么好办法。

高富帅急了，丢下狠话："实在不行，我们就去大闹现场，我倒要看看那个签约仪式还能不能顺利进行！"

大宝气得敲他脑袋："这样蛮干，只会两败俱伤，你还嫌樱草不够惨吗？"

絮暖呆坐着，死死地咬着苍白的唇片。Nicole看到新闻也打来电话询问情况，起初他们确实是因为一纸合约聚集在一起的，不得不肩负起守护樱草的使命。经过这么多波折，此刻的他们是发自内心地想要保护这个像家一样的地方，却无能为力，这种挫败感就像是一双无形的手，揪住他们的心脏，让人喘不过气来。

穷途末路时，絮暖的脑中闪现安主任的身影："或许我们可以听听安主任的想法，虽然会打扰他养病，可现在是樱草的紧要关头，他有权知道这一切。"

顾北寒没想到顾森会如此阴狠，都是因为自己，对方才会这么快对樱草动手，既然如此，他绝对不会坐视不理，拼尽全力都会与他抗争到底。

经过讨论，大家决定分头行事，大宝和高富帅留在学校安抚学生情绪，而絮暖和顾北寒去医院找安主任商量计策。

去医院的路上，原本艳阳高照的天骤然阴沉下来。

絮暖和顾北寒乘坐的车堵在半路，絮暖看向窗外，迷离的视线里，霓虹闪烁，行人匆匆，一种不好的预感蓦然涌上她的心头，挥之不去。

谁料他们刚踏出医院电梯，便发现出事了。

有几个医生和护士从他们身前跑过，寂静的走廊里，医用推车上的器械被晃得乒乓作响，一下子就把絮暖的心揪紧。

"805号房的病人现在是什么情况？"

"脑缺氧引发了突发性休克！"

听到医生和护士的对话，絮暖和顾北寒对视一眼，面色惨白，急忙跟了上去。

病房里形势紧急，安主任躺在床上一动不动，就好似死了一般，几个医生围着他实施抢救，絮暖刚想冲进去就被护士拦在了门口，下一秒门被死死关上，她连安主任的身影都看不见了。

第十二章　签约仪式·真假主任

"对不起,你不能进去,医生正在进行紧急抢救!"

絮暖红着眼,死死地按住小护士的肩膀,声音止不住地颤抖:"里面的人到底怎么样了?之前不是还好好的吗?怎么会突然这样!"

她的怒吼明显把眼前的人吓坏了。

"絮暖!你冷静一点儿!"怕她继续横冲直撞,顾北寒只好把她拽到一边。

絮暖挣脱开他的禁锢,用手拍打着墙壁,含在眸中的泪终于夺眶而出,一滴一滴砸落在地上:"你叫我怎么冷静……说什么只是疲劳过度……好好静养就会好的……骗子!安主任你这个骗子!"絮暖泣不成声,身体沿着墙壁渐渐下滑,坐在冰凉的地面上,低着头蜷缩起身体,好似只有这样才会感觉到一点点温暖。

顾北寒在她身边蹲下,让她的头靠在自己的怀里,轻轻地拍着她的背,抖着唇说:"不会有事的,安主任一定不会有事的!"他的目光满含悲伤,深深地望向走廊的尽头,声音哽咽,像是在安慰絮暖又好似在安慰自己。

经过几个小时的抢救,安主任总算缓了过来,却陷入重度昏迷,转入了重症监护室。隔着厚重的玻璃窗,絮暖看见他安静地躺在病床上,消瘦得不成人形,根本无法和她记忆里那个丰神俊朗的人联系到一起,她捂着嘴巴,怕自己会控制不住哭出声来。

"你们是病人的家属吗?"医生从里面走出来。

顾北寒迎上去:"我们是他的学生。"

"那请你们想办法联系下病人的家属吧,他现在的情况很不好。"

絮暖一听,眼眶瞬间红了,激动地问:"医生,主任他到底得了什么病?"

"病人一年前就查出了颅内肿瘤,近期恶化得很严重,希望你们做好心理准备。"医生的话像榔头般一下一下地敲在絮暖的心头,颅内肿瘤也就是俗称的脑癌。

癌症!多么可怕的字眼,它可以轻易地剥夺一个人的生命。

怪不得她之前总在安主任的手上看到很多针眼,絮暖难以想象,他是怎么用这副孱弱的身躯支撑到现在的,每当病魔来袭,头痛欲裂的时候,又是如何咬牙坚持下来的,这种常人难以忍受的煎熬,光是想想就让人战栗。

如此噩耗,对他们来说无疑是沉重的打击。

絮暖蹲下身,眼泪终究还是无法遏制地向外流淌。

顾北寒步伐虚软,向后退了几步,借着墙壁重重喘息,努力让自己平静下来。

静谧的走廊上,皮鞋的踢踏声由远及近,一个低沉的男声幽幽响起:"请问,你们是絮暖和奚言吗?"

两个人闻声抬头,看到中年男人轮廓分明的脸:"你们好,我是安主任的委托律师,林叶泽。"他说着递给他们一个平板电脑和一个本子。

絮暖看见那本子,突然站起身来,它记得那本子是安主任以前一直拿在手里的。

"这个平板电脑是安主任让我交给你们的,他说你们看了里面的视频就会知道真相了,至于这个本子,我是在他枕头底下找到的,所以我把它一并交给你们。"

絮暖和顾北寒坐在医院走廊的椅子上,打开了平板电脑里的视频。

画面开头出现的是病房,镜头有些摇晃,似乎正有人在调整摄像机的角度,病床上空无一人,四面是雪白的墙壁,床头柜上还放着絮暖不久前买的香水百合。没过一会儿,就见一个人盘腿坐到床上,那人穿着病号服,头上戴了一顶灰色的绒线帽,下面是凹陷的眼眶和没有血色的脸颊。他抓了抓脑袋,对着镜头龇牙咧嘴地笑:"我知道自己现在的样子很丑,但是你们绝对不准嘲笑我,听到没有?"故作轻松的口气,命令般的话语,絮暖看着这样的安主任,却怎么都笑不出来,只觉得心疼。

"好了,说正经的。"安主任收起嘴角的笑,"我不知道你们看到这段视频的时候,我是否还存活于这个人世,但千万不要为我难过,因为我……不值得!"

絮暖摇头,怎么会不值得呢?是他奋不顾身将她救出火海,是他在自己被误解时挺身而出,也是他教会自己团结的力量是多么强大。也许别人不知道,可她看得很清楚,安主任真的为樱草默默付出了很多很多,她想着吸了吸鼻子,继续听下去。

"很抱歉,一直以来我都隐瞒了自己的真实身份,我原本以为这个秘密会随着自己葬入坟墓,可是随着那个人的出现,我知道是该告诉你们真相了。其实现在出现在樱草的那个陆世安是假的,而我才是你们口中的那个魔鬼校长陆世安!"

"什么?"絮暖和顾北寒齐齐出声,显然难以接受这个事实。

"我知道你们一定会很惊讶,确实是我欺骗了你们,在这里我要郑重地向你们道歉。对不起!"画面里的安主任朝他们鞠了一躬。

"但无论如何,我都希望你们能听完我的故事。"他双眼微微眯起,仿佛陷入了一场冗长的回忆,"我是个孤儿,孑然一身的我选择了当兵,并且很荣幸地当了特种兵。后来我在执行某次任务时,遇见了生命中最重要的人——夏樱草。她是一名教师,长发披肩,笑起来特别好看,经历了重重波折,我们终于还是走在了一起。像我们这种随时挣扎在生死边缘的人,难免会结下仇敌,所以不会过多地出现在镜头前暴露自己,算是一种神秘的存在。但那些可恶的记者看中了特种兵这个'珍稀'题材,不知从哪里拍到了我和樱草的照片,还做了什么《特种兵的感人爱恋》专题,大肆宣传,赚足了观众的眼泪,也提高了关注度,但樱草因为媒体的曝光,陷入了危机之中,我的仇敌企图绑架

第十二章 签约仪式·真假主任

她来报复我,后来……"

他突然顿住,哽咽起来,良久才继续说道:"我还是没能救下她,那时候她才24岁啊,还那么年轻,都是因为我!我恨那些杀人不眨眼的恶徒,恨那些虚伪的记者,但更加痛恨自己,你们能明白那种眼睁睁看着心爱的人在自己面前倒下而无能为力的感受吗?"

之前无法解释的很多事情都渐渐明朗,絮暖终于明白为何安主任会如此厌恶媒体,抵触记者的专访,原来还有这样一段不为人知的悲伤往事。

"我知道樱草最大的愿望便是创办一所学校,我便用她的名字创办了樱草学院。我害怕当年樱草的悲剧重演,不敢与人接触,所以选择躲在暗处,直到去年查出脑癌,我终于鼓足勇气走进校园。因为多年新伤旧患,让我的面容和早年有了很大的不同,所以我便决定用安主任的身份为樱草学院尽自己最后一份力,却终究没有料到会有人冒充我的身份,甚至还想卖掉学校!"安主任说到这里突然剧烈咳嗽起来。

"害怕伤害别人,所以隐藏自己的真实身份,他怎么能这么傻?"絮暖捂着嘴泪流满面。

顾北寒叹息:"是啊,也许正是因为太过在乎,所以才会害怕对方受伤害吧。"他觉得自己能够感同身受,这世间很多事从来都不能以值不值得来定论,而只有愿不愿意。

很多在外人看来不值得的事,有些人却依旧心甘情愿,甘之如饴。

画面里,安主任扶着额头,强忍住剧痛,声音微弱:"我不求你们能够原谅我,我只求你们可以帮我保住樱草。一年前,我知道自己得病后,在林律师那儿进行了指纹公证,到时只要拿着指纹去现场,那个假冒货就会露出马脚……"下一秒,安主任终于忍到极限,倒了下去,医生们冲进来后,画面便没了。

即使被病魔纠缠,痛不欲生,安主任还是心心念念着樱草,耗尽心力,留下了这样一个应对之策。絮暖和顾北寒靠着长椅,陷入了长久的沉默。

他们不知该说些什么,好像此刻无论说什么都是那么苍白无力。

絮暖打开安主任的笔记本,因为他长时间随身携带,本子的页角已经有些皱了,扉页上写着一行字:"谢谢你们一直都在。"寥寥数字,就让絮暖泣不成声,她越往后翻越抵不住内心的惊讶,安主任竟然把每个学生的爱好和习惯都写在了本子上,还附上了照片。

顾北寒怔住,苦笑起来:"脑癌末期,肿瘤会压迫海马体,也许会出现记忆衰退的现象。"

"所以……他是怕自己病入膏肓后会忘记我们,才把这些记在本子上吗?"

顾北寒避开絮暖的视线,无声默认。

面对谎言,任谁都会气愤。可是看着那样的安主任,在得知了他的故事后,絮暖却根本气不起来。一直以来都是他在默默地守护着他们,而他们又为他做过什么呢?眼下他们唯一能做的就是竭尽全力保住樱草,完成安主任的心愿。

"你们放心吧。"林叶泽从远方走来,"安主任曾有恩于我,是我非常敬重的人,这次我会努力配合你们保住樱草!"

"谢谢!"絮暖起身,努力打起精神,"奚言,你说得对,安主任一定会没事,樱草也一定会渡过难关的。"

顾北寒摸摸她的头:"走吧,既然逃避不了,那就一起去面对!"

两个人回校后只对大宝和高富帅声称已经想到了保全樱草的办法,具体要怎么做他们很快就会知道。因为怕他们担心,又怕安主任的真实身份一旦曝光,媒体会来纠缠,思量再三,还是隐瞒了安主任的身份和他生病的事。

签约仪式现场被媒体记者围了个水泄不通,人声鼎沸。陆世安和顾森今日都着正装出席,此时两个人坐在台上,拿着笔签署文件,闪光灯在屋内此起彼伏,场下有人唏嘘,辉煌一时的樱草学院最后落得如此凄惨的下场。陆世安明明听得一清二楚,却置若罔闻,嘴角竟还噙着一丝笑意。

按照仪式的流程,只要两个人再交换文件,签上彼此的姓名,签约仪式就算完成,世英也将正式收购樱草。而就在这时,会场的大门突然被人踹开,絮暖等人气势汹汹地冲了进来。

"看这架势,难道要砸场吗?"

"感觉有好戏看了。"

几个记者摆开看热闹的架势,相机"咔嚓"的声音显然变得更加频繁。

面对众人的目光,絮暖毫不慌乱:"对不起,打扰大家了,我们是樱草的学生,今天来就是想要揭穿这个人的真面目!"絮暖的矛头直指陆世安。

这番言语很快激起千层浪,议论蜂起。

顾森怒目圆睁,看到人群里的顾北寒时,怒气霎时涌上心头,语气十分不悦:"陆先生,我以为我们已经达成了共识,那这些人为什么又会出现在这里?"

"顾董,这只是个意外!"陆世安面露难堪,朝人群大吼,"保安,快把这些人给我轰出去!"

第十二章 签约仪式·真假主任

"陆世安,你别再装了,我们已经找到了证据,你就是个冒牌货。"顾北寒声音洪亮,口气笃定。

"你们胡说些什么啊,什么冒牌货,我怎么听不懂?"陆世安明显有些慌了,说话的声音都变了调。

林叶泽见情势差不多了,便阔步走上了舞台。

"大家好,我是陆世安的委托律师,一年前他曾做过指纹鉴定,并且已公证存档。"林叶泽从包里拿出盖有指纹鉴定处公章的证明书举向众人,记者瞬间蜂拥而至,对着那份公证书一阵狂拍。

"既然这位陆先生说自己不是冒牌货,那你是否可以和我去公安局进行指纹对比,确认自己的身份?"

林叶泽的话音刚落,假冒的陆世安便冷笑出声:"呵呵,看来真的瞒不下去了呀。"

他突然一把抓住林叶泽的脖子,满脸阴狠:"我装了这么久,就是为了逼他现身,看来我卖樱草这招还是让他忍不住了呀,你既然是他的人,肯定知道他在哪里,快告诉我!"

絮暖哪知这个冒牌货被逼急竟会大打出手,连忙一记踢腿踢中他的腹部,对方吃痛,手上的力道减了几分,林叶泽惊慌地抽身而出,又不小心跌倒在地。

顾北寒怕絮暖吃亏,挺身而出,挡在她身前与冒牌货打斗起来。

好好的签约仪式,竟变成了打斗现场,几个女记者尖叫着四处逃窜。

大宝和高富帅见状,也加入了干架的队伍,现场混乱至极。顾森怕顾北寒受伤,阴沉着脸让自己的保镖上前帮忙。冒牌货见对方人多势众,不再恋战,翻桌踢椅,打开二楼的窗户跳了下去,消失在了繁华的街巷中。

满地狼藉,大家显然还未从刚才的惊慌中回过神,只能肯定的是那个逃跑的陆世安确实是个冒牌货!

顾森原以为樱草已是自己的盘中餐,却不知竟被个冒牌的陆世安戏弄了一场,怒火中烧地走下台,走过顾北寒身边时,压低声音:"别忘了我之前对你说的话。"

顾北寒眸色一沉,看着他离开现场。

林叶泽起身,就被记者团团围住,被逼问真陆世安的下落。

"很抱歉,我也不知道,我只是接到了通知,按指示办事,至于他的下落,确实是个谜。"林叶泽说得很诚恳,记者见苦苦追问仍然未果,便放弃了。

签约仪式失败,樱草总算保住了。絮暖想,要是安主任得知这个消息,一定会非常开心。她已经很久没这么高兴了，眼角眉梢都浸满了笑意。

回去时，高富帅和大宝两个人却仍沉浸在刚才的震撼里，无法自拔。

"那个冒牌货真是以假乱真啊，这个世界难道真有易容术？"高富帅摸着下巴，喃喃自语。大宝听了，连忙附和："你别说，也许还真有，不过好在那家伙被揭穿了，我这些日子可被他折腾惨了！"

高富帅不知想到什么，突然发问："话说，絮暖你们是怎么找到那个林律师的，他真的不知道陆世安的下落？"

"其实是他自己找上门的，我们上次去医院，他突然现身告诉了我们指纹的事。至于真正陆世安的下落，应该没有人知道，只有等他本人出现了。"还好絮暖早打好了腹稿，才不至于露出马脚。高富帅和大宝本就没心没肺，果然被她三言两语就给糊弄住了，絮暖和顾北寒心照不宣地相视一笑。

世英收购樱草失败和假冒陆世安事件传得沸沸扬扬，真正的陆世安到底在哪里，为什么不出现，这成了一个未解之谜，版本众多，却无一定论。

樱草的学生们得知此事，才发现被冒牌货给蒙骗了，如今樱草不用被收购，他们似乎也没了离开的理由，纷纷留了下来。

絮暖看着渐渐热闹的校园，喜笑颜开，不管那些离开的学生是否真心想要留下，至少樱草不会因为生源的问题再次陷入危机，那便是件好事。

絮暖和顾北寒偷偷去看望安主任的时候，再次碰见了林叶泽。见他提着行李箱，才发现他是来向他们道别的。

"因为还有一些重要的事情要处理，所以我会离开鼎阳市一段时间，很高兴认识你们！"

"我们也很荣幸。"顾北寒笑着握上他的手。

"安主任这边就交给你们了，我也会对他的身份守口如瓶，绝对不会透露一分半毫……"谁知他的话还未说完，走廊的转角处就传来了一阵猖狂的笑声。

"不会透露一分半毫！只可惜已经晚了！"声音的主人竟然是那日仓皇而逃的冒牌货！

林叶泽眸子骤然睁大，恍然大悟："你竟然跟踪我！"

男人笑容阴沉，那日他逃跑后便盯上了林叶泽，笃定对方知道陆世安的下落，后来发现他频繁地进出医院，便起了疑心，听到他们刚才的对话后，终于知道了原来陆世安一直藏在樱草，那个不起眼的安主任竟然就是他要找的人。

第十二章 签约仪式·真假主任

"你到底是什么人？为什么要冒充陆世安？"絮暖说着朝他步步进逼。顾北寒怕她有危险，挺身而出，看着男人发出警告："不管你是谁，我们绝对不会让你伤害安主任的！"

男人一脸从容地直视他们，冷声道："放心吧，我暂时不会动他的，今日来不过是替我主人传达一句话，等陆世安醒来，请告诉他，有个人一直在找他，无论他变成什么模样，都不会放过他，至死方休！"

说完这番决绝阴戾的话语后，还未等众人回神，男人就迅速地消失在了走廊里。

"很抱歉，我没想到事情会变成这样。"林叶泽叹气，陷入自责。

絮暖安慰他："林律师，这不关你的事，是对方太狡猾了！"

可是这个男人到底是谁？还有他口中的主人又是谁？能轻易地使用易容术，相信此人绝对不简单！絮暖直到现在才明白，这个冒牌货之前的种种行为原来都是为了逼安主任现身，看来想知道他是谁，只能等安主任醒来了。

"可是这个冒牌货会不会再来？那安主任岂不是很危险？"絮暖想着，突然神色紧张起来。

顾北寒皱眉，望向远方："我猜应该不会，他刚才说了暂时不会动安主任，我们也只能静观其变了！"

告别林叶泽，絮暖独自去找沐天心，身为易容世家的继承人，她或许会知道那个冒牌货为什么会易容术。

对于此事，沐天心也格外震惊，絮暖从她口中得知，其实除了沐家会易容术之外，还有一个神秘的家族也习成了这门秘术，只是那个家族在多年前就销声匿迹了。

这件事情的走向似乎越发诡异，一时半会儿无法理清头绪，看来他们还需要花费很长的时间去调查，才能勘破真相，这事只好暂时被搁置了下来。

絮暖虽然隐瞒了安主任的真实身份，可随着时间的推移，却无法瞒住他的病情。大家知道后，纷纷赶去探望，安主任始终没有苏醒的迹象。

"絮暖，你说安主任会不会醒不过来了？"高富帅隔着玻璃望着床上的人，垂头丧气的。

"不会的，他一定会醒过来的！"絮暖在等他醒来，等他亲口对大家说出真相和一直没能说出口的"对不起"，而那时她也会紧紧地抱住他，道一句"谢谢"。

谢谢你曾义无反顾地信任我，谢谢你曾教会了我这么多，谢谢我遇见了你！

中午，絮暖在医院里见到了南零落。

她一个人在重症监护室门外站了许久，絮暖不敢惊扰，等到对方发现自己时，才淡淡地说："我们可以谈一下吗？"

医院的小花园里很安静，只有少许的病人在散步。冬日的阳光照在身上很暖，絮暖惬意地伸了个懒腰，回头就瞥见南零落紧皱的眉头，最后还是她先打破了沉默："南零落，是不是发生了什么事？你最近的行为很奇怪。"一直以来她都隐约觉得南零落对陆世安和樱草充满了敌意。

南零落冷笑一声："我并不觉得自己哪里奇怪！"

"到底发生什么事情了，你为什么不可以告诉我，我们不是朋友吗？"

"是啊，我们是朋友！可是每个人都有不想告诉别人的秘密，不是吗？"她抬起眼看向絮暖，"絮暖，你敢保证，你对我就没有秘密吗？"

絮暖怔住，无法反驳。

南零落的眸中浮现出令人心疼的悲凉："看吧，你口中的朋友其实也不过如此……"

她们的谈话以南零落的离去草草收尾，絮暖不知道藏在南零落心中的秘密是什么，却坚信对方一定有无法言说的苦衷，而她也会等待，等到她愿意说的那一刻。

年末，下了很大的一场雪。

大家纷纷跑到室外打雪仗，晚上大宝把大家聚集在了操场上，一起放烟火迎接新年的到来。大宝绝对是大家的开心果，和几个学生你追我赶，玩得不亦乐乎。

南零落一个人坐在草坪上发呆，抬头就被眼前放大版的高富帅的脸吓得花容失色。

"哈哈，南零落你被我吓得鼻涕都出来了！"

看着眼前捧腹大笑的人，南零落终于按捺不住跳起来，追着他跑："高富帅，我看你是活得不耐烦了！"

絮暖挥舞着手中的烟花棒，耳畔的欢声笑语格外动人，让她不自觉地想笑。

一声巨响打破黑夜的寂静，绚丽的烟花在空中散开，五彩斑斓，美不胜收。新年的倒计时已经开始，整个夜空被装点成了彩色，星星点点的火花四处飞溅，让人眼花缭乱。絮暖在忽明忽暗的光里看到了顾北寒的身影。

倒计时归零时，他走到她身边，唇边的笑意温柔："絮暖，新年快乐！"

其实他和安主任很相似，同样说着谎，用虚假的身份去企及着眼前的温暖，因为害

怕伤害到在意的人，所以不敢说出真相。

他看着少女被火光映得红红的笑脸，突然很庆幸，无论未来如何，至少这一刻他还陪在她身边。

絮暖笑得眉眼弯弯："新年快乐！"

她衣袋里的手机却在这时振动起来，絮暖接起，嘴角的笑意越发明显，无法压抑内心的激动，兴奋地冲过去抱住了他。

"刚才医院来电话了，说安主任醒了。"

每一件事到最后都会是好事，如果不是，那一定是还没到最后。

——本季完——

意林品牌书系推荐

意林女生文学·《小小姐》品牌书系　中国女生文学第一品牌，纯正、阳光、向上，优质女孩必选文学读物

萌灵小说系列

《悠莉宠物店Ⅰ》	18.80
《悠莉宠物店Ⅱ》	18.80
《悠莉宠物店Ⅲ》	19.90
《悠莉宠物店Ⅳ》	19.90
《悠莉宠物店Ⅴ》	19.90
《悠莉宠物店Ⅵ（大结局）上》	19.90
《封印之书·九尾狐》	19.80
《封印之书·独角兽》	19.80
《玛丽晴异闻录》	19.90
《薇妮天使旅行》	19.90
《苍岛有风①·人鱼过境》	19.90
《萌物委托社①世外萌龙天然呆》	22.80

冒险励志系列

《迷藏·海之迷雾》	18.80
《迷藏Ⅱ·月影迷踪》	19.90
《迷藏Ⅲ·幻梦迷城》	19.90
《花与梦旅人Ⅰ》	19.80
《花与梦旅人Ⅱ》	19.90
《花与梦旅人Ⅲ》	19.90
《花与梦旅人Ⅵ（大结局）》	19.90
《花与守梦人①·大公的苏醒》	19.90
《花与守梦人②·占星师的眼泪》	19.90
《萌侦探纪事Ⅰ》	18.80
《萌侦探纪事Ⅱ》	19.90
《萌侦探纪事Ⅲ》	19.90
《萌侦探纪事Ⅳ（大结局）》	19.90
《迷宫街物语》	19.80
《艾蜜儿宇航日记》	19.90

幸福蔷薇系列

《蔷薇少女馆Ⅰ》	18.80
《蔷薇少女馆Ⅱ》	18.80
《蔷薇少女馆Ⅲ》	19.90
《蔷薇少女馆Ⅳ》	19.90
《蔷薇少女馆Ⅴ》	19.90
《蔷薇少女馆Ⅵ》	19.90

浪漫古风系列

《七寻记Ⅰ》	18.80
《七寻记Ⅱ》	19.90
《七寻记Ⅲ》	19.90

果绿年华系列

《蝴蝶飞过旧时光》	19.80
《第一女执政官》	19.90
《风之少女琪琪格》	19.90
《霓裳小千金》	19.90
《两生花开时》	22.00
《风云俏萝莉》	19.90

月舞流光系列

《前方江湖请绕行》	19.90
《三色堇骑士之歌》	19.90
《守望彼岸星海》	19.90

萌淑女驾到系列

《萌淑女驾到之美女训练营》	19.80
《萌淑女驾到之天使候补生》	19.80
《萌淑女驾到之人鱼的信奉》	19.90
《萌淑女驾到之天鹅公主成人礼》	19.90

星愿大陆系列

《星愿大陆①·天命巫女》	19.90
《星愿大陆②·白银蔷薇》	19.90
《星愿大陆③·幻月手杖》	19.90
《星愿大陆④·永恒星钻》	19.90
《星愿大陆⑤·夜之王子》	19.90
《星愿大陆⑥·晨光微曦》	19.90
《星愿大陆⑦·琉光暗影》	19.90

浪漫星语系列

《处女座：完美年华初相见》	20.90
《天蝎座：假面黑桃Q》	20.90
《双子座：闯进你的孤单星球》	20.90
《巨蟹座：追梦的水晶鞋》	20.90
《天秤座：优雅走过下雨天》	20.90
《白羊座：裙摆是花开的地方》	20.90
《摩羯座：寄给青春一座城》	20.90
《双鱼座：浪漫满分灰姑娘》	20.90
《金牛座：微笑天使倔强心》	20.90
《狮子座：再会，骄傲小时光》	20.90

淑女风尚馆·气质养成系列

《我要我的淑女范儿》	18.80
《优雅女孩的秘密》	18.80
《清新森女在路上》	18.80
《俏女孩的甜美主义》	18.80

小MM迷你爱藏本

《蝴蝶停在十六岁》	18.80
《焦糖玛奇朵天使咒》	18.80
《那一年，花开半夏》	18.80
《雨季微凉时》	18.80
《只穿一天公主裙》	18.80
《月色银蔷薇》	18.80
《傲娇公主的美丽回旋》	18.80

《花田明月照年少》	18.80	《少女果味杂志书⑨：蓝莓布朗号》	18.80
《亲爱的小气鬼》	18.80	《少女果味杂志书⑩：薄荷方糖号》	18.80
《青春如诗，静谧花开》	18.80	《少女果味杂志书⑪：樱花紫苏号》	18.80

重磅作家系列

		《少女果味杂志书⑫：柠檬红茶号》	18.80
《薄荷香女孩》	19.90	《少女果味杂志书⑬：红豆奶昔号》	18.80
《不说再见好吗（上）》	17.90	《少女果味杂志书⑭：芒果西多号》	18.80
《不说再见好吗（下）》	17.90		

蝴蝶蓝系列

《风走过树林》	17.90	《蝴蝶蓝（第一季）·千面桃花姬》	19.90
《忆棠的夏天》	17.90	《蝴蝶蓝（第二季）·紫莲山庄》	19.90

唯美新漫画系列

		《蝴蝶蓝（第三季）·落跑小郡主》	19.90
《钢琴小淑女（第一季）》	17.90		

班花朵朵系列

《钢琴小淑女（第二季）》	17.90	《班花朵朵①·我是艺术生》	20.90
《钢琴小淑女（第三季）》	17.90	《班花朵朵②·电影初体验》	20.90
《钢琴小淑女（第四季）》	17.90	《班花朵朵③·偶像保卫战》	20.90
《钢琴小淑女（第五季）》	17.90		

现在是女生时代系列

《最佳女主角（第一季）》	18.80	《现在是女生时代！》	28.80
《七寻记·鎏金龙纹镯（漫画版）》	15.00	《现在是女生时代！②·我们闺蜜吧》	28.80
《七寻记·夒龙黄玉佩（漫画版）》	15.00	《现在是女生时代！③·女生都是小怪物》	28.80
《天鹅座·鹅黄》	18.80	《现在是女生时代！④·嗨，女孩，你好漂亮》	28.80
《天鹅座·柳青》	18.80		

小MM六周年主题书

《天鹅座·冰蓝》	18.80	《淑女的王冠》	29.80
《天鹅座·禧红》	18.80		

欢乐联萌系列

《天鹅座·蜜粉》	18.80	《养只萌呆镇镇宅①》	19.90
《天鹅座·浅紫》	18.80	《养只萌呆镇镇宅②》	19.90

绘色缤纷系列

		《养只萌呆镇镇宅③》	19.90
《淑女绘·花的学校》	22.00	《养只萌呆镇镇宅④》	19.90
《淑女绘·童话诗人》	22.00	《养只萌呆镇镇宅⑤》	19.90
《淑女绘·雪花的快乐》	22.00	《萌师上线，顽徒请签收①》	19.90

日光倾城系列

		《千金当道（一）》	19.90
《巧克力色微凉青春Ⅰ》	20.90		

天使在身边系列

《巧克力色微凉青春Ⅱ》	20.90	《路过心上的哈士奇》	20.90
《巧克力色微凉青春Ⅲ》	20.90	《当心！浣熊出没》	20.90
《浅蓝色时光舞步Ⅰ》	20.90	《萌动之森①·雪地精灵伶鼬》	20.90
《女生宿舍Ⅰ·南栀向暖》	20.90		

公主天下系列

		《清河公主·洙宛传》	22.80

纯美小说系列

小MM 花漾青春版

《少女果味杂志书①：甜心草莓号》	14.80	《少女说①·花醒了》	22.80
《少女果味杂志书②：蜜桃慕斯号》	14.80	《少女说②·青春里的不速之客》	22.80
《少女果味杂志书③：焦糖布丁号》	16.80		

极致小清新系列

《少女果味杂志书④：香草海绵号》	16.80	《女孩子的清甜小说绘①·淡白栀子号》	20.90
《少女果味杂志书⑤：可可森林号》	18.80	《女孩子的清甜小说绘②·浅草茉莉号》	20.90
《少女果味杂志书⑥：果果米苏号》	18.80	《女孩子的清甜小说绘③·鸢尾蝴蝶号》	20.90
《少女果味杂志书⑦：香橙泡芙号》	18.80	《女孩子的清甜小说绘④·冰蓝花楹号》	20.90
《少女果味杂志书⑧：樱桃芝士号》	18.80		

意林·轻文库品牌书系

引领校园小说阅读新潮流

绘梦古风系列

		《山寨世家》	23.80
《公主驾到》	23.80	《倾世迷迭书》	23.80
《花颜错》	23.80	《凤九卿（一）》	23.80

书名	价格
《凤九卿（二）》	23.80
《凤九卿（三）》	23.80
《凤九卿（四）》	23.80
《凤九卿（五）》	24.80
《凤九卿（六）》	24.80
《美人千千泪西楼》	23.80
《郡主驾到·壹》	24.00
《郡主驾到·贰》	24.00
《木兰帝（上）》	23.80
《木兰帝（下）》	23.80
《俏娇小仙闹皇宫》	23.80
《连城赋（上）》	23.80
《连城赋（下）》	23.80
《千凰令（一）凤鸣倾城》	20.80
《千凰令（二）情牵一线》	20.80

恋之水晶系列
《致淡玫瑰色的你》	22.80
《宁负流年不负君》	22.80
《世界第一的假面殿下》	25.00
《脱线萌星易容记》	25.00
《脱线萌星易容记Ⅱ》	25.00
《指尖花凉忆成殇》	22.00
《欢歌犹在意微醺》	22.00
《欢歌犹在意微醺Ⅱ》	22.00
《绯色樱花圆梦纪Ⅰ》	23.80
《见习保镖呆呆兽》	25.00
《可可少女梦想纪》	25.00
《后天男神Ⅰ》	25.00
《后天男神Ⅱ》	25.00
《后天男神Ⅲ》	26.80
《世界第一的公主殿下Ⅰ》	23.80
《世界第一的公主殿下Ⅱ》	23.80
《世界第一的公主殿下Ⅲ》	26.80
《挥手告别小时光》	23.80
《少年住在云之彼岸》	23.80
《我的青春，以你为名①偶像来了！》	23.80

奇幻仙境系列
《彼渡少年与妖怪契约》	23.80
《神典·末夜公主》	23.80
《御灵骑士团·诺茵与彩狸》	23.80
《逆世界之瞳》	23.80
《玫瑰帝国·荆棘鸟之冠》	25.80
《玫瑰帝国·黑羽蝶之翼》	25.00
《玫瑰帝国·白蔷薇之祭》	26.80

暗影迷踪系列
《终极推理事件簿》	22.80
《超级学园探案密码》	22.00

新炫武侠系列
《邻家武圣》	23.80

星光璀璨系列
《轻星球·仙女星云号》	19.80

灵气少女系列
《星有灵犀遇见你》	20.80
《萌熊改造计划》	20.80
《守护极速甜心》	20.80
《元气星女倾城记》	20.80
《公主病》	20.80

轻舞飞扬系列
《毛毛熊的浪漫樱花雨》	19.80
《发梢轻绾茉莉香》	19.80
《迷迭香在青春里绽放》	19.80

私人定制少女馆
《恋恋星煌十二宫》	25.00
《守护十二生辰石》	25.00

暖爱青春馆系列
《少年北顾，唯愿君安（上）》	25.00
《少年北顾，唯愿君安（下）》	25.00
《若你离去，后会无期》	22.80
《想你的时候，抬头微笑》	22.80

美少年系列
《辰荒学院的美少年①奇异校规》	22.80

《意林·小文学》品牌书系　　阳光阅读·快乐写作

成长物语系列
《艾丽鲨半成年》	19.90
《换双翅膀飞翔》	19.90
《琥珀青春》	19.80

魅力悦读系列
《程家兄妹·永不毕业的少年》	19.90
《逃之"妖妖"》	20.90

幻之星球系列
《地球假日①：寻找洛神》	19.90

爆笑学园系列
《鬼马女神捕①：绝密卧底（上）》	14.80
《鬼马女神捕①：绝密卧底（下）》	14.80
《鬼马女神捕②：绝命预言（上）》	14.80
《鬼马女神捕②：绝命预言（下）》	14.80
《天神学院·魔女见习生》	19.90

动物奇缘系列
《萌兽报到，请多关照》	19.90

五周年主题书
《青春，是与七个自己相遇》	26.80

独家策划系列
《长大，是不期而遇的温暖》	26.80
《谢谢你，出现在我的青春里》	26.80

落樱少女，青草少年
意林·轻文库
牵手水晶般的青春年华

恋之水晶大系列图书
——校园内的清流，校园外的指引

绘梦古风大系列图书
——纸上连续剧的悬念，脑中电影院的感受